你好吗 我很好

赵海峰/著

How are you doing?
I'm good.

电影中的30种人生

中国出版集团
研究出版社

图书在版编目(CIP)数据
你好吗 我很好——电影中的30种人生 / 赵海峰著.
-- 北京 : 研究出版社, 2021.8
ISBN 978-7-5199-1061-7

Ⅰ. ①你… Ⅱ. ①赵… Ⅲ. ①随笔—作品集—中国—当代 Ⅳ. ①I267.1

中国版本图书馆 CIP 数据核字 (2021) 第 175350 号

出 品 人：赵卜慧
责任编辑：张 琨

你好吗 我很好——电影中的 30 种人生

出版发行：研究出版社
地 址：北京市东城区华腾灯市口商务楼五层
电 话：010-64217619 64217612（发行中心）
经 销：新华书店
印 刷：河北赛文印刷有限公司
版 本：2021 年 8 月第 1 版 2021 年 12 月第二次印刷
开 本：880 毫米 ×1230 毫米 1/32
印 张：11.5 个
字 数：230 千字
书 号：ISBN 978-7-5199-1061-7
定 价：68.00 元

目录

Contents

岩井俊二 导演/编剧。
中山美穗/丰川悦司/酒井美纪/柏原崇 主演。
最美的情书 是你的名字
Love Letter
情书
5.20 亲启告白

1995 年《情书》

1995年

《情书》：释怀

题记 总有一天，我们会成为别人的回忆，
尽力让它美好吧。

（一）

“你—好—吗？”渡边博子在冰天雪地里朝着大山呼喊道，“我—很—好！”分不清是她的声音还是远山的回响。

这是电影《情书》中的一个情节，也是这部电影标志性的镜头之一，但凡提到这部影片，想必许多人脑海里会不自觉地浮现出这个场景。

日本导演岩井俊二的这部代表作，讲述了一个关于暗恋、青春和死亡的故事。

影片从渡边博子的未婚夫——藤井树的周年祭日开始。三年前，二十岁出头的他因为登山事故不幸身亡。一段长镜头下，天地白茫茫一片，渡边博子躺在雪地里仿佛死去了一般，许久后她睁开眼睛，大口猛烈地喘息。她以这样的方式让自己沉浸在思念与回忆中，并希望借此与逝去的爱人进行心灵的对话。

参加完仪式后的博子回到了未婚夫的家，无意中从藤井树的中学纪念册里找到他当年在小樽市读中学时的地址，被哀伤笼罩的博子按照这个地址给已在天国的爱人寄出了一份“情书”，内容只有两句话——“你好吗？”“我很好。”

博子或许想以这样的方式寄托思念，抑或是难以接受藤井树已死的事实。但令人意外的是，她居然收到了“藤井树”的回信，心里充满惊奇的她接着回了信，也许是巧合，也许是宿命，就这样和小樽的“藤井树”一来一回地建立了联系。后来，博子才知道自己的信寄到了学生时代与未婚夫同名同姓，并且同班的少女藤井树的手中。

博子对此充满了好奇，非常想了解未婚夫中学时的生活，为此她接二连三地把信寄了出去，充满期待和渴望地等待着回信。后来博子还专程到小樽市去找寻她，最终远远地看到了藤井树，发现这个女孩和自己长得几乎一模一样，不过少女藤井树并没有看到博子。

这个发现让博子心乱如麻。在未婚夫的家中，博子从毕业纪念册中找到了与未婚夫在一个班的女藤井树，并询问未婚夫的母亲，照片中的女藤井树，跟自己长得像不像？

随着越来越深入的探究，博子发现自己的未婚夫当年对这个同名女孩心存暗恋，自此她恍然大悟，原来未婚夫对自己的爱，只是对初恋的一种回归，或者说她只是那个叫作“藤井树”女孩的替代品，这让博子感到无以名状，一种从未有过的失落和伤痛冲击着她的内心。

而在遥远的小樽，少女藤井树在给博子写回信时，青春往事又一次浮上心头，特别是她与少年藤井树之间的点点滴滴，渐渐发现与她同名同姓的那个男孩，似乎对自己深藏了一腔柔情……

初次看这部电影好像是在 1998 年的一个冬日，那时我刚刚从大学毕业，住在单位的单身公寓里。依稀记得那天窗外好像也飘着大雪，与这部影片的气氛很是贴切。

再次重温时，依然还是在一个冬天，虽然窗外无雪，但寒风凛冽。两个冬日间，时光不觉中悄然划过了近二十年，这其中发生了许多事情，我告别单身，结婚立业，如今孩子的身高已经超过了自己。

斗转星移，物是人非，许多事情都变了，不变的是对这部电影喜欢依旧。

（二）

一部电影能喜欢二十年实属不易。

只是，同样一部《情书》，在不同的年龄看，却有着不同的感怀。二十年前醉心于那段纯净美好的情愫，以及那份说不清道不明的暗恋情怀。

少年藤井树，3 年（2）班 9 号；少女藤井树，3 年（2）班 26 号。从入学的第一天，老师点名时两个人同时说出“有！”时起，命运的交错就已经开始。因为是同名，两人经常受到同学们的调笑，值日被刻意排在一起，还被编造出了绯闻，但两人的关系看上去却始终如水一般平淡。

只是随着时间的推移，一股温暖而朦胧的情感开始在少年藤井树的心头涌动，影片并没有交代他是从什么时候开始喜欢上少女藤井树的，或许是因为本片讲述的是暗恋的故事，整个影片中男女主人公都没有说过“爱”或“喜欢”之类的字眼儿。

那他如何开始心动的呢？在我看来，可能源于那场班级选举，班级里一些“不怀好意”的同学故意写了“藤井树 LOVE 藤井树”的选票，在一个男生的调笑下，少女藤井树哭了，少男藤井树显得非常生气，竟一下踢翻了嘲笑他们的男生的椅子，并与他厮打起来。

从此，两人的关系悄然间发生着变化。少年藤井树为了能

与少女藤井树有独处的时光，他故意拿错卷子，让少女藤井树主动找自己换。于是出现了这样的画面：黑夜里，在少男少女经常约会的自行车棚，少男藤井树说天太黑看不见，让少女藤井树使劲儿转动脚踏板来给车灯发电，好让他看清楚试卷是否确实被互换了。

少年藤井树心知肚明，看着女藤井树手转得累了，他还假装在那说着："原来 break 的过去分词是 broken 啊……"，一个只考了 27 分的"学渣"突然变得爱学习起来，说到底不过是想和自己喜欢的人多待一会儿。

暗恋不就是这样吗，总是想方设法努力接近对方，方法和手段有时看上去显得很笨拙，但却又是那么的"可爱"。如果能够成功，即使很短暂，只要能和喜欢的人在一起，心里通常会澎湃着一种幸福的浪潮。

"喜欢你便欺负你"，同样是暗恋中常常有的事，为的是引起对方的注意。片中少年藤井树在路上突然出现，将一个纸袋套在女孩的头上，然后骑着车飞奔而去，只留女藤井树在身后惊慌失措地尖叫……想必有过如此经历的朋友，看到这样的桥段定会会心一笑。

喜欢归喜欢，但少年藤井树始终没有勇气表白，只好在图书馆故意借一些没人看的书，在借书卡上一遍遍地写上少女藤井树的名字。在转学的前一天，他来到少女藤井树的家，请女孩帮他将一本《追忆似水年华》还回学校图书馆。

两人相见时，他欲言又止，似乎想要和少女藤井树说出自己的心声，但或许是觉得时机不对，抑或还是没有攒足勇气，千言万语最终都隐藏在渐行渐远且有些落寞的背影下。

就这样，他们错过了一生最美丽的情愫。

这样一段随风飘逝的纯净的暗恋情愫，足以让人唏嘘。如果当时的少男藤井树再勇敢一点，少女藤井树再细心一点，或许会是另外一种结局吧。

不过，令人欣慰的是，虽然从此身居两地，没有再次重逢，不过他们对彼此并没有淡忘，在内心给对方留下了一席位置。许多年过后，少女藤井树对同名少年的回忆依然可以随手拈来，就像有首歌所唱到的："从来不曾想起，但永远也不会忘记"，而少年藤井树选择的未婚妻竟然和少女藤井树有着近乎相同的容颜和气质。

人的一生中，注定有一种情感不会遗忘，而是静静地安放在彼此的心里。

十几年后，女藤井树回到了原来学校的图书室，里面有几个女孩子在整理图书，老师把她介绍给孩子们，说这是你们的"藤井树"学姐。孩子们都惊讶地呼喊出："藤井树！"原来这里的书有很多"藤井树"的签名，孩子们对此颇感好奇，发明了"寻找藤井树"的游戏，看谁找到的多，统计一下居然找到了 87 本。

藤井树表示那不是她写的，是另一个人写的。孩子们说那一定是男生，而且他一定很喜欢你。藤井树不好意思地解释说不是，那是因为他和她是同名的。

没过多久，这几个女孩子来到女藤井树的家门口，递给她一本书——《追忆似水年华》，就是当时少年藤井树托付自己还的那本，孩子们迫不及待地喊着：“看后面。”女孩藤井树看到在借书卡的背面竟然是一张中学时代自己形象的素描。

一切的谜底在此时完全揭开，她强忍着不让自己的眼泪掉下来，原来……

当初看到这里，心里颇为感动，想必不少朋友看过这部电影后，也会久久沉浸于两个藤井树间异常纯净但无法成就的情感之中，我想，这大概是因为让我们重新回忆起青涩的时光中那些似有似无、若隐若现却最终错过的美好。

叶芝在《沉默许久以后》中写道：“年轻时，我们曾经相爱，却浑然不知。”而岩井俊二用镜头展示了这样一段动人的青春往事。他似乎在告诉每个观者，人生最美不过是暗恋，虽然悄无声息，但那些难以说出口的誓言，却一点一滴全部渗入了灵魂深处。

（三）

二十年后，重温这部影片后，发现如今的自己更感动于渡边博子走出迷惘后发自内心的释怀。

影片是以渡边博子的找寻为主线，抽丝剥茧般呈现出一段美丽清纯的暗恋故事。不过，找寻的最终结果，对博子和女藤井树来讲是完全不同的意味，女藤井树除了略微的感伤外，更多是一种涌动的幸福，毕竟她曾经被一个男孩如此深深地喜欢过。

而对于博子来讲，似乎不能够接受这个现实，折腾了半天竟然发现自己原来只是一个替代品，这比失去未婚夫更让她感到痛彻的伤感，一如她在片中伤心地说："如果这是他选择我的原因，我就不能原谅……"

对于影片的两个女主角，藤井树需要的是追忆，而对博子来说，她需要的却是忘却。

只是，忘却谈何容易，尤其对于这样一份情感。自从发现秘密后，博子内心一直备受煎熬。但幸运的是，她最终通过自己的方式获得了释怀。当她对着远处苍茫的雪山大声喊着："你好吗？""我很好！"后筋疲力尽地躺在雪地上时，意味着终于选择放过了自己。她知道所有过往皆是序章，过去无从更改，重要的是往前走，获得开启新生活的勇气。

二十年后的我，如今更看重博子的这份释怀，当听到博子对远山的呼唤，看到她最终能够放下，眼睛不由得湿润起来，连自己也有些惊奇，这份情绪来得比二十年前更为强烈。

为何会有这样的反应，我想，或许是因为年龄的变化吧，过了四十岁这个门槛，确实应该告别风花雪月，更多去思索人生的真谛。

相对于少年时懵懂，年轻时的激情，中年的人生更为复杂，更为不易。父母逐渐老去，孩子正在成长，而自己的身体远不如前，同时事业和生活面临着越来越多的压力，用一些朋友的话说："不敢病，不敢死，不敢懈怠，只能前进"，因此有时会感到疲于奔命、力不从心，倘若调节不好，很容易陷入所谓的"中年危机"。

该如何度过这段人生的艰难期，我想，最终的答案或许就是释怀，一如渡边博子最后的选择一样。只是博子放下的是一段感情，但中年人生中，需要释怀的远不止情感，还有许多。

谈及释怀，这个词语如今经常被提到，那什么是真正意义上的释怀呢？在网络上看到这样一段话——"对过去的事，不再怀念；对离开的人，不再纠缠；对做不到的，不再自责；对得不到的，不再留恋。"我觉得，这样的概括算得上精准。

简单地说，释怀就是要打开内心的牢笼，远离生命的幽暗，将自己放在更加广阔的空间中，从而进入一种人生的新境界。就我的理解，似乎应该分为两个层面，于自己和于他人。

对于自己来说，释怀便是让生命不再充满挣扎，不再充溢着欲望不能成就的痛苦，而应以一种知足常乐的心态去面对经历的一切。因为这个世界上注定没有十全十美的人生，得到一些必然要失去一些，经历幸福有时也必须经历痛楚，这本来就是生活的辩证法，一如杨绛先生在《我们仨》中写道的："人间不会有单纯的快乐，快乐总夹杂着烦恼和忧虑。"

事实上，如果经历过生活足够的历练，我们会有更残酷的发现，何止没有完美的人生，反倒是“人生不如意十之七八”，换句话说，不如意是人生的常态。

因此，生活在这个世界，想要求得内心的安宁，除了享受剩余的二三成快乐的事情外，更重要的是容忍生命的不圆满，尝试着与自己和解。我想，这也是我们需要释怀的意义所在。

只有真正释怀了，才能将一切看淡，只有看淡了，才能慢慢看开，只有看开了，方能心怀知足，只有知足了，才能最终获得幸福。

这像是一个环环相扣的循环，最初的起始点便是释怀。

对于他人而言，便是不要太计较。道理很简单，计较越多，烦恼越多。事实上，如果仔细看看走过的路程，我们所经历的那些不快或烦忧，绝大多数的根源就在于计较太多。

张德芬在《重遇未知的自己》里写道：“何必计较那些不重要的事或人呢？那个人跟你多收了一点儿钱，你负担得起，他既然需要，就给他；那个人欠你一个人情，不需要他还了；那个人对你不好，误解你，明天或许他就不在，或是你不在了，花力气和时间去计较，值得吗？”她讲得虽然都是些具体的小事，但道理是相通的，生命中还是应该少些计较，至少在准备计较的时候，多问几个“值得吗？”，看上去很有必要。

从长远来讲，表现得豁达一些，甚至吃些亏，并不是什么坏事。如果陷入其中，拔不出来，使生活变得阴暗起来，反倒有些得不偿失，本来有着光明的道路，为何要沉湎于黑暗之中呢？

几年前，循着电影的足迹，我去了《情书》故事的发生地——小樽。

如果不是因为这部电影，我大概不会知道有“小樽”这样一个小城市，同许多喜欢《情书》的朋友一样，来这里多少有些还愿的意思，只是遗憾的是，我来这里时正值夏天，无法体味电影中那种被漫天大雪笼罩的氛围。

但即便如此，还是感受到那份唯美浪漫的气息，漫无目的地走在小樽的街头，街边的每个路灯上面都挂着四种不同颜色的玻璃风铃，不管走到哪里，耳边满满都是清脆的风铃声。

倘若以后还有机会再来小樽，我希望是在冬天，更希望到旁边的天狗山看看，那里是渡边博子向远山呼喊的取景地，如此行成真，我也想面对着皑皑雪山大声呼喊——“你—好—吗？”“我—很—好！”“你—好—吗？”“我—很—好！”……

当那刻来临，我愿放下所有的执念和烦忧，从此活在阳光中。

2002 年《跨越彩虹》

2002年

《跨越彩虹》：真爱

题记　人们常说真爱，会随着细雨而至。

（一）

盛夏来临，雨水成了常客，而且经常是雷阵雨，来势汹汹，使人猝不及防，不过，往往来得快，去得也很快。

就我而言，对于雨水，经历了一个由厌到爱的过程。

孩提时，极为讨厌阴雨天，那时玩性很大，而一旦下雨，只能乖乖待在家里，和小伙伴玩耍的计划就要泡汤。记得那时每当阴雨来临，总会坐在窗前，看着乌云密布的天空，心里暗自祈祷能够尽早放晴。

后来长大了，整个人变得安静起来，不知从何时起反而喜欢上了雨天。一些下着小雨的日子，甚至会不打伞走在雨中，任凭绵绵雨丝滴落在身上。身上虽然淋湿了，但心里却是晴朗的。

通常也会在这时候，有一些心事慢慢涌动出来。在雨中与自己对话，尝试放下所有的不快，实现与自己的和解。

《跨越彩虹》就是这样一部浸在雨水中的电影，它的主题也是有关“和解”。

影片的开始便是淅淅沥沥的雨水，李政宰饰演的男主人公李尚俊是一个天气预报员，在一个非常潮湿甚至显得有些压抑的雨夜，约好去见自己暗恋许久的女孩，但不幸的是，他在路上遇到了车祸。

伤好后，他发现自己丧失了部分记忆，无法回忆起暗恋的那个女孩是谁。在他仅存的记忆中，那个女孩是他大学的同学，总是喜欢穿着白衬衫坐在满是阳光的窗边，光影一直笼罩在她的身上。尚俊手中虽然有一张暗恋女孩在窗边的照片，但因为曝光过度，照片中长发的她面目模糊，无法分辨出到底是谁。

尚俊车祸后，总是无法集中精神，而一想起那个女孩，症状尤为严重，为此他来看医生，医生告诉他，这些症状说明他正在本能地恢复重要的记忆，也就是说，这个阳光下的女孩，对尚俊来说是很重要的人。

尚俊决心一定要找到这个女孩，他拿着照片，开始拜访大学里的同学，想先搞清楚这个女孩是谁，但是，由于照片模糊不清，没有人能给出答案。在此过程中，遇到了大学好友的前女友，同为大学摄影社团成员的师妹江咏仪。

咏仪曾经是摄影社团非常活泼爽朗的一个女孩，如今她是地铁站失物招领处的公务员，每天认真地清理着许多被主人遗忘或丢失的物件，耐心地等候着人们来认领。

咏仪答应帮助尚俊寻找那段记忆，找到过去曾经喜欢过的女孩。影片由此在现在和过去进行来回穿插，重温了当年在校园里发生的很多故事，老照片、摄影社团、同学间的嬉笑打闹……让人感到亲切且美好。

在找寻过往的过程中，两人情愫暗生，这不禁让尚俊陷入两难境地。虽然可以选择开始一段崭新的恋情，但过去的美好挥之不去；倘若继续追寻过往，不一定会有结果，心中喜欢的咏仪可能会转身离去。

尚俊最后下决心追求现实的幸福，他对咏仪说："也许我以前很爱她，可是我现在不爱她！现在的感觉才是最重要的！"对于尚俊的表白，咏仪显得很理性，觉得尚俊应该继续找寻旧爱，她说："我觉得她才是你真正爱的人，她也许在等你。"

正当两人不知何去何从时，尚俊的记忆恢复了，当年那位坐在窗边，被阳光笼罩的女生正是咏仪。

这是一部构思巧妙的电影，影片中虽然大量采用倒叙的手法，但并不显得凌乱，倒是把一个寻找过往真爱的故事讲得娓娓动听。没有一些韩国影片惯用的煽情手法，代之以令人心动的脉脉温情，内敛中蕴含着隽永。

雨天是贯穿影片的主线，男主人公失忆在雨天，恢复记忆也在雨天。男女主角相遇在雨天，产生爱的火花也在雨天，淅淅沥沥的小雨见证了一切。

由于充满爱情的气息，阴沉的天气似乎也变得别有韵味。而当所有一切以近乎圆满的方式结束以后，留给我们的则是一道美丽的彩虹。

打心底里喜欢影片最后那一道美丽的彩虹。

说起彩虹，见过不少，记忆中最难忘是许多年前在去往太原的列车上所见到的。火车路过石家庄时，依然细雨霏霏。可没过多久，车窗外突然展现出一种奇异的景色。天空从中间自然分断，一边天空是湛蓝如洗，另一边则密布着乌云，而就在晴朗一侧的不远处，一道彩虹横亘于山前。

我顿时被这瑰丽的景色所吸引，目不转睛地注视着它，突然间觉得，这道彩虹似乎像是天上飞来的天使，在与自己默默地对话。直到车走了很远，仍然能看到那道美丽的身影。

彩虹无疑是美丽的，但来得并不容易，通常需要一场通彻的雨水作为前提，一如《真心英雄》中所唱到的：“不经历风雨，怎么见彩虹。”

当然，这里的“彩虹”显然有了更多的含义，也就是说，通往成功或幸福的道路往往不会是一片晴空，搞不好会遇到倾盆大雨，所需要的是一份坚韧，如果能咬牙挺过去，往往会有一道美丽的彩虹等着你。

遗憾的是，有些磨难是注定挺不过去的。一如影片中饰演女主角的张真英。她的生命永远停留在35岁这个时点上，永远停留在2009年9月1日那个初秋的日子。

（二）

张真英，出生在1974年5月，恰好与我同龄。

她是我很喜欢的一名演员，论长相，在美女如云的演艺圈，她显得并不出众，甚至有些普通，但在我看来，她却拥有一种独特的气质，清纯、秀气，还有一股机灵劲儿。

最初知道她的名字，是因为另一部韩国电影《菊花香》，那是我看的第一部由她主演的影片。之所以会看这部电影，是因为片子改编于金河仁当年非常畅销的同名小说，据说在韩国每八个人当中就有一本《菊花香》，几乎所有的年轻人都读过这本书，我也曾读过这部小说，很想看看这部改编于小说的电影会拍成什么样。

于是，就这样与张真英“相遇”了。

影片的故事并不复杂，从美国念完高中回到韩国读大学的男主角，在一次乘坐地铁时遇见了一位与众不同的女孩。她大胆独立的行事作风深深地吸引了男主角，让他跟随着这位女孩下了地铁。此时一枚硬币带着彼此的缘分滚落到了他的脚下，他拾了起来，两人相视一笑。匆匆的相遇，没有给女孩留下任何记忆，但却让男主角难以忘怀她的发丝中那种挥之不去的菊花香气。

男主角在前辈的引荐下来到了大学的“读书文学社”，让他没有想到的是新任的社长正是那位满是菊花香味的女孩，原来他们同在一个大学，这个担任社长的女孩是他的师姐。

两个人的再次相遇，让男主角觉得这是上天安排的缘分，后来在一次社团活动时他勇敢向她表达了爱意。但师姐认为这只是年轻师弟的一时冲动，很干脆地拒绝了他。从此男主角把这份感情深深地隐藏在心里。

七年过去了，女主角结了婚，但她的丈夫和父母在一次车祸中遇难，悲痛欲绝的她决心封闭自己的感情，想着独自度过一生。而此时男主角已经成为一名电台的制片，他通过电台传达着对菊花香女孩的刻骨铭心的爱，最终用自己的执着与热情融化了她渐冷的心。

历经艰辛两人走到了一起，不久女主角怀孕了，但不幸的是她得了绝症，她向男主角隐瞒病情，选择生下孩子而放弃了自己生存的机会，在孩子出生的日子永远地离开了人世。

在这部电影中，张真英演绎得很出色，充分展示了在希望和绝望中不断转换的心境变化，一边是死亡，另一边是新生，两种形态在她的身体里同时蓬勃生长，从始至终，她将这样的情绪表达得异常生动。

那首意大利民歌《桑塔露西亚》贯穿全片，从男主角第一次单独与心爱的人在一起坐在船顶放声高歌，到妻子离去后与女儿在旧时的秋千长椅上宁静回忆时，都是同样的旋律响起，这首歌实现了与电影场景的无缝对接，拨动着每一个观者的心弦。

同样令人心生感动的还有那句台词，男主角买光了女主角爱喝的松子酒，将其整齐地堆放在女主角的门前，借以感动自我封闭的她。女主角流泪地问："为什么你爱我？"男主角说："因为是你。"

虽然只有四个字，却胜过万语千言。

（三）

人生如戏，戏如人生，这句话用在张真英身上，再贴切不过。

非常巧合的是，她同《菊花香》里自己饰演的女主角所患的绝症一样都是胃癌。对此不知该如何解释，或许是因为她把这部电影演绎得太出色，以至于连上帝也搞不清楚她到底是生活中的真英还是电影中的美姝。

更为巧合的是张真英和女主角一样，在生命最后的时光邂逅了最为动人的爱情。

她和爱人金荣钧的故事始于2008年的新年，这天许多餐厅只提供情侣和家庭套餐，结束一天拍摄的张真英看着一对对迎接新年的甜蜜情侣，心情颇为黯淡，于是选择来健身，想出出汗释放一下落寞的情绪。

新年之夜的健身房里冷冷清清，她遇到一个颇为文雅的男士，张真英以为他是新来的健身教练，就与他一起挥汗如雨。锻炼结束后，别人告知她，陪她锻炼的男士是这家高档健身房的社长金荣钧。

张真英感到不好意思，觉得因自己耽误了他与家人过年，所以邀请他改日共进晚餐。在一起吃饭聊天时，张真英才知道，金荣钧出身于前国会副议长之家，但他身上丝毫没有富家弟子的张狂和虚荣。原来他的成功完全靠自己的努力，出国留学后回来创业，把事业做得蒸蒸日上，拥有自己的房地产公司和这家健身会馆。

从来不看电影的金荣钧并不知道眼前这位女孩是大名鼎鼎的张真英，直到服务员无意中提起，他方才知道。金荣钧感到些许尴尬，但张真英并不介意，反而自嘲自己长得实在太普通，不像个明星。

就这样，两个人意外地邂逅了。

金荣钧回去后把张真英所有的作品都看了一遍，无论是《跨越彩虹》里帮助男友恢复记忆的善良女孩，还是《菊花香》中为爱放弃生命的坚强妻子，都深深地打动了金荣钧。从心里喜欢上了这个看上去非常清纯的女孩。但没想到，当他提出交往请求时，张真英却拒绝了他，她告诉金荣钧，自己只想找个普通的男人过平常的日子，并不想嫁入豪门。

无奈之下，金荣钧只好另辟蹊径，他每天晚上都到张真英家门前的小路上等候，等着张真英带着爱犬“来来”散步。张真英不怎么理他，他就和“来来”玩，时间长了，“来来”和他相处得异常融洽。

由于张真英经常外出拍戏，就把“来来”交给他来照料。金荣钧借此经常给她打电话，开始只说“来来”的情况，后来越聊越广泛。他的付出终于打动了张真英，两颗心慢慢走到了一起。

好景不长，有一天，正在片场忙碌的张真英突然晕倒，经医院检查患了胃癌。刚刚感受到爱情甜蜜的他们面临着严峻的挑战，金荣钧决心和张真英共同面对。在他的鼓励和照顾下，张真英的病情有了好转，彼此心底涌起新的希望，他们觉得爱情或许真的可以击退死神，两人又开始憧憬美好的未来。

遗憾的是，奇迹并没有发生。没过多久，张真英的病情急转直下，癌细胞开始无情地扩散。面对心爱的人即将消逝的生命，金荣钧痛苦万分，他决定给张真英最后的幸福，于是在病榻前向她跪地求婚。

2009 年 7 月 26 日，金荣钧和张真英来到拉斯维加斯的教堂，由于长时间的化疗，张真英已经非常瘦弱，头发脱光了，细嫩的肌肤失去弹性，明眸的双目也没有了原来的光泽。他们在神父面前紧握着对方的双手，许下了庄严的承诺。

在去世前 3 天，金荣钧完成了他们在韩国的婚姻登记。9 月 1 日，张真英在金荣钧的怀抱中走完了生命的最后一程。

金荣钧起初根本不敢相信这是事实，他一直觉得张真英没有离开他。过了很长一段时间后，才开始感觉到她真的离开了这个世界，但曾经一起度过的时光总是浮现在脑海中，他说："白天和朋友们见面，和熟人谈业务的时候，有时也能忘掉这一切。但一到夜里就会想起她，非常痛苦。"

一年之后，在两人的结婚纪念日，金荣钧公开了以前从没有曝光过的几张结婚照，其中一张照片中的张真英身穿白纱礼服手捧红玫瑰，非常幸福的样子。金荣钧在自己的博客上发表了这样的日志："7 月 26 日是我和真英的结婚纪念日，特地放上几张婚礼的照片。这些照片应该是真英留给我的最后的照片了，无论如何今后也请不要遗忘。"

金守仁在《菊花香》自序中有一段话，他这样写道："人心中是有四季的，一路走来，经历的每一个春夏秋冬都像年轮一样留在那里。当我们追溯流逝的时光，像翻看累积起来的一片片黄叶，一粒粒的悲伤黏附在最底层，瞬间化作可爱的蝶蛹，四处去寻找能把它变成蝴蝶的人。现在，或许它们已经在天空中自由飞翔了，或许还在阴暗的屋子里如风中落叶般辗转反侧。"

张真英虽然没有看到那道美丽的彩虹，但是她等到了使自己变成蝴蝶的人。在这点上来讲，她是不幸的，也是幸福的。

因此，所有喜欢她的朋友，在痛惜红颜早逝的同时，我想，更应为她感到欣慰。想必在遥远的天国里，她一样会坐在窗台上，白窗帘被微风轻轻吹起，阳光从窗台的缝隙中斜射进来，折射在身边的那杯水中，幻化出一道美丽的彩虹.....

2003 年《托斯卡纳艳阳下》

2003年

《托斯卡纳艳阳下》：等待

题记　毋庸置疑，好的事情总会来到。而当它来晚时，也不失为一种惊喜。

（一）

托斯卡纳，是我很向往的一个地方。

第一次见到它的真容是在电视上，一场名为“生命的奇迹”的演唱会中，这场演唱会的主角是我很喜欢的盲人歌唱家波切利，托斯卡纳是他的故乡。

在序章中，伴随着波切利的自述，屏幕上展现着托斯卡纳四季的壮丽景色。接着演唱会正式拉开帷幕，当天的演出可谓群星璀璨，包括莎拉·布兰曼、罗拉·普西妮、肯尼基等。不过，相对于这些超级巨星的精彩演出，这场演唱会给我更深印象是它的布景，整座舞台以托斯卡纳的原野为背景露天搭建，四周是茫茫田野，上面则是深邃无比的长空。

演唱会从下午一直持续到深夜，原野随着天色不同而不停发生着变化，先是被一片湛蓝所笼罩，接着又映衬在美丽的晚霞中，然后慢慢地沉入夜色，最终被星空所覆盖，看着这样变幻无穷的自然美景，听着波切利和其他歌手宛若天籁般的歌声，那种美好简直无法言状。

后来读到陈丹燕的《来世我愿意做托斯卡纳的一棵树》，她写道：“要是有来世，我想我不愿意再做一个人。做一个人，是很美，可是也太累。我来世想做一棵树，长在托斯卡纳绿色山坡上的一棵树。要是我的运气好，我就是一棵形状很好的柏树，像绿色的烛火一样尖尖地伸向天空，总是蓝色的、金光流溢的天空。”

再后来就看到了这部电影——《托斯卡纳艳阳下》。选择看这部电影，大概也是因为片名中有“托斯卡纳”这四个字。不过，这部电影首映于 2003 年，而我初次观赏时已经是十年之后了。

35 岁，对于片中女主角法兰西斯来说是一个坎，在此之前，她的生活堪称完美，事业上，她是一个出色的诗人和书评家；生活上，有一个爱她的丈夫和幸福的家庭。但几乎就在一夜之间，一切都不复存在，她的丈夫出轨后要求离婚，并与她争夺房屋的所有权，因为新欢喜欢那套房子。

法兰西斯痛苦至极，搬进了一所公寓里，与离婚律师为邻，每天都能听到隔壁屋子里婚姻失败者的哭诉，这让她更感觉喘不过气来，心情灰暗到了极点。为了让她散散心，好友为她报名参加了意大利托斯卡纳之旅。

就这样，法兰西斯走进了浪漫奔放的托斯卡纳，这里有欧式的尖顶建筑，无边无际的向日葵，充满乡村气息的小镇，随处可见的美景，这让她沮丧无比的心情感到些许宽慰，她在明信片上写道："我吃着买来的葡萄，紫色的甜蜜弥漫在心间，吐息中仿佛还有紫色的味道。"

正是在这次旅行中，似乎有上天的指引，让法兰西斯遇到了那栋叫作"Bramasole"的老房子，她决定买下这座老旧斑驳的旧屋，一名旅游者变成了长住人，这在别人看来有些不可思议，觉得她是心血来潮，但对于法兰西斯来讲，这似乎是摆脱过去的一种有效方式，她需要在一个全新的环境重新展开自己的人生。

不过，在最初的日子里，孤独还是如影随形，在一个狂风暴雨肆虐的夜里，被孤寂和恐惧侵袭的她在床上痛哭，向圣母玛利亚许愿，希望将来能在这栋房子里举办一场婚礼，建立自己的家庭，并和家人幸福地生活在一起，重新回到以前的生活状态。

只是，幸福一旦失去，哪里会那么容易恢复。

所幸她在新环境里遇到不少友善的朋友，包括好心的房屋经纪人马塞洛，帽子女士凯瑟琳，不甚专业但却非常有趣的波兰人装修工，他们用不同的方式温暖和激励着法兰西斯。

凯瑟琳觉得法兰西斯像是掉进了抑郁的黑洞，必须要尽快走出来，否则很危险。她鼓励法兰西斯说："当我还是一个小女孩的时候，我曾经花很多时间去找瓢虫，然而我最后放弃了，在草地睡着了，当我醒来的时候，我身上却爬满了瓢虫。"她继而说："后悔只是白白浪费时间，不要让过往的烦恼再折磨现在的你。"

超级"暖男"马塞洛一直默默给她支持和关心，走进她的世界但从不越界，他对她说："在奥地利和意大利之间，阿尔卑斯山有一段公路叫"Semmerin"，十分的陡峭和高耸。他们在上面建了铁路，用来连接维也纳和威尼斯。这些铁路是在还没有火车之前就建好了。他们修建了它是因为他们知道有一天火车会来。"言外之意是，当我们没有遇到命中注定的那个人的时候，能做的就是做好一切准备，他终究会到来的。

在朋友的鼓励和关怀下，法兰西斯渐渐走出了阴霾。在这里，她还遭遇了一场爱情，一个浪漫的意大利男子在美丽的海滩前对法兰西斯说："你的眼睛真美，我希望自己能在里面尽情畅游。"这不由让她意乱情迷，但注定只是一段短暂的露水情缘，最终无疾而终。这虽然让她再次感到了痛楚，不过没有因此而崩溃，因为她早已经不是原来的那个法兰西斯。

她成全了年轻装修工和邻居女儿的婚姻，闺蜜从美国来到她这里生下了孩子，婚礼的进行，新生命的到来，让这栋老房子变得热闹起来，马塞洛对她说："记得你在低谷时曾经说过，想要在庄园里举行婚礼，想要在庄园里有个家，想要期待新生命的到来，现在看看，都实现了呢！”法兰西斯顿时恍然，没想到自己的梦想居然以这样的方式得以成真。

在见证别人幸福的同时，属于法兰西斯的幸福也悄然来临了，一个男子走进了她的生活，为她取下爬在身上的一只瓢虫，她再一次被久违的甜蜜感觉所紧紧笼罩，而就在那一刻后，一切都变得美好起来，那位天天捧着鲜花祭奠故友的老爷爷第一次向她露出了笑容，院子里那个干涸已久的水龙头，又开始听到潺潺的水声……

（二）

这部电影根据弗兰西斯·梅耶丝在1996年出版的小说里面的一个章节——“托斯卡纳艳阳下·在意大利的家”改编而成。

相比较梅耶丝的文字，影片对托斯卡纳风情的展示更加不遗余力，一望无际的田野，长长的林荫路，红色屋顶的房子，明媚灿烂的阳光，还有那些充满热情且懂得生活的人，就像是一幅沁人心脾的意大利风情画。

不过，我觉得很多观众喜欢这部电影，并不单单是因为美景，更看重的是法兰西斯从阴暗走向光明的历程，因为这份经历不仅仅属于她，也给每个观者带来些许慰藉和感悟。

这份感悟是什么呢？或者说，该用什么样的主题词来准确概括这部电影？勇气、放下、释怀……似乎都对，但好像又都不是太精准，我想到的一个词是——“等待”，这也是电影中那些经典台词中最常见的一个字眼儿。

说起等待，通常意义上觉得是消极的、被动的，但这部影片反其道行之，它表述的是一种“积极的等待”，正如片中引用意大利著名导演费德里科·费里尼的话：“你要活出多种精彩，不要失去童真的热情，一切都会得偿所愿的。单身也好，恋爱也好，认真地去过生命的每一分钟，积极的等待，好的事情就会发生。”

积极的等待，无疑是一种向上的人生态度。倘若能成功实践，就我看来，大概要有几个前提，首要的是勇于走出过去，片中法兰西斯在三十五岁时的命运转折，并非个案，实际上代表着不少人的人生。环顾这个社会，不难发现，除了极少数人一辈子都顺风顺水，过得舒坦之极外，大部分人都会遇到磕磕绊绊，甚至生活中充满着各种的不如意，事业不成功，婚姻不幸福，生活一团糟，总是感觉日子过得很沮丧。

由此，不少人会沉浸在过往黯淡中而不得自拔，结果是不仅过去不堪回首，当下以及未来也都笼罩在阴霾之中。法兰西斯之所以能最终获得新生，最重要的是走出了过去，如果她一直纠结于婚姻的失败，一直躲在那个令人压抑的公寓中，她的人生完全会是另外一个样子。

当然，走出过去，并不一定要像法兰西斯一样，换一个完全陌生的环境，或者买一个新的房子，关键在于心境。其实，人不是不可丧，但不能一直丧下去，毕竟无论经历什么，除了死亡之外，生活总还要继续，还有许多日子要过，就如片中所说：“为了自己想过的生活，要勇于放弃一些东西，这个世界没有公平之处，你也永远得不到两全之法。若要自由，就得牺牲安全。若要闲散，就不能获得别人评价中的成就。若要愉悦，就无须计较身边人给予的态度。若要前进，就得离开你现在停留的地方。”

其次，要保有对美好的向往，这话说得似乎有些多余，但凡是一个正常的人，谁不愿意向往美好的生活呢？话虽不错，不过看看许多人的一生，便会发现，这份向往大多停留在初涉人世的时代，光阴如水，匆匆而过，慢慢习惯了平淡如死水一般的生活，心里会觉得人生也就这样了，不再有什么美好的希冀，得过且过，做一天和尚撞一天钟。

“哀莫大于心死”，如果对生活没有了任何想法，甚至自怨自艾，也就丧失了追求美好的动力，从这个意义上说，保有对美好生活的希望极为重要，无论处于什么样的境地，都必须要提醒自己。就像那些在险峻的阿尔卑斯山上修筑铁轨的人，即使再艰难，他们都坚持了下来，因为，他们相信，总有一天火车会呼啸而至。

更何况人生还有太多的不确定性，夜色最浓重的时刻，往往意味着下一刻朝阳将会喷薄而出。或者暴雨滂沱后，总会迎来一片湛蓝的长空，甚至还会有一道美丽的彩虹。因此，不要因为没看到阳光就怀疑它的存在。要相信，美好和幸福不会和一个人天生绝缘，只要不放弃，不抛弃，心怀这样的向往并努力追求，它必然会寻声而来。

这让我想起了乔布斯在斯坦福大学那场精彩的演讲，他讲了三个主题，其中第一个主题，我认为说的就是一种“积极的等待”。

乔布斯为了不花掉蓝领阶层养父母一生的积蓄，他选择从里德大学退学，开始旁听书法课，学会了“Serif”和“Sans-serif”两种字体、并且懂得怎样在不同的字母组合中改变字间距，从而写出好的字来。

乔布斯本来以为书法在以后的生活中没有什么实用价值，但是，十年之后，他在设计第一台 Macintosh 计算机时，这些书法一下子浮现在眼前。于是，把这些东西全都设计进了计算机中，成就了第一台有这么漂亮的文字版式的计算机。

他由此感叹道：“所以你必须相信，那些点点滴滴，会在你未来的生命里，以某种方式串联起来。你必须相信一些东西——你的勇气、宿命、生活、因缘，随便什么——因为相信这些点滴能够一路连接会给你带来循从本觉的自信，它使你远离平凡，变得与众不同。”

（三）

乔布斯告诉我们，所有付出的点滴最终都会串联起来，不过，就我的理解，这种串联是主动的，而不是被动的。

现在常有人说“躺着赚钱”，我对此并不认同，有时候我们只看到了躺着赚钱的表面，不知道背后的付出和牺牲。同理，任何一种幸福都是无法躺着得到的，都需要付出努力。

该如何付出才能有所收获呢？片中法兰西斯的经历在某种程度上指明了方向。

首先要做到的是打开心门。现实生活有一个很常见的现象，人一旦遇到挫折和不幸，往往喜欢封闭自己，不愿惊扰别人，更不愿意让别人看到自己落魄的样子，所以选择独自疗伤，而且越是处于低潮期，封闭的越严实。

殊不知，当生活步入阴暗时，来源于外界的温暖会成为弥足珍贵的东西，在片中如果法兰西斯没有那些关心鼓励她的朋友，很难想象她能顺利走出困境，或者换句话说，她能重新出发最初的勇气恰恰来源于这些朋友。

记得在学生时代经常听潘美辰的一首歌，名字叫作《拒绝融化的冰》，打开心门，实际上就是让自己成为一块可以融化的冰，在来自外界的一股股强大暖流的作用下，最终得以消融，作别生活的低迷，勇敢地走向新生。

迈出了第一步非常重要，但更重要的是能够坚持下来。现在很流行一句话——“人生没有白走的路，每一步都算数”，所以，认准目标，就要坚定地走下去，不要小看自己的每一份努力，正是一点一滴的积累最终聚集成了改变命运的力量。

记得曾经看过关于李宗盛的一个纪录片，片中以他居住的城市为主线，讲述了他和这些城市的故事，实则是讲述着他大半生的创作经历。片子的最后，小李哥说：“人的一生中每个经历过的城市都是相通的，每一个努力过的脚印都是相连的，它一步一步带我到今天，成就了今天的我。”

小李哥如此，片中的法兰西斯亦然，电影中有句台词说：“每个人一生中都会有这样的经历，站在十字路口，你必须选择向左还是向右走，你不能做一个胆小鬼。”法兰西斯没有成为胆小鬼，在朋友们的鞭策和关心下，她用努力和坚持最终成了决定自己命运的那个人。

在这部影片中，向日葵贯穿始末，无论是插着向日葵的花瓶，还是向日葵明信片，抑或是开满向日葵的花海，我想，这应是编导刻意所为，因为向日葵是最能代表灿烂阳光的一种花，其中的含义不言而喻。生活不是每天都艳阳高照，但无论经历怎么样的风雨，只要初心不改，只要积极的等待，总会迎来阳光普照的那一天。

以海子这首著名的诗作为结束吧：

从明天起，做一个幸福的人

喂马、劈柴，周游世界

从明天起，关心粮食和蔬菜

我有一所房子，面朝大海，春暖花开

从明天起，和每一个亲人通信

告诉他们我的幸福

那幸福的闪电告诉我的

我将告诉每一个人

给每一条河，每一座山，取一个温暖的名字

陌生人，我也为你祝福

愿你有一个灿烂的前程

愿你有情人终成眷属

愿你在尘世获得幸福

我只愿面朝大海，春暖花开

내 인생 가장 아름다운 순간
꽃피는 봄이오면
2004년 가을, 희망을 연주합니다
최민식
www.flowerspring.co.kr

2004 年《当春天来到》

2004年

《当春天来到》：温暖

题记　每个人都有悲伤往事，只是原因各有不同。

（一）

4月，无疑属于春天，经过一个冬季的压抑，所有的花朵都迫不及待地开放。每天走在路上，好像是在与美丽的花儿约会一样，目光所及，五颜六色，千姿百态，伴随着阵阵香气袭来，在这样的情致中，似乎一切都变得美好起来。不由想起了蒋勋先生说的那句话："生命如此美好，理应被祝福。"

最早带来春之气息的除了迎春花，大概就属樱花了，那日，突然发现院落里的樱花全部绽开，仿佛发生在一夜之间，多少有些使人猝不及防。不过，还没看够，伴随着一阵春风拂过，花瓣随风徐徐而落，顿时有一种说不出的感觉充溢心间。

不知为何，每当这个时候，总会想起曾经看过的一部韩国电影。在这部电影的结尾，崔岷植饰演的男主角同样是在一棵绽放的樱花树下，给自己心爱的女人打着电话，落英缤纷，四散而下，落在他身上，一个油腻中年男人的救赎就此完成，看上去不仅美好，更多的是一种感动。

这部电影叫作《当春天来到》，如果更有诗意的话，可以翻译成《待到春花烂漫时》。

这是一部典型的“小众文艺片”，想必很多朋友没有听说过，我之所以看这部片子，主要原因是饰演男主角的崔岷植。

他是我很喜欢的一位演员，始终觉得，如果单论演技，他应该可以位列韩国男演员的前三甲。这些年来，看过他出演的不少电影，从早期的《生死谍变》，到后来的《老男孩》《看见恶魔》《新世界》《鸣梁海战》等，在我看来，他通常就是一部影片水准的代言人。

只是，在我的观影记忆中，崔岷植通常以“硬汉大叔”的形象出现，满脸沧桑，不苟言笑，冷酷无情，甚至在一些电影中表现得极为变态，有时让人不寒而栗。因此很好奇，他如何实现转型，成了一部文艺片的主角。

于是，便有了与这部找寻春天影片的一场邂逅。

崔岷植的表演依旧没有让人失望，他把一个大男人的隐忍与放松、压抑与开朗的复杂情绪表达得真实到位。当然，更出色的是电影本身，虽然没有激烈的戏剧冲突，但却很容易让人将情绪投入其中，从头到尾，直到片终曲萦绕耳边时，不由感叹，在这个喧嚣的社会，还能有这样一部清新、干净的电影是多么美好。

崔岷植饰演的男主角叫作李贤宇，是一个将生活过得一团糟的中年男子，脾气暴躁，事业无成。本来是小号演奏家的他由于自己的个性未能被交响乐团录用，与女朋友的感情也出现了波折。作为一个粗心而邋遢的男人，他不懂得照顾自己，也不愿轻易表现地心疼他人，只会笨拙地在电话里对一气之下想要嫁人的女友说："请你一定要幸福！"

事业、爱情事事不顺，他的生命遭遇到了前所未有的低潮。在一个寒冬时节，他离开首尔，来到一所偏僻小镇的地方中学担任音乐老师，这对他来讲，一方面是现实生活所逼，但更多的是一种逃避。

本来心灰意冷的他，初来时看到有些荒凉的小镇，还有学校里破旧不堪的乐器，心里更是感到拔凉，觉得今后的生活毫无希望可言。毕竟这所中学的学生大多是矿山子弟，他们没什么远大的"前途"，最好的学生也不过是想读个中专，然后找个好工作，离开矿山而已。

但未承想，这个小镇竟成为他的救赎之地，本来想自暴自弃的他，生活却在不知不觉中发生着积极的变化。

越是偏远的地方，人们就越天真纯朴，这个小镇也是如此，明明是小本生意却还肯给陌生人赊账的老婆婆，美丽温柔且善解人意的药剂师，还有那些对音乐非常热爱的孩子，正是这些陌生人对他的关心，使贤宇心中开始涌出阵阵暖流，内心的坚冰渐渐消融，希望在他心中重新生根发芽。

贤宇把全部热情投入到孩子们身上，作为学校乐团的老师，他必须要带着这些孩子在全国乐团的比赛中拿到名次和奖项，否则乐团将被解散。不过，这对于几乎没有任何基础的一个小镇学生乐团来说谈何容易，在通往成功的路上，贤宇遇到了种种挑战和困难。

最大的挑战来自家长，乐团里有个男孩叫永石，父亲坚决反对儿子学音乐，他要求儿子读商科以便将来能更好地养家糊口。贤宇找到永石的父亲，想说服他同意永石继续在乐团演奏，但是站在身为矿工的永石父亲面前，这种请求似乎难以启齿，谁都明白生活的无奈和压力。贤宇对永石父亲说：“我觉得，小孩子，应该是有梦想的。”“梦想？好久没有听到这两个字了。我现在的生活也不是我的梦想。不是所有的梦想都可以变成现实。”这是永石父亲的回答。

尽管处境艰难，但幸运的是，在贤宇的努力下，乐团还是坚持了下来。终于迎来了全国乐团比赛，在比赛开始之前，学生们送给贤宇一根他们亲手做的指挥棒，上面写着：“谢谢贤宇！”看到这几个字，他内心曾经的阴暗彻底得以消散。演出非常成功，虽然电影中没有公布最终比赛结果，但走过这一路，成绩已不再重要，重要的是贤宇和孩子们每一个人都经历了难得的成长，并且从中得到了快乐和满足。

春天到来的时候，贤宇从小镇回到首尔，他来到前女友妍慧的楼下，看见她从远处走来又拐进楼里。贤宇坐在楼门前的一棵樱花树下，拨通了她的电话，柔声地问："你在干什么？"接着，屏幕里的对话声音隐去，悠扬动人的小号声响起，花瓣儿开始徐徐飘落……

相对于那些大制作影片，这部电影只能算是一个温情小品，但里面所浸透的情感丝丝入扣，足以让人为之感动。这其中既有爱情，也有友情和亲情。孩子们的热情、药剂师的善良、母亲的慈爱，以及小镇居民的淳朴，构成了一道爱的风景，不仅打动着男主角，也使每个观者处于一种春天般的温暖氛围之中。

记得那是许多年前，在一个影碟店里，无意中看到这部电影的封面，手持小号的崔岷植，坐在满树的樱花下，仰望着蓝天，恬淡地微笑。心里想，这应该是一部满含温暖的电影。

果不其然，要我说，如果用两个字来概括看完这部电影的感受，那便是——"温暖"。

后来知道这部电影改编自真实故事，而编剧 Ryu Jang-ha 恰恰是《八月照相馆》及《春逝》的编剧，心里暗自想，难怪自己能与这部片子对上眼，他所编剧的这两部电影都是自己非常喜欢的。

不过，相比于《八月照相馆》和《春逝》，《当春天来到》显得更为阳光。

据 Ryu Jang-ha 自己讲，他正是被真实事件感动而萌发了写这样一个剧本的念头，起初是想写一个小号手的爱情故事，但老师与学生的几个精彩段落，让他最后将一个爱情故事变成了一个融合生命中爱与美的故事。这样的融合使电影本身充满了生活潜藏的力量与温暖，让观众在平静的叙事中看到一个颓唐的男人如何获得新生的过程。

如 Ryu Jang-ha 所言，我想，倘若看过这部影片，应能深刻感知在贤宇看似不易的转化过程中，充分展示着一种叫作“温暖”的力量。

（二）

人，大抵上是最需要温暖的动物。

因为每个人都是生命中的旅人，在这段不是很长但却也不短的旅途中，注定不会一帆风顺。有些时候坎坷、无奈和感伤会如影随形，这本是再正常不过的事情。

电影中有这样一个场景：在黄昏的海滩上，美丽的烟火次第升腾到海面上空，继而消散，贤宇的女友妍慧从首尔远道赶来看望他，她遇到了贤宇的学生——刚失去奶奶的日在。他抱着自己老师的小号，应妍慧的一再邀请，吹起了贤宇开小灶教他的那首为妍慧而写的曲子。

听着这首再熟悉不过的旋律，依然深爱着贤宇的妍慧泪流满面，不能自持。后来日在有一天在老师贤宇面前提到这个陌生女子，贤宇不明白地问：“她为什么哭？”日在喃喃道：“每个人都有悲伤往事，只是原因各有不同。”

是的，每个人都会有自己伤心的事情，只是不愿说出来而已。

美国诗人费朗罗写道：“每个生命中，有些雨必将落下，有些日子注定要阴暗惨淡。”回首我们走过的时光，有晴空万里的时候，自然就少不了阴云密布时，有时甚至会电闪雷鸣，大雨滂沱。一如片中男主角贤宇一样，四处碰壁的事业，放任自流的爱情，将他一度带入了生命的雨季。

他最终能走出来，是因为从内心中感受到一股股暖流，包括能容纳他的一切并无微不至关心他的母亲，那位温柔善良且善于倾听的药剂师，那群活泼可爱天真纯朴的孩子，甚至是那位开始反对但最终被儿子的梦想打动而露出笑容的父亲，这些暖流汇集起的巨大力量，像一束光一样，照进了贤宇的生命中，将他内心中的阴霾吹散，让他看清了前行的方向，也获得了重新出发的勇气，最终迎来了属于自己的那份湛蓝。

这个世界上每个人的境遇不同，大部分人可能不会像片中的男主角活得那般拧巴，但是无论活成什么样子，有一点是相同的，那便是我们同贤宇一样，需要来自他人的温暖，需要别人的包容、鼓励和爱。

其实，这份温暖通常不需要什么感天动地的举动，往往是一个笑容、一个眼神、一个电话，抑或是寥寥数语，就已足够。就像在片中贤宇酒后给母亲打电话问道：“妈妈，你爱我吗？”电话那头回答：“你笨啊！”虽然只有三个字，但却蕴含着浓浓的温情，本来痛哭流涕的贤宇听后又笑了，他知道，无论自己如何落魄，母亲都不会抛弃他。相反的，会一直包容他、爱护他。

更为可贵的是，重新振作的贤宇在接受温暖的同时，也对外释放自己的温暖。他放下身段去夜总会演奏，用赚来的钱支付日在奶奶的住院费，他跑到矿上去求学生的父亲不要让孩子退出乐团，他撮合喜欢药剂师的男孩去勇敢追求自己的幸福……

就这样，贤宇结束了在冬日里的徘徊和彷徨，疾驰到了温暖的春天。

片中男主角的转变和升华，我想，似乎是每个人应走的道路，接受他人的关爱，从而让自己的内心温暖，然后再去温暖他人。或者换句话说，先打开自己心门，让一束光照射进来，然后让自己又成为照进别人内心的那束光。

曾在无意中看到一句话说：“若你能善待你的世界，你的世界大抵可以给你足够的善待；若你能宽容你的世界，你的世界大抵可以给你足够的宽容；若你是个认真生活的人，你的世界大抵会认真地对待你。”由此衍生开来，如果你能善待自己并温暖他人，你的世界大抵会被温暖所笼罩。

人们常说的“予人玫瑰，手有余香”，大概就是这个意思吧。

很喜欢片中的那段小号曲，悠扬动听，别有韵味。在贤宇四处碰壁，身陷困境时，这段乐曲响起，听到的是一份苍凉，而他获得重生，在樱花树下给心爱的人打电话时，还是这段乐曲，听到的则是一种沁人心脾的浪漫和幸福。

看完电影后，找来这段旋律反复地听，最终听到的是一种冬去春来的感觉。这些动人的音符似乎告诉我们，冬天再久终有落幕的一天，只要用温暖坚守，一切都会过去，春天总会在某个清晨悄然到来。

许多年前，在四月明媚的春光中，第一次观看了这部影片，而如今重温时，已是深秋时节，窗外满是瑟瑟的秋意，但内心却异常温暖。不由期待着像贤宇一样，待到春花烂漫时，安坐于樱花树下，轻风拂过，落樱飞舞……

那一刻，春天是我，我是春天。

2006 年《穿普拉达的女王》

2006年

《穿普拉达的女王》：回归

题记 能让你随时接电话的人，才是你真正在乎的人。

（一）

“如果我是安迪，是否会做出她那样的选择？”想必不少观众看到影片最后安迪把手机扔进许愿池，颇为潇洒地离开时尚圈后，会对自己反问一下。

安迪是电影《穿普拉达的女王》中的女主角，获得布朗大学法学院录取通知书的她，为了实现到杂志《纽约客》工作的梦想，毅然决然地放弃这个机会而选择了康奈尔大学新闻系。

学成毕业后的安迪迎来了人生中至关重要的一次面试，误打误撞成了一家蜚声世界的时尚杂志社主编的第二助理，这似乎是每个女孩都会艳羡的工作，每天接触各种奢侈品牌，有数不尽的漂亮衣服穿，还经常可以出入华丽的派对……

但对于安迪，刚开始的感受只能用“痛苦”来形容，一方面是因为她原本是一个时尚绝缘体。因此初入公司时，安迪的装束显得土里土气，和周边同事相比，简直就像是一个丑小鸭，与办公室氛围完全不搭。

更为要命的是，她的服务对象是号称时尚界“女魔头”的米兰达，她时髦、耀眼、有品位，在整个时尚界呼风唤雨。无数的设计师、摄影师、模特、销售商唯她马首是瞻。同时她却冷漠、傲慢、坚硬，没有丝毫同情心。

安迪每天的工作是为米兰达挂衣服、买咖啡、接电话……事情虽然很是琐碎，但她很努力，生怕出现什么纰漏。

尽管安迪每天过得小心翼翼，但有时还是会受到米兰达的斥责，心里满含着委屈。有一次，米兰达让她在 3 点前必须要给自己准备好牛排，她马上飞奔出去买回来准备好，谁料米兰达手一摆，突然不想吃了。安迪一气之下，把牛排连同盘子都扔到了水槽里。

生气归生气，但人在屋檐下不得不低头。起初的职场生活，安迪始终找不到感觉，处处碰壁，情况糟糕得不能再糟糕，她甚至觉得度日如年。所幸安迪天性聪慧，她知道，不能再这样继续下去，要想生存下来就必须学着改变。

于是在设计师好友的帮助下，安迪“改头换面”，衣着打扮越来越时尚，人也越发显得有气质。同时她拿出百倍的热情全力以赴做好自己的工作，她逐步想明白了，要想站稳脚跟进而有所发展，最重要的是要搞清楚服务对象的需求，不是米兰达要求做什么，她就去做什么。而是要在米兰达吩咐自己做之前，就已经事先考虑到了这个问题，并且能够顺利完成了此项工作。

“开窍”的安迪凭借越来越优秀的表现渐渐获得了米兰达的信任和赏识。

安迪终于走出当初的困境，完全适应了时尚圈的生活，应对自如，如鱼得水。她开始在声色愉悦中自得其乐，出席各种派对，结识了各色名人，受到时尚男士、帅哥作家的追求。看上去，似乎她天生就是为这个圈子所生。但有得必有失，在获得成功和鲜花的同时，自己的男友以及曾经的朋友和她越来越疏远了。

安迪意识到了这个问题，她陷入一种内心的挣扎，是要事业，还是要爱情和友情，对她而言，这是一个鱼和熊掌不可兼得的选择，无论舍弃哪个，都有些困难。毕竟在时尚圈能走到这一步，着实不易，背后满是心酸和付出。但是如果因此而不要爱情和友情，这与她的初心背道而驰。

在经历了一系列变故后，经过深思熟虑，安迪做出了最后选择——放弃事业，回归感情。

《穿普拉达的女王》是2006年公映的一部影片，不觉中已经过去了十多年的时间，这部影片在当时曾经风靡一时。我想，它能够得到许多观众的喜欢，是因为每个人在这部职场 + 时尚 + 情感的剧情片中能找到自己想要的东西。

对于喜欢时尚的潮人们，应该会为片中奢华的服饰和场景大呼过瘾，希望能够从事安迪的工作，可以和各大名牌朝夕共处。对于正在职场挣扎的白领们，则更看重安迪的职场菜鸟成长记，琢磨着能够学习和实践，好让自己早日从“麻雀”变成“凤凰”。

而对于那些正为选择情感还是面包的女孩儿来讲，影片则意味着更多。

（二）

该做出什么样的抉择，都可以归结为开篇的那个“安迪之问”。

安迪最后的选择是否正确呢。我想，在这个问题上，仁者见仁智者见智，每个人的价值观不同，一定会得出不同的答案。

赞成者会对于安迪的取舍拍手称快，认为她终于明白了生活的本质，回归到朴素的生活和真挚的感情，从此踏上了正确的人生道路。

这样看法的基点在于——工作只是生活中的一部分，而远远不是全部。

展开来讲，做好工作的最大意义在于可以证明自己的价值，同时为生活提供必要的物质支持。但是如果一份工作要以牺牲自己的价值观或者爱情、亲情、友情为前提，就完全本末倒置了。无论如何，再辉煌的事业，总有谢幕的一天，工作不会相伴你一生，而家庭和亲朋才是一辈子的财富。

安迪正是认识到了这一点，她看到面前的米兰达虽然像女王一样，呼风唤雨，风光无限，看上去没有什么她做不到的事情，但是伴随而来的却是无休止的工作、无尽的压力、无边的险恶。工作成了生活的全部，其实挺可怜的，只有事业，没有家庭，没有爱情，到头来只是孤家寡人一个。

所以，当听到米兰达憔悴地谈论她再次破裂的婚姻时，当发现米兰达为了保住自己的位置而用忠心耿耿部下的前程去做交换时，安迪看到了这份光鲜亮丽背后的残酷和肮脏。同时意识到，在这个圈子里如果想取得所谓的“成功”，就必须以牺牲别人为代价，这完全背离了她的价值观，觉醒后的安迪最终选择了离开。

反对者则认为安迪有些傻里傻气，好不容易得到了几乎让所有女孩子梦寐以求的生活，却如此无厘头般地一弃了之，实在有些匪夷所思。她们恨不得想跳进电影里跟安迪说：“你这份工作相当不错！不能就这样放弃！”

在她们看来，安迪现在的生活真的很棒，正在走向通往人生巅峰的路上。她变得越来越时尚，越来越美丽，交际圈也越来越广，天天生活在闪光灯下和帅哥们的包围中。无论如何，简陋的住房怎么能比得上豪宅，小酒馆的啤酒怎可比拟豪门盛宴中的佳酿，拥挤的地铁和舒适的奔驰轿车更是没有可比性。

更重要的是，安迪获得今天的一切，并不是被天上掉下的馅饼所砸到，而是通过自己的忍辱负重和百倍努力，其中的辛酸和痛楚只有她自己知道，历经磨难，终于过上了“理想”中的生活，到最后却如此一走了之，这样的抉择只能用“不靠谱”来形容。

当然，除了支持和反对的外，还有更多的观众恐怕是怀疑派，在他们看来，这样的结局太过理想主义，多少有些乌托邦的色彩，完全是“心怀教化”目的的编导刻意所为。

在这样一个高度物质化的社会，让一个女孩主动放弃如此高大上的环境，去过一种平民化的生活，简直难以想象，最合理的选择应该是“宁在宝马车里哭，不在自行车上笑”。换句话说，安迪这个人物过于理想化，从理性的角度来讲，她更应该身穿 Prada 出现在闪光灯下。

当然，不排除还有人抱怨编剧，为何总是把事业和生活对立起来，真挚的爱情好像永远都属于贫穷，而成功必定以失去生活的乐趣为代价。

不过，在我看来，这怪不得编剧。环顾现实生活，除了少数人之外，大部分人的一生确实充满着这样辩证的对立，如安迪的境遇一样——“鱼和熊掌不可兼得”。

杨绛先生说：“上苍不会让所有幸福集中到某个人身上，得到了爱情未必拥有金钱；拥有金钱未必得到快乐；得到快乐未必拥有健康；拥有健康未必一切都会如愿以偿。”说到底，得到一些必然要以放弃什么为代价，所谓“有得必有失”，无论何时，无论何人，大概都逃不出这一普遍的规律。

如果问我对安迪最终选择的态度，我想自己大概属于“怀疑派”。不过即便如此，从内心还是要为安迪的抉择点个大大的赞，至少这份勇气难能可贵，她没有被上流生活那种盛气凌人的感觉所迷惑，虽然有过短暂的迷失，但最终还是做出了非常理智的选择。

从这个意义上说，安迪战胜的不是米兰达，而是人的无尽欲望，这恰恰是人生中最可怕的东西，它就像一个无底洞，似乎永远不可能填满。宛若宇宙中的黑洞一般，如果想逃离，需要极大的勇气，而这样的勇气不是每个人都有的，特别是对于虚荣心较强的女孩子。

安迪能成功走出来，她的勇气来源于“初心”。

纪伯伦在《先知》写道：“不要因为走得太远，忘记我们为什么出发。”这句名言讲得就是“初心”，如今这是一个流行词汇，经常被讲起，对象不一，解释也不同。但对每个个体而言，我想，大概是指初涉人生时对自己的期许，希望自己将来成为什么样的人，或者坚守什么样的原则和信念。

如若是正常的人，似乎都应该有“初心”，只是有些人有明确的目标，有些人则是潜意识的。有明确目标的，内心里会很清楚今后自己的人生方向，即使是潜意识的，至少知道自己不能成为什么样子。

每个人带着“初心”上路，遗憾的是，对于不少人来讲，走着走着便与最初的理想渐行渐远，开始可能还有些惶恐和警觉，慢慢地也就习以为常了，一些在生命中曾经认为很重要的人或事，在行进的路上一点点剥离，最初坚持的原则和标准，在岁月的打磨中不断改变，有一天突然发现，自己竟然变成了当初最不想成为的模样。

这时候，每个人都会陷入安迪般的困顿——当现实与初心发生摩擦时，是选择遵循内心回归当初，还是不顾一切依旧向前？

安迪选择了前者，不过，对于现实生活中的很多人来讲，实际上往往没得可选。经过长时间岁月的洗礼，斗转星移，物是人非，已经再没有回去的可能。所以，大部分人注定不会如安迪那样潇洒，脱下华丽奢侈的高跟鞋，换上普通女孩的装束，回到那个没钱但质朴的男朋友身边。

在这一点上，生活真的比电影难多了。

这样“回不去”的事例在现实中随处可见，在事业上，如果一个人的工作不如意，或者工作并不是自己所喜欢的，一直没有舍弃的勇气，等到忍无可忍，想换种活法时，发现已经没有重新选择的资本和能力，常说的“温水煮青蛙”大概就是这个意思。

在感情上，一对对曾经甜蜜的情侣因为种种客观原因而分开，许多年后想要重新在一起谈何容易，分开容易相聚难，生活中的各种羁绊成为无法逾越的障碍，到最后也只能发出“此情只待成追忆，只是当时已惘然”的无奈叹息。

这样说似乎有些消极，但这就是生活的真相。只是，即便回不去，并不意味着要一直随波逐流，甚至不断沉沦下去，简单地说，我们很难成为自己梦想中的样子，但至少可以不成为曾经最讨厌的模样。

这个标准看似不高，但面对纷繁迷乱的社会，以及各种各样的诱惑，实现起来并非易事，能够成功做到，我想，最重要的是四个字——“坚守”和“改变”。

这看上去似乎是一对反义词，不能相提并论，但其实两者并不矛盾，也不冲突。简单地说，坚守该坚守的，改变该改变的。

到底应该坚守什么呢？我觉得应是做人的底线，譬如良知、诚信、仁爱等，这些都是根植于我们灵魂深处的东西，即使一辈子过得平淡无常，但只要有这些品质在，至少我们还可以活得坦坦荡荡。因此，无论走得多远，走得多快，都不能丢弃这些东西，在一定意义上，它们如同生命一样珍贵。

所谓“改变”，也就是说，很多时候我们尽其所能都无法成为理想中的模样，或者拼尽全力也难以过上理想的生活，有时不免心灰意冷，对自己颇感失望，甚至陷入自怜自艾的境地。这时候便需要改变，在力所能及的范围内，通过一点一滴持续不断的努力，远离暗淡和阴霾，一步步从心灵的囚室中走出来，重新获得出发的勇气。

在米兰达目光的注视下，安迪头也不回地离去，她选择了坚守，同时也选择了改变。

不知道回归平淡的安迪过得如何，或许她依旧会受挫，会感伤，甚至会有些许的动摇，但是告别彷徨的她，凭借内心的真诚和善良，以及由此产生的勇气和对自由的渴望，会让她在“初心”铺就的道路上一直走下去，直到春暖花开，繁花似锦……

2006

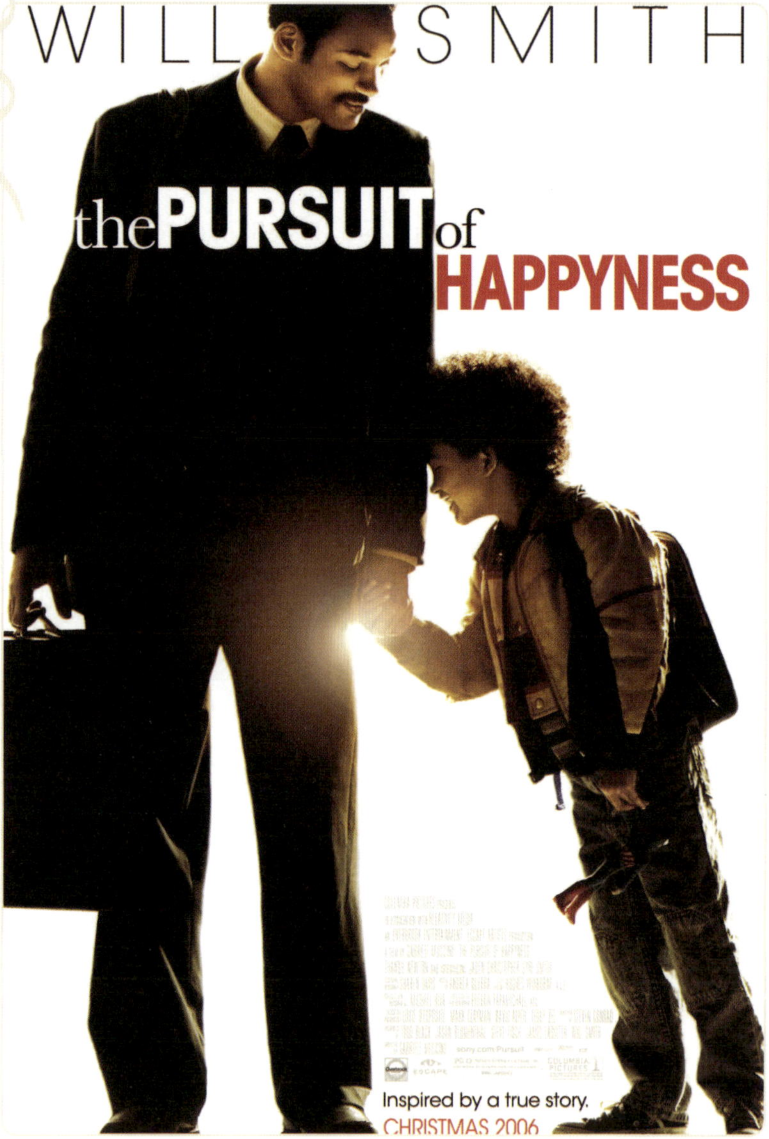

2006年《当幸福来敲门》

2006年

《当幸福来敲门》：希望

题记　别让别人告诉你你成不了才，即使我也不行。如果你有梦想的话，就要去捍卫它。

（一）

1981年，旧金山街头，一个消瘦的黑人男子带着一个小男孩，他一只手提着行李箱，另一只手提着一个大盒子，他们不是去度假，而是去找寻今天晚上的住处，如果找不到，便只能露宿街头了。

这个男子叫作克里斯，是美国电影《当幸福来敲门》的男主角，小男孩是他的儿子克里斯·托夫，他手上提的那个看上去有些沉的大盒子，学名叫作“便携式骨密度扫描仪”，他之所以随身携带，每日形影不离，是因为全家的命运与这台机器紧密相连。

克里斯动用了家里所有的储蓄成了这种扫描仪全美的唯一代理人，本来寄希望以此来改变命运，但未承想到医生们并不太认同这种作用不大且价格又贵的机器，克里斯每天提着机器穿梭于各种医院进行推销，尽管非常努力但销售状况不佳，不仅没有改善生活，反而使得家里的财务状况急转直下。

看不到前途的克里斯决心转行去做证券经纪人，他好不容易争取到了去一家股票投资公司实习的机会，但这却无助于改变命运，因为实习期里没有任何报酬，而且二十个实习生最后只能留下一个，成功的概率仅有百分之五，即便如此，克里斯也不愿放弃。由此，他只能一边在公司里拼命学习和工作，一边利用其他时间去推销骨密度扫描仪，以维持全家人的生活。

理想很丰满，现实异常骨感，克里斯的妻子无法继续忍受这样窘困的生活，选择一走了之，丢下了只有五岁的儿子与他相依为命。克里斯当时的银行账户里只剩下 21 块钱，到了破产边缘，因为没钱交房租，他和儿子被撵出了公寓，从此开始了四处迁移的生活。汽车旅馆、收容所，甚至地铁卫生间，都成为父子俩的栖身之所。

克里斯活得太难了，生活对于他来讲，可以简单地归结为三个字——活下去。

在公司里，只是高中毕业的他，要与一群年轻的大学毕业生争抢将来的饭碗，为了节省时间，他上班不喝水，以避免上厕所而丧失机会。他以疯狂的速度给客户打电话，打完一个，直接按挂机键打下一个。

结束了一天“打仗”似的工作，还要抓紧带着儿子到收容所排队，争取得到一张床位，以免露宿街头。儿子睡着了，他要看书复习以应对公司考试，每一天，甚至每一小时、每一分钟，对于克里斯来讲都至关重要，没有丝毫能够喘息的机会。

尽管疲于奔命，但生活依旧艰难，走投无路的克里斯只能去卖血，当鲜血在塑料袋里渗开时，他知道，这是自己最后可以做到的，前路如何尚不可知，除了坚持没有他法。

幸运的是，克里斯最终成为那个百分之五，他击败所有的实习生，拿到了正式员工的名额，终于迎来了幸福敲门的时刻。

这部排名很高的励志电影，套路并无太多新鲜之处，甚至看上去像是编导为了传递正能量而刻意虚构的。翻看一些背景资料，才知道它是取材于美国黑人投资专家克里斯·加德纳的真实故事。

加德纳和片中的男主角克里斯一样，妻子因不满艰辛的生活而离去，他带着儿子被迫流落街头。由于居无定所，加德纳只能将自己仅有的财产都背在身上，带着儿子前往无家可归者收容所，实在无处容身时，父子俩只能去公园、地铁卫生间、办公室桌底这样的地方过夜。

后来，他在一家经纪公司得到了接受培训的机会，通过考试后成为一名持有执照的股票经纪人，经过不断的努力，最终拥有了自己的经纪公司，成了百万富翁，命运实现了彻底逆转。

加德纳根据自己的亲身经历，撰写出版了自传《当幸福来敲门》，他在序言中写道：“这本书讲述我的故事，但是它实际上讲述的是我们的故事。这里的‘我们’一词的定义是，每个有十足充分的机会和借口，屈从于一切能够想象到的负面事物的人，他们可能遇到的是酗酒、家庭暴力、虐待孩子、没有文化、心怀恐惧、无可奈何等，但是所有这些人都决心走另外一条道路，而不是成为他们所处的周围环境会把他们所塑造成的样子。”

威尔·史密斯正是被这个真实的故事所打动，决定出演男主角，让现实生活中的儿子贾登·史密斯饰演片中自己的儿子克里斯·托夫，并邀请加布里尔·穆其诺来执导，成就了这样一部温情励志佳作。

（二）

我知道，有不少朋友喜欢这部影片，但由于观影角度和自身经历不同，想必观后体味也不一样，就我而言，最为感动的是片中克里斯和儿子间那种浓烈的父子情谊。

米兰·昆德拉在《不能承受的生命之轻》里说道：“生活时常会让我们感到艰辛，并会让我们无数次目睹在各种重压下的扭曲与变形。”在这部电影中，我们便看到了这样重压下的扭曲和变形。平日里西装革履、彬彬有礼的克里斯，一度被艰难的生活逼得快发了疯，半路跳车逃避出租车费，因为十四美元和好友闹僵，为了得到一个床位无礼插队爆粗……

唯有在儿子面前，他始终是正常的，永远是一个乐观且慈爱的父亲。这是因为他所做的一切，不管是愿意做的，还是不愿意做的，目的只有一个——活着，和儿子一起。

“男儿有泪不轻弹，只是未到伤心时”，影片中克里斯第一次流泪是他和儿子因无钱支付房租而被赶出来，流浪到地铁站厕所里过夜。这是整部影片里最为打动我的一个桥段，克里斯和儿子坐在空荡荡的地铁站里，儿子不理解为什么不能回家住，克里斯不愿让儿子幼小的心灵蒙上阴影，只好开玩笑说：“我们通过时光机到达古代了。”父子俩玩起了游戏，最后在“恐龙”的追杀下逃到一个“山洞”里，所谓“山洞”，其实就是间男厕所，也是今晚的栖身地。

克里斯搂着熟睡的儿子，坐靠在墙面上，他用脚抵着厕所的门，外面传来了近乎疯狂的砸门声。此时，眼泪慢慢从克里斯的眼角滑落，这份泪水中饱含自责和痛楚。当所有的情绪以这样的方式发泄完后，他意识到为了怀中的儿子，再难也要坚持下去。

毋庸置疑，困顿到极致的克里斯能够挺到最后，最终听到幸福的敲门声，原因就在于克里斯·托夫。这个五岁的儿子给予了他唯一的希望，由此带来了一份强劲的力量，在放弃与不放弃的边缘，正是这份希望的力量牵引着电影中的克里斯和现实中的加德纳，让他们坚定地走在永不言弃的道路上。

加德纳在自传里写道：“在大街上生活了一年之后，我们终于找到了一个栖身之所，那个房子没有电，因为我们当时负担不起。我点着蜡烛给我的儿子洗澡。那个时刻，我真的不知道我是否会放弃、崩溃或者哭泣。我当时处于精神意志的最低潮。就在这个时候，我的小男孩站在浴盆里对我说了一句：‘爸爸，你知道吗？你是一个好爸爸。’”

“你是一个好爸爸”，多么简单和普通的一句话，但却给了加德纳巨大的鼓励，使得他最终从人生的低谷中艰难地走了出来。

电影中亦如此，克里斯父子不仅相依为命，而且相互鼓励，他们之间的不少对话，成了这部电影的经典台词。克里斯在篮球场对儿子说：“别让别人告诉你你成不了才，即使我也不行。如果你有梦想的话，就要去捍卫它。那些一事无成的人想告诉你，你成不了大器，如果你有理想，就要努力去实现。”

克里斯看上去是在教育鼓励儿子，实际上更多的是为自己打气。

克里斯·托夫则在街头给老爸讲了一个笑话，他说：“一个人落到水里，一艘路过的船要救他，他拒绝了，说上帝会来救他。不久，又一艘船经过，并且要救他，再次被他拒绝了，他坚信上帝会来救他。最后，落水者死了，他来到天堂后指责上帝为什么不来救他，上帝说：‘我派了两艘船去救你，都被你拒绝了，大傻瓜……’”克里斯听后宛然一笑，儿子是当个笑话来讲，他却不能只当个笑话来听，他知道，自己不能成为那个落水者，要想方设法抓住一切机会来自救。

就这样，无论多么不堪的生活，都没有影响父子间的亲情，而是使其更加坚强。同样，无论经历什么样的磨难，都始终没有摧毁克里斯的信念，只要有儿子在，就有希望在，就有一种无形的力量推着他前行。

电影的最后，当克里斯被通知成了投资公司的正式员工，他强忍着泪水，走入茫茫人海，在熙熙攘攘的人群中，他举起了双手，一次又一次的默默为自己鼓掌，看到这里，我的内心也为这种借助希望的力量而改变人生命运的结局而暗暗喝彩！

（三）

由希望带来的力量，无疑是巨大的！

以此为主题的电影并不少见，就我的观影经验，觉得除了这部电影外，还有另一部经典影片诠释得很好，便是《肖申克的救赎》。

第一次看这部电影，还是在大学时代，记得是在学校食堂旁边的海报栏上看到一则影讯，大概是为了吸引眼球，上面用红笔写着这部电影的另一个片名——《刺激 1995》，心里顿觉好奇，便到学校的影院去观看。看后觉得整部电影虽没有什么“刺激“之处，但却感到了相当大的震撼。

这份震撼正是那种希望的力量，它使得男主人公安迪在阴暗绝望的监狱里，用一把小鹤嘴锄，历经 19 年的时间重获自由。而且更难能可贵的是，安迪不仅自己拥有这份力量，而且还输出给同一个监狱服刑的好友瑞德。

已经被关押了 30 年的瑞德，本来对未来已经心灰意冷，他劝安迪说：“希望是危险的东西，会使人陷入疯狂。”但安迪告诉瑞德的是：“人的一生要么忙着活，要么忙着死。”瑞德在与安迪的交往中渐渐被感染，在安迪的不断鼓励下，瑞德重新燃起了对生活的希望，同时也避免走上另一个老囚犯老布的老路。

一辈子墨守成规的老布，高高的围墙早已熄灭了他生命的火焰，终于等到了走出监狱那一天，老布却对突如其来的自由手足无措，不知何去何从，最终选择了自杀，而瑞德出狱后住到了老布曾经住过的旅店，两人在房间里都刻下了“到此一游”，老布死了，而瑞德却奔向了蔚蓝的大海，拥抱了新的生活。

在《当幸福来敲门》中，同样有着这种力量的相互输送，儿子是克里斯的希望，也是所有力量的来源，只要和儿子在一起，再苦再难，克里斯都能够忍受。同样他用自己坚韧的表现又将这份力量反作用于儿子，努力让克里斯·托夫感受到爱和关怀，不让他幼小的心灵被绝望和愤懑所占据。从这点上来说，克里斯既是力量的承接者，也是输出者，正是父子间这种相互的作用，支撑着他们走出了困境。

安迪在留给瑞德的纸条里说：“希望是个好东西”，就我的理解，好就好在它能给予我们一种力量，特别是对于深处逆境和苦难中的朋友，希望就像是暗夜中唯一的光亮，尽管可能非常微弱，但只要有这一丝光亮，就不会使人彻底绝望，就会努力咬牙坚持，由此才有可能逐步走出困境，最终迎来天亮的时刻。

由此想到，多年前和一位曾经身患重病后又痊愈的朋友的交流，她讲述了自己一度陷入生命垂危状态的感受，她说那是一种很独特的感觉，所有的痛苦突然消失了，恍惚间好像有人在向自己招手，但同时似乎还有一种力量与之抗衡，告诉自己要拼命呼吸坚持下去,正是这种力量将她从死神手中夺了回来。听完她的讲述，我颇感震惊，在生死边缘，居然会有这样的较量，对生的渴望最终击败了死神的进攻。

当然，对于我们大多数人来讲，通常不会年纪轻轻便面临生死考验，但即便如此，我觉得，为希望而活是我们存在于世的动力源泉之一，虽然希望的来源不同，有的为孩子，有的为父母，有的为爱人，有的为自己，但无论如何，只要希望在，生活动力就在，就像刘欢在《从头再来》唱到的——“再苦再难也要坚强，只为那些期待眼神。心若在梦就在，天地之间还有真爱。”

“哀莫大于心死”，这句古话讲得同样是这个意思，它出自《庄子》外篇《田子方》，这实际上是半句话，完整的表述是“哀莫大于心死，而人死亦次之”。细细想来，这多少有些颠覆普遍的认知。

我们常说，人的生命只有一次，是最为宝贵的东西。生命倘若不在，一切都无从谈起，所谓“死去原知万事空”。但在庄子看来，心死比身死更重要也更可怕，我理解，他想说的是精神的死亡远胜于肉体的死亡，如果活得没有任何指望，便完全丧失了生存的乐趣，这样一来，即使活着也只是行尸走肉，比死去更为悲凉。

如果仔细看这部电影的官方海报，便会发现它写错了一个单词——Happyness，这显然是故意的。这个错词同样出现在电影中，因为没有钱，克里斯只能送儿子上唐人街最便宜的华人托儿所，托儿所旁边的墙上有些涂鸦，将幸福拼写为“Happyness”。克里斯似乎很在意这个拼错的单词，他对儿子说：“There is no Y in ‘Happyness', It's an I.”，看似很不起眼儿的一句台词，实则是编导的良苦用心，“Y”和“I”，在这里不单单是一个字母的区别，隐含着深刻的内涵，即幸福里没有“为什么”（英文是 Why，与字母 Y 发音相同），有的是“我”。

对于这个隐喻，我如此理解，命运无常，不仅幸福不会主动找上门来，反而不幸有时却会不请自来，这没有什么道理可讲，所以无须哭丧着脸追问自己为什么不幸福。要做的是心怀希望，竭尽全力，努力奋斗，无论身处何种境地，总会有很大的概率扳回一局，迎来属于自己的光荣时刻。

电影中最多的场景就是克里斯奔跑的镜头，为了夺回别人偷走他的仪器而狂奔；为了不付出租车费而狂奔；为了得到面试机会而狂奔；为了去收容所提前排队而狂奔……导演以此告诉我们是克里斯跑向了幸福，而不是幸福主动来敲门。

因此，无论身处什么样的逆境，是时候行动起来了，像克里斯一样，奔跑着去敲幸福的门吧！

JACK NICHOLSON
MORGAN FREEMAN
A ROB REINER FILM
THE BUCKET LIST
FIND THE JOY.
WARNER BROS. PICTURES PRÄSENTIERT
www.DasBestekommtzumSchluss.de

2007 年《遗愿清单》

2007年

《遗愿清单》：趁早

题记　人活着就为了在某天死去。

（一）

“人生意义何在？答案众说纷纭。有人说是由活着的人评价的，有人相信可以通过信仰来评判，有人则说是由爱来衡量的，还有人会说人生本来就毫无意义。但我可以明确地告诉你无论以何种标准来衡量，爱德华·科尔最后的人生里，比多数人的光阴更精彩。我知道在他离世的一刻，他的眼睛闭上了，心灵却敞开了。”这是影片《遗愿清单》中开头时卡特的独白。

卡特是一个黑人机械工，话不多，但很有学问，一直梦想当历史教授，但为了早孕的妻子不得不放弃自己的理想，选择去当技工赚钱，一辈子钻在汽车下勤勤恳恳，直至“子孙满堂”。爱德华则是一个亿万富翁，话痨且是个暴脾气，个性张扬自负，结过四次婚，但是都以失败告终。

两个生活境遇反差甚大的老头儿，因为同患癌症，阴错阳差住进了同一间病房。百无聊赖之中，两人开始有一搭无一搭地聊天，聊聊彼此的家庭，以及对化疗和自杀的看法，渐渐变得熟络起来，后来竟成了好友。他们一起打牌，托着输液架在病房间穿行，调侃医院和那些医生，病房里的气氛颇为轻松欢乐。

好景不长，有一天，医生告诉爱德华他生存期还有六个月，幸运的话，可能会延长到一年。随即，卡特的宣判书也到了：最多还有一年。

曾经的一次聊天中，卡特说道：“我大一的时候，一个哲学教授给我们布置了一项人生前景规划的作业，他称之为‘遗愿清单’，将此生想做的事情列成一份清单。我就写了‘赚一百万’‘成 为首位黑人总统’之类的年少轻狂的想法。”如今去日不多，卡特给自己重新列了一份清单：出于善意帮助陌生人；亲眼见证奇迹；开一次野马跑车；大笑到流出眼泪……虽然他知道实现的可能性微乎其微，更多的是为了安慰自己，但这个话题却引起了爱德华的极大兴趣。

已被医生宣判的两人不愿意在床上等死，爱德华说服了犹豫的卡特——等死是多么悲惨，是时候去实现清单中的梦想了。同时他在卡特所列清单的基础上加入了自己的愿望：跳伞；刺一个文身；亲吻最美丽的女孩……

于是，两人离开医院，开始了最后的疯狂。他们从千米高空往下跳跃飞翔，在F1赛道上感受激情与速度，去法国、中国香港享用顶级美食，在穿越非洲大草原的越野车上放声歌唱，长城上骑摩托车，泰姬陵旁散步，金字塔顶看日落……完成一项，就划去一项。

后来，结束旅程回到家的卡特先走了，在死之前他说服爱德华去与长期以来有隔阂的女儿和解，爱德华按照他的嘱咐见到了女儿，还意外地看到了外孙女，他亲吻了这个“世界上最美丽的女孩”。

爱德华主持卡特的葬礼，他哽咽地表示人生真的很奇妙，三个月前他们是陌生人，但却在一起度过了卡特人生最后的时光，那也是自己迄今为止最好的时光，说着含泪划去了“出于善意帮助陌生人”。

不久后，爱德华也去世了，他的助手将两人的骨灰埋在喜马拉雅山上，完成清单中的最后一项。

这部情节并不复杂的电影，讲述了一个宏大的话题——死亡。

这老哥儿俩在死神面前，表现得足够从容潇洒，整部影片由此看上去颇为励志。不过，在感动之余，隐约感觉有些不大对劲儿，那便是，他们为什么在死亡临近时才会想去实现这些愿望呢？

万一这中间有个三长两短，那人生岂不要以遗憾作为收场。

事实上，环顾所处的这个社会，这样的遗憾比比皆是。每当一场猝不及防的灾难后发生后，朋友圈通常会看到不少人发出这样的感叹："意外和明天，不知哪一个更早到来。"这只是生者的感悟，而那些在一场场悲剧中意外逝去的人，想必都遗落了不少未曾实现的愿望和理想。

张爱玲说："出名要趁早"，其实何止出名，生命里的很多事情都要趁早，晚了可能就不再有机会。

说到"机会"，不由得想起池莉说的一句话："机会现在是我最珍惜的东西。"这是在痛失自己的好友后，她内心产生的深刻感悟。

她的这位朋友叫作郎瑜琳，在1990年代初的一个酷热夏季，正值壮年的郎瑜琳猝死于家中，死后被埋葬在家乡吉林珲春。

池莉为此写了一篇叫作《一个人的火车》的文章，在文中表示她有很多话想要对好友讲，因而没有选择飞机，而是一个人坐火车从武汉到珲春，历经三十多小时，将好友归乡的路走上一遍，她想让"空旷的火车满载着我对朋友的敬意与谢意，呼啸着接近埋葬朋友的土地"。

对于这份情谊，她反思道："年轻的时候不懂事，许多表示友谊的话语都放在心里不好意思说出来，也还有很多想聊的话题，根本就没有来得及聊。然而，面对面的机会突然就消失了，我从来都没有想过，我与好朋友之间完全突然失去面对面的机会！生活的残酷深深地教训了我！”

不只池莉，生活的残酷教训了太多的人，可对更多的人来讲，似乎还没有足够的警惕。人们往往认为有的是时间，有的是机会，可有时命运却偏偏不随人愿，等再想去找寻时间或机会表达时，一切物是人非，消失殆尽。

（二）

《送你一颗子弹》的作者刘瑜对此保有足够的警觉，读过她的一篇文章《被搁置的生活》，文中写道：“我给自己列了一个清单，上面列举着我写完论文以后要做的事情。在过去三年里，这个清单不断变长，其中包括：尽情地看恐怖推理小说；把我 CD 中所有好听的歌整理出来，自制 CD；打 Mario 最新版的游戏；一周去看两个话剧；到一个不知名的地方去旅行，住上两个月；好好读一遍世界史；研究拉美的政治经济；学跳探戈；写惊世骇俗的小说……总而言之，我把自己全部的兴趣、爱好、愿望、梦想，或者说，生活本身，都给推迟到了论文完成之后。我的论文简直就是一个一病不起的亲人，把我牢牢地拴在一个小黑屋子里，哪儿也去不了。”

可是论文迟迟没有完成，有一天她突然惊醒，万一这段时间自己不小心遇到车祸或其他意外，生活还没有开始，岂不就已经结束，这个突如其来的想法让她不禁后怕。

她由此写道："那天和一个朋友聊天，他说：我这些年要拼命干活，拼命挣钱，争取40岁退休，然后周游世界。我看着他没作声，心里偷偷想：万一，你40岁之前不小心出车祸死了呢？万一，你今天，心脏病突发了呢？"

事实上，我也常听一些朋友这样讲，他们给各自的人生竖立了一块里程碑，在此之前要在事业上竭力拼命，之后再好好享受人生。听到这样的话，和刘瑜一样，我通常也会默不作声，但同样会在心里弱弱地问一句："万一坚持不到那一天呢？"

如此说倒不是诅咒谁，只是平心而论，这样的悲剧真心不少。

从第一声啼哭到最后闭上双眼，生命看似很漫长，但有时一些不期而遇的不幸，会告诉我们残酷的真相，时光其实是最经不起耗费的。

一如影片中爱德华说，人活着就是为了在某一天死去。

死亡是所有人都绕不过的话题，尽管在平日里都忌讳提起。但我觉得，与其回避，倒不如正视。有时候只有敢于面对人生的终极问题，才能激励自己去过更有意义的生活。去追求一种不留遗憾或少留遗憾的人生，这也是我们来到这个世界的天然使命。

倘若认识到这一点，就应该有种时不我待的急迫感，不能坐等条件成熟，否则有可能像刘瑜所写的："每个人的心里，有多么长的一个清单，这些清单里写着多少美好的事，可是，它们总是被推迟，被搁置，在时间的阁楼上腐烂。”

影片中卡特说的一段话表达着同样的意思：“我们不能总是想着等到我以后有了钱，有了时间，或者什么其他的条件成熟了以后，再去做一些我们早就想做的事情，因为你永远不知道你是不是一定能够看得到明天早上的阳光。”

在生命的最后时光里，卡特成了这句话的饯行者。在没有结识爱德华前，他的人生全部意义就是在成全别人，为此放弃了成为一名历史教授的理想，在引擎盖下当了 45 年的修理技师。而在知道自己的生存期后，他不顾妻子的反对，义无反顾踏上了寻梦之路，去完成自己的“遗愿清单”。因为，他知道，若再不坚持这一次，人生便再无机会。

尽管有些晚，但在逝去之前，卡特终于为自己活了一次，他的一生因此而少了许多遗憾。

（三）

电影里讲的“趁早”说的是为自己少留些遗憾，其实，对待亲人更应该如此。

记得读过一本叫作《父母离去前你应做的 55 件事》的书，它由日本尽孝执行委员会所编辑。这个委员会是日本的一个民间组织，致力于在社会传播孝道，呼吁人们充分表达对父母的爱，多为父母做些事，而这本书里的55个小故事来源于该组织的一次征文活动。

书的前言给出一个公式，假使父母现在60岁，假使能健康活到80岁，按这个公式推算出每个人和父母相处的日子仅仅剩下1350小时，换算成天则为55天，不到两个月的时间。

这样的结论着实有些出乎意料。

书中的55个故事虽不长，但都浓缩了深深的情感。其中有一篇名为《花不出去的捶背券》，说的是作者在父亲去世后，整理遗物时发现在父亲书桌的抽屉里有几张很旧的纸币大小的纸，上面歪歪扭扭地写着“捶背券”，那是作者上小学时为了完成学校作业制作后交给父亲的，多少年后父亲一直珍藏着。母亲问父亲为什么不用一次，父亲说舍不得。作者突然觉得，如果当年要能为父亲捶捶背该有多好，哪怕只有一次，但父亲却永远离去了。作者看着有些褪色的“捶背券”，眼前闪烁着父亲的笑脸，泪水不禁打到那些歪歪扭扭的字上。

我时常也会听到一些父母已离世的朋友的忏悔，意思基本都差不多，不经意间过了许多光阴，好不容易自己成家立业，但“子欲养而亲不待”，在父母辞世后，才发觉有很多想和他们说的话还没有说，想为他们做的事情还没有做，这份愧疚成为不少朋友心中永远的遗憾和伤痛。

一如这本书的结尾所写到的：“也许我们还年轻，还有几十年的时间和父母相处，也许剩下的时间已经不多了，但现在行动也不晚。先让自己带着从头开始的心态，从这55件小事做起，来珍惜和他们——这个世界上最爱我们的人，最害怕我们受到伤害的人，最想看到我们的脸和听到我们的声音的人——相处的时间。”

坦言之，真正美好的人生不但自己要快乐，也要为爱自己以及自己所爱的人带去快乐，影片中卡特在金字塔上对爱德华说：“古埃及人有一个美好的愿景，当他们的灵魂到了天堂的入口时，神明会问两个问题，他们的答案将决定能否进入天堂，你找到生命中的快乐了吗？你为他人带去快乐了吗？”人生的终极意义或许就是回答好这两个问题。

所幸的是，两个曾经孤独的老人，在生命的最后时光里相知、相助，在享受到自身人生欢乐的同时，也帮助对方找到了快乐。正如爱德华在卡特的葬礼上所发表的致辞：“我很爱他，也很想他，他生命中的最后几个月，是我人生中最好的时光。他拯救了我的人生，他在我之前就明白了这一点，令我深感骄傲的是，这样一个人，在他生命的最后时光里，觉得认识我是值得的。所以，我觉得我们可以说为对方的人生带来了欢乐。”

卡特在电影的开始就对人生的意义发问，我觉得，他们在临终前都找到了答案，那便是——“自己快乐也为别人带去快乐。”用奥黛丽·赫本的话说：“我们有两只手，一只用来拥抱自己，一只用来拥抱他人。”他们无疑做到了。

人要完成这样的双重使命，其实并不容易。

放眼各自的人生，每天看上去忙忙碌碌，但是否真的活过，有时确实要画上一个问号。上天赐予我们的生命，这一辈子以这个身体仅此一次，因此真正地过活，比什么都重要。做自己开心喜欢的事，然后和他人分享，力所能及地帮助别人，从他人那里感受温暖和爱的同时，也给予他人同样的感受，如此才算没有枉费生命的馈赠。

如何能够做到呢？在我看来，重要的是经常审视自己，先哲苏格拉底说："未经审视的人生是不值得过的。"只有通过经常性自我审视，才能及时发现自己是否走在正确的人生道路上，如果答案是肯定的，就一直坚定地走下去，如果不是，便要寻求改变。

在这一点上，乔布斯无疑是楷模。他在斯坦福大学的一次演讲中透露，从 17 岁开始，此后的 33 年间，他在每天早晨都会对着镜子问自己："如果今天是我生命中的最后一天，你会不会完成你今天将要做的事情呢？"当连续很多天答案都是"否"的时候，他就知道自己需要改变一些事情了。

就我而言，远不如乔布斯觉醒得那么早，不过，在三十多岁以后，同样开始经常性地反问自己，并以此不断修正人生目标和路径，现在看来，效果还算不错。与此同时，我也开始了生活清单管理，每年都会为自己开出一张清单，并努力去完成。这样做，说到底，就是不想像刘瑜说的那样——"拴在一个小黑屋里动弹不得"，不给自己的生命留下太多的遗憾。

"人生意义何在？答案众说纷纭。"或许没有一个标准答案，只在于你想舞动出怎样的精彩，正如塞内卡所言："生命如同寓言，其价值不在长短，而在内容。”

所以，去读你想读的书，去看你想看的风景，去见你想见的人，去表达你想表达的感情，去关爱你想关爱的人，去过你想过的生活。

如果可以，请趁早开始！

2007

2007 年《色戒》

2007年

《色戒》：渺小

题记 留心的话，没有什么事情是小事。

（一）

时间过得真快，转眼十三年过去了，当年这部横空出世的电影曾经引发了巨大的争议，一些尺度很大的镜头，甚至让人不禁怀疑这是“不做太爆裂的东西”的李安导演的作品。

不过，头一次看这部影片是在影院里，当然没有那些少儿不宜的情节，看到的是被删掉七分钟的“清洁版”。

依稀记得看完已近午夜，外面不知什么时候起了一场大雾。走在迷雾中，心中泛起一股怅然，这份情绪自然与刚刚看过的这部影片有关。不过，倒不是完全因为电影中的悲凉结局，而是感怀在历史的洪流中人之渺小。

回到家中，找来了张爱玲所写的同名小说，没想到是一部仅仅有万余字的短篇，于是很快便读完了，联想起李安的电影，觉得两者虽然说得是同一个故事，但叙事的角度却有很大的差异。

在小说中，王佳芝是绝对的主角，整个故事情节以及所有人物，包括老易在内，都是围绕着她来展开，虽然故事的大背景是抗战，但张爱玲的叙事重点显然不在这里，甚至可以说，对张爱玲来讲，这个背景是可有可无的，王佳芝作为一个女人，在理智和情感中的挣扎才是她想要表达的核心。

因此，在小说中张爱玲刻意记述了王佳芝的一些内心活动。譬如在与老易几次接触后，王佳芝怀疑自己是否爱上了他，小说中写道："难道她有点爱上了老易？她不是，但是也无法斩钉截铁地说不是，因为没恋爱过，不知道怎么样就算爱上了。从十五六岁起她就只顾忙着抵抗各方面来的攻势，这样的好孩子不太容易坠入爱河，抵抗力太强了。"

在老易为她买了六克拉钻戒后，王佳芝的心中又泛起了波澜——"这个人是真爱我的，她突然想，心下轰然一声，若有所思"，恰恰是内心中涌动的这份波澜促使她对老易说："快走！"老易成功脱逃了刺杀，由此也决定了她自己的命运。

张爱玲曾经表示这部小说源于一个真实的故事，那便是抗战时郑苹如刺杀汉奸丁默邨的事件。

郑苹如出身于名门大家，父亲是当时上海最高法院的法官，她从小受到系统良好的教育，到十几岁的年龄，便已出落得亭亭玉立。她的母亲是日本人，因此郑苹如可以说一口流利的日语，不但容貌出众，而且多才多艺。她自幼便随父母出席各种重大场合，表现得落落大方。

十七八岁的郑苹如，已经是上海名媛之一，当时上海第一大画报《良友》将其作为封面女郎，一时间耀眼夺目。郑苹如并不想做虚有其名的“绣花枕头”，恰好她结识了为中统服务的陈宝烨，陈不断向她灌输抗日爱国理念，说服她加入组织。郑苹如本来就有抗日热情，再加上陈宝烨天天在她耳边讲述民族大义，于是答应成为中统成员。凭借其美貌与地位，很快便融入侵华日军驻沪机关的上层交际圈，获取了不少的情报。

后来，她接到了一项新任务——接近汪精卫伪政权的特务头目丁默邨。丁默邨就是张爱玲笔下老易的原型，此人投靠汪精卫后疯狂残害抗日志士，被称为“丁屠夫”。中统一直想除掉丁默邨，但几次暗杀均铩羽而归。于是想出一计，想着利用丁默邨贪图美色的弱点，让长相漂亮且气质出众的郑苹如接近并伺机除掉他。

郑苹如不负众望，很快便将丁默邨搞得神魂颠倒，一个刺杀行动计划由此成型。1939 年 12 月 21 日，郑苹如和丁默邨吃完饭后回家，在路上郑苹如忽然请求丁默邨给自己买圣诞礼物，并指明要一件皮大衣。于是两人来到了有名的皮衣店——“西伯利亚皮草行”，这是中统选好的刺杀地点，在店外早已埋伏好不少特工，准备伺机行动。

就在郑苹如不停试衣服时，丁默邨通过店内试衣镜的反射发现店外的一些黄包车夫、小商贩总向店内张望，觉得十分可疑，于是迅速冲出店外，上车后狂奔而去。事出突然，埋伏的中统特工仓促开枪，只打到丁默邨的车上，他本人安然无恙，刺杀行动再次失败。

郑苹如成了头号怀疑对象，在刑讯逼供下，郑苹如承认自己找人刺杀丁默邨，但原因纯粹是为情所困，争风吃醋，始终否认此事与中统有关，没有暴露身份，更没有供出一名同事。不久后，汪伪政权下达了对郑苹如秘密执行枪决的命令，死前郑苹如对行刑者说："不要打我的脸，让我死得光彩些。"然后连中三抢，倒于血泊之中。

张爱玲根据郑苹如的事情杜撰了一个类似的故事，之所以说是"杜撰"，是因为郑苹如和王佳芝迥然不同，郑苹如以身殉国，而王佳芝则死于情劫。相对于前者的义无反顾、视死如归，后者则是纠结于一种理智与情感的强烈挣扎中，明知不可为，但放不下也挣不脱。

或许张爱玲自身对此也有过些许的挣扎，照她自己说，这部小说从 1953 年开始构思，直到 1978 年才写成发表，在此过程中一拖再拖，一改再改，为何一部仅万余字的短篇小说，写得如此艰难，这根本不像是张爱玲的风格，到现在仍然是一个谜。

（二）

幸运的是，李安对得住张爱玲所耗费的二十五年的时光。

这部电影基本上忠于原著，没有被改编得面目全非。不过，李安没有完全拘泥于原著的框架，而把故事嵌入一个大的时代背景中，更强调了故事与时代的关系，他说：“张爱玲写的时候年纪很大了，而且写得很短，这样一来我把它变成一部长篇电影就很吃力。很多翻江倒海的东西我还要把它拍出来，但没办法像她写得那样云淡风轻的。”

在我看来，所谓“翻江倒海”，就是不再局限于两人的感情纠葛，而是用王佳芝的悲情人生告诉我们，在乱世之中，人性始终处于一种迷茫而不可控的状态中，而这样的状态足可以摧毁一切。

电影刚开始时，王佳芝是一个清纯的女学生，她最初愿意加入刺杀汉奸老易的行动，一方面是身上涌动着青春热血和爱国热情，但更重要的是对刺杀小组核心成员邝裕民的朦胧情感。这份情感说不清道不明，但有一点是清楚的，那便是邝裕民想做的，她一定会全力以赴，甚至不考虑后果。

于是，为了“美人计”能够顺利实施，她不惜让一个猥琐男侵犯了自己的童贞之身。但还没有来得及动手，老易突然接获任命，须撤离香港，暗杀行动遂宣告失败。行动没有成功，她却失去了很宝贵的东西，更让王佳芝感到伤心的是自己喜欢的邝裕民对于她的种种苦痛无动于衷。

几年后，王佳芝第二次接受刺杀老易的任务，心中已经没有了当初的那份激情。她只有一个信念，便是付出的总要有回报。带着这样的执念，她接近老易并献出了自己的身体，同时忍受着精神上痛苦的折磨。

可怕的是，王佳芝越是接近老易，越是感觉到曾经无比坚定的信念在一步步崩塌，老易像一条蛇一样侵入她的身体，也侵入了她的灵魂。她预感到可怕的后果，所以请求组织抓紧开始刺杀行动，但中统认为让王佳芝留在老易身边能够获得更多的情报。

组织是冷冰冰的，它要求其中所有的人都要像它一样坚如磐石，百情不侵。但王佳芝只是个拥有七情六欲的女子，信念逐步被情感侵蚀，直到她感受到六克拉钻戒背后老易对她所谓的“爱情”，第一次也是最后一次选择了背叛。

影片中当老易成功逃过了暗杀，王佳芝孤身坐在人力车上，车夫问她是要回家吗，她怅然若失，偌大的上海已经找不到她的家，在她面前只有一条道路，尽头便是死亡。

像王佳芝一样，在乱世之中，被命运洪流裹挟的人们，有几个能够找到自己的家呢？从这个意义上来说，这不是王佳芝的个人悲剧，而是一个时代的悲剧，是生活在那些炼狱时代所有人的集体悲剧。

当然，在命运的喘息声中坠落的不仅有女人，男人更多。片中的邝裕民是一个热血青年，满怀锄奸报国的理想，他不满足于演话剧为抗战募款，想要杀掉一个真正的汉奸。为了他，王佳芝献出了自己的一切，他心里觉得对不起她，在执行第二次刺杀任务时，他对王佳芝说："我不会让你受苦的！"但这种承诺注定苍白无力，王佳芝不相信，连邝裕民自己也不相信。在这样的环境中，每个人都无法决定自己的命运，更何况是别人的。

心狠手辣的老易同样充满无力感，永远不苟言笑的表情，实则反映了内心的惶恐和孤寂，他心里很清楚，虽然现在权势如日中天，但很快也会被命运所抛弃。王佳芝的出现，很大程度缓解了他的紧张和落寞，和她在一起，老易不仅仅是生理上的需求，更多的是情绪上的宣泄。

在他看来，王佳芝不仅是情人，更有些红粉知己的意思。他让王佳芝进入隐秘的书房，他也只有在王佳芝面前才会露出难得的笑容。在酒馆里，当王佳芝清唱《天涯歌女》时，他听得泪流满面。当处死王佳芝后，他坐在王佳芝曾经睡过的床上，一滴眼泪涌出眼眶，当然，可以说这是"鳄鱼的眼泪"，但不可否认其中还是有些许真实情感的流露。

就这样，不论是主角还是配角，无论是正面人物还是反面人物，每个人渺小如蝼蚁，被时代的洪流裹挟着，奔向自己命运的终点，丝毫没有喘息的机会。

（三）

在浩渺的时空中，人注定渺小。

有一个故事想必许多人都读过，1990年2月14日，当旅行者一号掠过太阳系的八个行星，正朝着太阳系外飞奔而去时，卡尔萨根说服NASA，让旅行者一号调转相机，最后回望一眼自己的家园。

于是，一张非常著名的照片诞生了！遥远的天幕中，地球只是一个小点，宛若微尘一般存在。

卡尔萨根为这张照片写下了经典篇章《暗淡蓝点》："你所爱的每一个人，你认识的每一个人，你听说过的每一个人，曾经存在过的每一个人，都在它上面度过了他们的一生。我们的欢乐与痛苦聚集在一起，数以千计的宗教、意识形态和经济系统，所有的猎人与强盗，英雄与懦夫，文明的缔造者与毁灭者，国王与农夫，年轻的情侣，母亲与父亲，满怀希望的孩子，发明家和探险家，德高望重的教师，腐败的政客，超级明星，最高领袖，人类历史上每一个圣人和罪犯，都住在这里——一粒悬浮在阳光中的微尘……"

整个人类尚且如此，何况每一个具体的生命呢。

贝多芬教育我们要"扼住命运的咽喉"，话说得很励志，但很多时候却没有实现的可能，不是不努力，而是客观情况所

不允许，因为有些东西是无法选择的，例如我们的父母和出生的时代。

曾经听过《民主的细节》的作者刘瑜的一次演讲，她说投胎在一个和平时代的人应称作“幸运儿”，这一点非常重要，甚至超过家庭背景、高考成绩、专业能力等，刘瑜开玩笑说：“如果你的爸爸是王健林，可能只会影响你能否经常去马尔代夫度假，但你到底出生在 1900 年，还是 2000 年，则可能直接影响你会不会被饿死，能不能受教育，甚至能不能长大，以及会不会被送到战场上去当炮灰。”

话说得很直白，但道理却很深刻。

每个人都希望生活在和平时代，但这并不以个人的意志为转移。注定会有许多人要在炼狱般的时代过活，被战乱或瘟疫所笼罩。在那样的岁月里，人的生命宛若草芥。为了活命，颠沛流离，苦难成了贯穿一生的主题词，而“活下来”成为最重要甚至唯一的目标，我们从不少文艺作品或纪录片里经常会看到这样的场景，事实上，现实可能比影视作品或书籍所展现出来得更为悲惨。

一如刘瑜所言，活在和平年代的我们，确实是幸运者。虽然每个人的生活并非都如意，甚至如常言说，生活不如意者十之七八，家庭、事业、子女、健康等都会遇到一些挫折和困境，但相比于乱世之中的生离死别，苟延残喘，这些困顿都不算是什么事儿，完全不是一个数量级。

作为其中的一个“幸运儿”，我感恩于父母将自己的生命带到这样一个时代，没有动荡和杀戮，而且提供了可以过上想要生活的无限可能性。

面对今天的生活，最应该做的似乎只有感恩和珍惜。在我看来，两者相辅相成，感恩让我们看到自己所拥有的，而不是把目光仅停留在未得到的上面。珍惜则是要爱护我们所得到的，认真地过好每一天，不辜负上天的恩赐。

王佳芝应该羡慕我们，她不仅无恩可感，而随着一声枪响，一段关于爱与恨，生存与死亡的故事就这样宣告落幕。

在影片中，王佳芝和他的同学们被枪决时有个闪回的镜头，那是四年前她在港大时，留恋于散场之后带给她满足感的舞台，这时候观众席上传来一句：“王佳芝，你上来！”正是这六个字，将她带入一条永不能回头的道路，在忍受种种“人生的不堪”后彻底消失于这个世界。

张爱玲正是捕捉到了这份“残忍”，并用笔写了下来。所以，读完小说《色戒》会感到一股刺骨的冰寒，在处死王佳芝后，小说这样描述老易的心理活动：“她还是爱他的，是他生平第一个红粉知己。想不到中年之后还有这番遇合。不然，他可以把她留在身边？特务不分家，不是有这句话。况且她不过是个学生。她临终一定恨他，不过无毒不丈夫，不是这样的，她也不会爱他。”

相比于张爱玲，李安还是温暖了许多，至少他让老易在王佳芝的床上留下了几滴眼泪。李安对此解释道：“怎么从杀气里寻求到感情，怎么健全地走出来，都是很不容易的事情。可这杀气也是吸引我们的原因，我们进去以后，从地狱走一趟再出来，觉得人生还是有希望的，人还是有情感的。”

不过，在我看来，片尾老易的泪水更多的是为自己感伤，从王佳芝的死，他已经听到了丧钟的声音。海明威说：“无论是你的，还是你朋友的，无论谁死了，都是我的一部分在死去；因为我包含在人类这个概念里，因此，不要问丧钟为谁而鸣，丧钟为你而鸣。”

出来混总是要还的，从老易当上汉奸那天起，丧钟一直为他而鸣。

JAMES McAVOY KEIRA KNIGHTLEY
ATONEMENT
YOU CAN ONLY IMAGINE THE TRUTH
www.focusfeatures.com/atonement
FROM JOE WRIGHT, DIRECTOR OF PRIDE AND PREJUDICE

2007 年《赎罪》

2007年

《赎罪》：善良

题记　很多时候蒙蔽我们双眼的不是假象，而是自己的执念。

（一）

一天的寒雨，昭示着深秋的来临。

盛夏远离，寒冬不远。在这样的时节，倒有些怀念起夏天来，尽管有蝉鸣的喧嚣，也有蚊虫的肆虐，但能够享受更多的白昼，可以在露天大排档尽兴聚会。由此想，喜欢不喜欢什么，似乎只有真正失去才知道。

只是，失去分为不同的情况。有些失去只是暂时的，如四季，春去春会来。但有些失去注定永恒，如情感，倾尽全力却无法挽回。

说到这个话题，不由让我想起了许多年前看过的一部影片——《赎罪》。

依稀记得，当一个多小时过去，影片结束的音乐响起时，自己还沉浸其中。这是一部很不错的电影，如同其他一些好影片一样，看过之后，不会如浮云般轻轻掠过，而会给人留下不少感悟和思绪。

故事开始于 1935 年的一个盛夏，如油画般美丽的英国乡村，生活富足的布里奥妮一家在乡村别墅躲避酷暑，十三岁的布里奥妮正处在青春期，她喜欢幻想并将想到的东西写成剧本。处在少女怀春阶段的她，暗恋着仆人的儿子罗比，可令她苦恼的是，罗比对她没有感觉，却喜欢她的姐姐塞西丽娅。

一天，布里奥妮看到罗比与姐姐在一起亲热的场景，她以为是罗比对姐姐图谋不轨，实际上是两人在互诉衷肠。就在当夜，住在布里奥妮家里的表姐遭人非礼，布里奥妮作为目击证人指控这一切是罗比所为，尽管塞西丽娅不停为罗比辩护，但是罗比还是被警察带走而身陷牢笼。

几年后，“二战”爆发了。罗比从监狱出来参加了军队，在去往法国作战之前，遇到了已经成为护士的塞西丽娅。两人相处的时间只有短短几个小时，相互有说不完的话。部队行将开拔，两人依依不舍，相约等战争结束后到海边的别墅开始新的生活。

但令人唏嘘的是，这竟是这对情侣最后的永别，罗比在敦刻尔克撤退的一个夜晚，饱含着对塞西丽娅无尽的思念，因败血症永远留在了那个海滩。不久以后，塞西丽娅也在德军的空袭中不幸罹难。

当初指控罗比的布里奥妮长大后，对当年自己所做的事情感到无比后悔，她一直寻找能够赎罪的机会，但时间无法倒转，死去的姐姐和罗比更不可能复生。

战争结束后，布里奥妮成了一名作家，在自己创作的一本小说中讲述了这个故事，作为一种补偿，她选择在小说里让罗比与姐姐劫后重逢，最终使得“有情人终成眷属”。

“I give them the happiness.（我给了他们幸福。）”面对镜头，老年的布里奥妮的声音在颤抖，除了编撰一段美好的结尾来表达她的抱歉外，她似乎再做不了什么。书中的结局仅仅是她内心长期以来的愿望，但小说毕竟是小说，就在她做出伪证的那个夜晚，三个人命运就此永远改变，并且再无挽回的可能。

简单地看，这是一个充满悲情的爱情故事，但在我看来，实则有着更为深刻的主题，便是展露了人性中的“恶之花”以及由此带来的无法自拔的苦痛。

一段本可以圆满的婚姻因为布里奥妮的嫉妒和猜疑而烟消云散，两个倾心于对方的恋人至死都不能享受期待中的幸福，与此同时，造成这一悲剧的布里奥妮背负着重重的红字，在愧疚和悔恨中度过了漫长的岁月，虽然最后老泪纵横却不能挽回青春时一个致命的错误，只能用笔尝试完成这份永远无法成就的赎罪。

看完影片，颇多感慨。最大的感受在于，每个人的一生，都是一本账。记录着每个人的欢喜忧伤，记载着每个人的爱恨情仇。

但无论如何记述，它的扉页上应该有两个大字——善良。

（二）

善良原本应是人的一种天性，一如《三字经》里说的：“人之初，性本善。”不过遗憾的是，到了物质文明极度发达的今天，这两个字却渐渐变得奢侈起来。

究其原因，我想，倒不是人们不愿意选择善良，很多时候可能是因客观环境所致，在一些特定的情境下，保有善良成了一件困难的事情，甚至需要为此付出不小的代价。

另一部欧洲电影——《窃听风暴》，便是讲述了这样一个故事。

在柏林墙倒塌以前，东德秘密警察组织“史塔西”有一个军官名叫魏斯勒，他的全部生活就是审讯和窃听，最新的任务是监听作家德雷曼。其实，德雷曼并不是异己分子，他一直以来小心谨慎，甚至有些逆来顺受，不敢越雷池一步。他的妻子西兰德是一个舞蹈剧演员，长相出众的西兰德被文艺部长乌诺看上，没有任何反抗能力的她无奈之下只好屈从于乌诺的淫威。

看到这一切的魏斯勒开始良心发现，他以陌生人的身份去劝西兰德不必迎合任何人。过了不久，德雷曼的好友，长期被“噤声”的著名导演艾斯卡不堪重负，最终选择了自杀。

妻子被强占，好友又自杀，这两件事情深深触动了德雷曼，他决心告别过去的懦弱，不再继续保持沉默，为此，他冒险写了一篇揭露东德公民自杀现状的文章，辗转到西德的一本杂志发表。这在当时算是犯了大忌，随时面临着牢狱之灾，而一直躲在暗处见证德雷曼夫妇屈辱和不幸的魏斯勒决意展开良心的救赎，他删除了所有窃听到的不利于德雷曼的内容。

“史塔西”对有关西德杂志出现东德自杀现状的文章大为恼怒，他们很快将怀疑对象指向了德雷曼，为了调查事实的真相，他们抓走了西兰德，重压之下的西兰德供出了藏在家中的重要物证——进口打字机。但就在史塔西人员到来之前，已经得知内情的魏斯勒抢先一步取走了打字机，挽救了命悬一线的德雷曼。

因为“窃听不力”，魏斯勒最终付出了代价，他被贬职为处理内部信件的底层人员。柏林墙倒塌后，有一天魏斯勒路过一家书店，看到橱窗里摆放着德雷曼的新书《好人奏鸣曲》，他翻开书的扉页，上面写着“献给窃听人员 ××/7”，原来，德雷曼后来通过查找当年的有关窃听记录，知道了一个代号为××/7窃听人员一直暗中保护着自己，因此以这本书表达对未曾谋面魏斯勒的感激之情。

魏斯勒买了这本献给自己的书，当他从书店出来的时刻，阳光灿烂，普照大地。

尽管对这部电影有着不同的解读，但就我看来，这部片子主题还是与“善良”有关，所想表达的核心意思是，处在一个恶的环境下如何保有自己的良心。

不难想象，在当时的环境下，魏斯勒最简单的选择便是随波逐流，这样他不用冒任何的风险，出色完成任务后还可能继续升职，但是他最终选择留住了天性中的善良因子，这一点尤为可贵，因为在这样情形下的人们大多选择了就此沉沦，一如《朗读者》中的那个女看守一样，一个原本优雅温顺的女性，却制造了三百人被烧死的惨案。

专门研究这段历史的著名学者汉娜·阿伦特将其归结为“平庸之恶”，在她看来，“恶”分为两种，一种是极权统治者的“极权之恶”，另一种是被统治者和参与者的“平庸之恶”。

汉娜·阿伦特认为，令人感到可悲的是，平庸之恶的主体原本不是恶魔和变态，只是一个个再普通不过的人，然而就是这些在平日里看上去非常正常的人，却可以无动于衷地置他人死地，有时采取的手段残忍至极，使人不敢相信，以至于怀疑自己所看到或听到的。她深入分析种种原因后，认为是“纯粹的不假思索”让他们成为罪犯，变成了“恶”的不折不扣的执行者。

总之，这位平庸的“作恶者”是被迫而已，不得不为。

汉娜·阿伦特的理论似乎完美解释了在特定的环境下，为什么大量的普通人会成为面目全非的恶魔。不过，我对此并不完全认同，原因在于，一种特定的客观环境的确会驱使人去作恶，这会是不少人的选择，但并非唯一的选择，翻看历史，可以看到，在同样的体制下，还是有不少人能够独善其身，甚至尽自己所能去保护那些受到迫害的人，一如魏斯勒、辛德勒……

由此，想到我曾经看过的一个故事。1992年，一个曾经负责守卫柏林墙的东德士兵受到审判，罪名是因为他当年枪杀了一个企图翻墙而过的年轻人。士兵的律师在庭上为他辩护称这个士兵仅仅是执行上级命令，并非自己愿意，在当时情况下并无选择，只能如此，因此不应获罪。

主审的西奥多·赛德尔法官认为：“作为卫兵，不执行上级命令是有罪的，但打不中是无罪的。作为一个心智健全的人，此时此刻，你有把枪口抬高一厘米的主权，这是你应主动承担的良心义务。这个世界，在法律之外，还有良知。当法律和良知发生冲突时，良知是最高的行为准则。尊重生命，是一个放之四海而皆准的原则。”最终，这个卫兵被判有罪。

多么经典的一段判词！

事实上，拿“平庸之恶”为自己洗脱罪名，恰恰是丧失了这一厘米的良心，这让我想起了两句话，一则是“每个雨滴都不认为自己酿成了洪灾”。另一则是“雪崩时，没有一片雪花是无辜的”。

角度虽然不一样，但说得是一个意思。

身处在一种特定环境中，常常面临着艰难的抉择，这恰恰是考验人性的时候。像魏斯勒等人一样，冒着危险帮助别人无疑是一种很高的追求，做不到无可厚非。只是不跟着作恶，大概是可以做到的，退一万步讲，至少可以少作恶，作小恶，虽然可能会付出一些代价，但穿过幽暗的岁月后终会迎来一片艳阳天。

（三）

不同的选择，造就了两样人生。布里奥妮因为一时之气陷入一生的忏悔之中，而魏斯勒却在完成心灵的救赎后，步入了一段崭新的生命旅程。

其中得失，一目了然。

不过，从电影回到现实，有时不免会感到些许失望，因为“善良”这个原本美好的字眼儿，在如今多少变了味道，常常听到父母教育孩子——“人善被人欺，马善被人骑”，这样的说法，实则是将“善良”与“傻”“笨”等联系起来，不再是必选项，而成了一个否定项。

细想来，父母们讲出这样话，其实不难理解，毕竟谁都不希望自己的儿女因为过于善良而被欺辱。但就我而言，并不认同这样的说法，反倒觉得，身而为人，无论怎样，都不能抛弃善良的本性。

诚然，随着拜金主义的兴起和所谓“成功学”的蛊惑，世风日下，人心不古，面对这样的境地，如何应对呢？我觉得一句流传甚广的话说得很好——“防人之心不可无，害人之心不可有”。

始终觉得，这是在对待善与不善这个问题上应该秉持的态度。

这实际包含着两个意思，首先善良并不代表无原则、无底线地妥协或退缩，至少要保证自己不受或少受恶意的伤害，但与此同时，不应当因社会和人性的复杂而拒绝善良，不以善意面对世界和他人。

罗曼·罗兰说：“真正的英雄主义者，看透了生活的真相却依旧热爱生活。”同理，看清楚人性的复杂还依旧保有善良，在一定意义上也是一个“英雄主义者”。

反过来说，处处以敌意对他人，或者时刻都想着如何算计他人，我觉得，那是人生最大的悲哀，也许因此可以获得暂时的利益，但从长远看却得不偿失，因为我们终究是人，而不仅仅是一种简单的利益动物。

更进一步讲，每个人不仅不应该放弃善良，反而，应该对

“善良”心怀感激。因为在现实生活中，由于坚持实践了这两个字，我们才活得坦坦荡荡，平和安顺，没有丝毫的愧疚感。历经的事情越多，如今越会觉得这份“心安”甚为重要。

同时，除了自身的问心无愧外，你若善良，通常也会收到别人的善意，这样讲，不是推崇“善有善报，恶有恶报”的因果报应论，但始终相信，如果能够以善意对待善意，总会得到相应的回馈。

一如影片中魏斯勒暗中保护德雷曼，最终赢得了后者发自内心的感激，尽管德雷曼根本不知道魏斯勒长什么样，是一个什么样的人，但这又有什么关系呢？重要的是，魏斯勒收获了“心安”，收获了善意的回报，影片最后那片明媚的阳光正是他内心的写照。

他的一生会因此而灿烂，我想，这已经足够。

回到自身，倘若说这些年来，自感最满意的事情，不是仕途上的有所进步，也不是生活比过去富足，而是在纷繁复杂的环境中，始终没有丢掉“善良”的品质。能够坚持用善意对待每个人、每件事。不因嫉妒而丧失自我，也没有因仇恨而迷失方向。

因为我知道，一旦把“恶”从心里放出来，很可能便无法收拾，如同布里奥妮一样，倾其一生而无法赎回。

我甚至想，如若有一天，当告别这个世界时，他人用这样四个字来概括我的整个生命旅程，自己会再满意不过，那便是——“一个好人”。

秋风过去，一定会是一个水洗的碧空，在这样美好的时节，希望如电影中那种悠长的忏悔，尽量少一些。

无论如何，人生总是要晴朗起来，善良就是那股吹散阴霾的清风。

2008

2008 年《入殓师》

2008年

《入殓师》：生死

题记 死亡可能是一道门，逝去并不是终结，而是超越，走向下一程。

（一）

《入殓师》，如果仅仅看到这个片名，又知道是一部日本电影，恐怕第一感觉应该是一部恐怖片，日本非常擅长拍此类影片，里面通常会充斥着一些变态的镜头，看得人毛骨悚然。不过，如果因为这个原因，而选择远离这部电影，那真是有些遗憾。不说别人，自己也差点如此，如果不是因为后来它获得了奥斯卡最佳外语片奖，想必会错过与这部佳作美丽的邂逅。

电影是在一片迷雾中开始的，大雪纷飞，让人看不清前方的道路，久石让的音乐低回，听上去充满着忧伤，男主角小林大悟小心翼翼地开着车，画外音传来他内心的独白：“从东京回到山形的乡下快两个月了，回想起来，每天都过得平淡无奇。”这样的天气就如同大悟此时的心情，深陷迷惘彷徨的他，不知道人生之路该去往何方。

他原本是东京一家交响乐团的大提琴手，命运和他开了一个很大的玩笑，刚刚斥重资买了一把昂贵的大提琴，乐团却宣布解散了。失业的大悟无力负担贷款，只能和妻子美香回到故乡山形，住在母亲留下的老屋子里，想着在这里重新开始。

急于下岗再就业的大悟找到一家名为“NK 代理”的公司，社长告诉他实际的工作是做入殓师，就是给死者清洁、更衣和美容。大悟心里虽不愿意，但却又无法抗拒高薪的诱惑，抱着试一试的心理入了行。

起初，他表现得异常不适应，第一次接触死人后，在回家前到澡堂里使劲儿地冲洗，表面看是想去掉身上的味道，实则是想洗尽心里的“肮脏”。回到家后，他看到妻子准备的鸡肉火锅，联想起白天之所见，不禁恶心至极，大吐特吐。

大悟真正的转变是社长带他参加第一次正式的入殓仪式，起初极不耐烦的男主人，看到经过社长之手，将自己死去的妻子装扮得异常美丽，对着社长和大悟痛哭道：“今天是我见过她最美的一次。”这给了初入行的大悟极大的震撼，他开始觉得这份职业并非常人所认为的那般低贱，因为即使是那些死去的人，依然是值得尊重的生命。

后来大悟开始独立工作，遭遇意外车祸身亡的问题少女；被父母逼上绝路但终得理解的变性青年；带着吻痕寿终正寝的老爷爷；被孩子们穿上长筒袜的老奶奶……在这些逝者面前，大悟一丝不苟的用细腻的双手和专注的情感，为他们装扮美丽的妆容，为每位逝者开启了新的旅程，同时也给他们的家人莫大的安慰。

尽管大悟表现得很努力，但却无法改变别人对这份职业的看法，特别是他的妻子美香。当美香知道真实情况后，不由产生一种强烈的屈辱感，她劝大悟说：“我到现在都没有反对过吧？你说不想拉大提琴也是，说想回乡下也是，我只是笑着跟着你而已。其实，我真的很难过。但是，因为你喜欢，所以这次求求你，听我的吧。”

美香是一位善良的贤妻，她可以离开繁华的都市来到县城，但无论如何接受不了自己丈夫从事这样“肮脏”的职业，在苦苦哀求未果后，她选择了默默离开。

内心纠结的大悟开始打退堂鼓，他打定主意来向社长辞职。社长请他吃河豚的鱼白，面对着自己夫人的照片，社长告诉大悟说：“我的夫人五年前病逝了，夫妻总有一天会因为死亡而分别，被留下的人是很痛苦的。把她弄得漂漂亮亮地送走，她是我的第一个客人，她死后我就开始做这份工作。”接着又说起河豚的鱼白：“生物吃着其他生物才能生存下去。不想死的话，就要吃，吃的话，好吃的才行。”听完社长一席话，辞职的话还没来得及说出口的大悟一口鱼白下肚后，也把想说的话吞咽了下去。

社长的话说得很不经意，但却意味深长，在我看来，包含有两层意思，一则所吃的鱼白本身就是动物的尸体，既然如此，死去的人有什么好怕，只需用平常心对待。二则既然都难免一死，活着的时候就应好好活着，充分享受生之欢愉。

大悟的生活很快有了转机，发现自己怀孕的美香回到了大悟身边，正赶上澡堂的老婆婆去世了，她为了给邻居方便和家的温暖，把澡堂开到生命最后一刻。美香目睹了自己丈夫用双手给了婆婆最后的美丽，整个过程，大悟态度谦恭而庄重，散发着一种专注的力量，这使得美香改变了先前的看法，开始理解丈夫的选择，两人冰释前嫌，重归于好。

影片的最后，落英缤纷时，大悟接到了父亲的死讯，三十年前，父亲离开了他们母子，一直杳无音讯，大悟甚至忘记了父亲的模样。他始终无法原谅父亲，但在别人的劝说下，还是去见了父亲最后一面。在处理父亲的遗体时，他发现父亲手中紧攥着一颗小石头，那是当年大悟送给他的。大悟脑海中浮现出当时的情景，一家人在溪边玩耍，父子俩交换石头，而母亲在一旁微笑以对。在那一刻，父亲的面貌渐渐变得清晰起来。

大悟最终选择了原谅，他将小石头轻轻安放在美香挺起的肚子上，就这样，三代人的父子之情，完成了无声的传递……

（二）

这部电影的主题无疑是——“死亡”。

像《入殓师》这样，将“死亡”作为主题的电影不胜枚举。不过，从银幕回到现实生活中，人们对这两个字一直颇为忌讳。别说死人，就连电话号码、车牌号、门牌号、电梯按钮等，因为谐音的缘故，“四”都觉得不吉利，与之有关的职业更被人看不起。所以不难理解，大悟去做入殓师，最初连他自己都迈不过这个坎，好不容易适应了，却又遭到了朋友和爱人嫌弃。

古希腊的哲学家伊壁鸠鲁说：“死亡和我们没有关系，我们存在一天，死亡便不会来临，而死亡来临时，我们也不再存在了。”这的确是一句大实话，因此，我们对于死亡的感受通常来源于别人。

就我而言，第一次对此有深刻的体味，来自姥姥的去世。

那是 2006 年的夏天，有一天接到家人的电话，告知姥姥走了。从北京赶回家乡时，姥姥已入棺。在守孝的夜里，脑海里浮现着与姥姥相处的点点滴滴，心里虽然很悲伤，但不知为何，却没有落下一滴眼泪。

直到出殡那天，到了火葬场，行将与姥姥最后告别的时候，积攒了许久的情绪瞬间喷涌而出，我和姐姐抱在一起，哭得不能自已，那一刻，我知道了，死亡意味着什么，意味着这个人永远不会再出现在你面前，从此只能活在你的记忆里了。

或许正因有了这样痛苦的体味，更加忌讳这两个字，父母年龄越来越大，身体也大不如前，有时会说起身后之事，通常在这个时候，我会找话题引开或者干脆表示不愿意听。

只是，不愿意听和不会发生完全是两回事。看完这部电影，想了许多，心里多少有些释怀，开始懂得了“有生必有死”的真正含义，“死”从来就是与“生”并存的概念，甚至可以说死原本就是生的组成部分，一如村上春树所言：“死不是生的对立面，而是作为生的一部分存在。”

影片中在火葬场工作的老人说：“死亡可能是一道门，逝去并不是终结，而是超越，走向下一程，就像门一样。我作为看门人，在这里送走了很多人，对他们说：‘路上小心，总会再见的。’”见证了太多死亡的老人对生死已经全然参透，无论贫穷还是富贵，无论高尚还是卑微，死亡对每个人都是公平的，总会有一天要穿越这个门，走向下一个旅程，去往更为遥远的地方。

因此，逃避谈论死亡，不意味着我们永远会活着，就如片中男主角饰演者本木雅弘的岳母，著名演员树木希林所说：“如今的人们已不擅长死亡了。总是不死，不知道到底要活到什么时候，同时活着也不好看。生和死不就是彼岸和此岸吗？人生的对岸就是彼岸，这边就是此岸。总之，活着是日常，死去也是日常。”

我想，这同样是这部电影所想要表达的，即我们应该怎么样正确地对待生死，“死亡”只是一个窗口，透过这扇窗，我们所看到的应是如何更好地活在这个世界。

有句话说得很好：“人这一辈子，无非两件大事，一生，一死。在它们面前，再大的事儿似乎也没多大。生死之间，是我们这一辈子的光阴。”仔细想想，对于每个人来讲，生与死这两件大事，无论哪一件都由不得我们决定，我们能决定只是该如何度过中间的这段光阴。

（三）

该如何度过呢？很简单——向死而生。

电影中有这样一个桥段，刚刚成为入殓师的大悟心情郁闷，有一天他在桥上看到河里的一群鱼拼命往上游，然而从上游却漂来了几条死去的鱼，大悟很有感触地说：“真是悲哀啊，为了死而努力，终归一死，不那么努力也可以啊。”恰好一位老人经过桥上，见状对他说：“这是自然之理，它们天生就是这样。”

大悟所迷惑的，正是“向死而生”所要解答的问题。

德国哲学家马丁·海德格尔最早提出了这一理念，在他看来，死和亡是两种不同的存在概念。死，指一个过程，人从一出生就在走向死的边缘，我们过的每一年、每一天、每一小时，甚至每一分钟，都是走向死的过程，在这个意义上人的存在就是向死的过程。而亡，指的是亡故，是一个人生理意义上真正的消亡，是一个人走向死的过程的结束。

基于这个认识基础，海德格尔指出人只要还没有亡故，就是向死的方向活着。他这样说，不是告诉我们人生虚无，毫无意义，恰恰相反，是要用“死”去激发我们内在“生”的欲望，用中国人的话说，就是“置于死地而后生”。

这是一种“倒计时”的死亡哲学，让人们明白其实每个人的生命是可以延长的，方法和途径就是珍惜每一天、每一分、每一秒，通过内在的精神成长，激发积极进取的意识，焕发出生命应有的活力。

乔布斯无疑找到了这个途径，很喜欢他生前在斯坦福大学的那次演讲，当时他已经被查出在胰腺上长了一个肿瘤，他说：“‘记住我即将死去’是我一生中遇到的最重要箴言，它帮我做出了生命中重要的选择。因为几乎所有的事情，包括所有外部的期待，所有的荣耀，所有的尴尬或失败，这些在死亡面前都会消失。留下的只有真正重要的，你有时候会思考你将会失去某些东西，‘记住你即将死去’这是我知道的、避免陷入这个思考迷局的最好方法。你已经赤身裸体了，你没有理由不去追随本心。”

他讲完自己患上绝症并接受治疗的经历后说：“死亡对我来说，曾经只是一个有用但是纯粹是知识上的概念，经历过这次的生死考验，我现在可以更肯定一点地对你们说，没有人愿意死，即使人们想上天堂，人们也不会为了去那里而死。但是死亡是我们每个人共同的终点，从来没有人能够逃脱它，也应该如此。因为死亡就是生命中最好的发明。它是生命变更的媒介。它将旧的清除以便给新的让路……你们的时间是有限的，所以不要浪费时间在活成别人的生命上。不要被教条主义所困，教条主义是仅仅活在别人的思考结果的人。不要让别人的意见淹没掉你自己内心的声音。而最重要的，要有勇气追随你自己的本心和直觉。他们已经知道你真正想成为什么样的人，其他事情都是次要的。”

千言万语，可以归结为一句话：既然终究要死，不如追随本心和直觉，活出属于自己的精彩来。

除了要活出自我，影片还表述了另一个重要的话题，通过不同入殓场景所形成的鲜明反差告诉所有观者，要珍惜和亲人在一起的日子，否则一旦死亡降临，便再没有机会表达自己的感情了。

一对偏执的父母因把自己的孩子逼上绝路而悔恨不已；开澡堂的儿子始终不理解母亲为什么一定要坚持，他曾经要求母亲关掉澡堂，为此母子闹得很不愉快，等母亲去世才理解她的良苦用心，痛哭流涕，追悔莫及，但一切都晚了。与此对照的是，还有几个葬礼泪水与笑容相伴，给人一种温暖的感觉。小女孩微笑着为奶奶穿上长筒袜，然后说 bye bye。老太太在死去丈夫的脸上留下一个口红印，边哭边笑着说谢谢。

同样是面对亲人的离去，有的是充满忏悔，有的则满含感激，相比较而言，后者无疑是幸福的。人生不可能完美，说到底只是尽量少留一些遗憾，对自己抑或对亲人。

大悟对此体会更深，作为入殓师，他每天都要近距离直面死亡，从开始到结束，大悟思想上的转化，正是电影的主线所在。从初始的大雪迷茫到最后的阳光明媚，记录了他从挣扎到释怀的全过程，他的这份转变，来自经历的每一场入殓仪式，直到最后亲自将父亲送上新的旅程。

和不少朋友一样，我也非常喜欢电影中的一个场景，大悟在田垄间拉着大提琴，湛蓝的天空，青青的田野，美丽的天鹅，皑皑的雪山，再加上来自久石让创作的悠扬旋律，一切都那么美好，体味不到任何有关死亡的气息。

这是生活应有的样子，如此般好好活着吧，因为我们会死很久！

BASED ON THE EXTRAORDINARY TRUE STORY
SANDRA BULLOCK
THE BLIND SIDE
NOVEMBER 20

2009 年《弱点》

2009年

《弱点》：守护

题记 价值观是个人的事情，根本就没人能说得明白。你只能自己给自己鼓励，不能总是按别人说的去做。

（一）

命运是一种很玄的东西，一方面取决于自身，另一方面和遇到的人或事息息相关。2009 年公映的电影《弱点》就是讲述因遇见而改变命运的故事。

当初选看这部电影，大概有两方面原因，一是因为女主角饰演者桑德拉·布洛克，她主演的《生死时速》是我大学时代很喜欢的一部片子，记得头一次看是在阶梯教室里，紧张刺激的情节，出色的节奏把控，再加上帅气逼人的基努·里夫斯和她的精彩演绎，使人大呼过瘾，后来在校园旁的录像厅里又重温了几遍，它与同时代的《阿甘正传》《肖申克的救赎》成为那个白衣飘飘岁月里的美好记忆，由此对长得并不漂亮，甚至有些大大咧咧，被称为“傻大姐”的桑德拉·布洛克留下了很深的印象。

二是因为它与体育有关，对于喜欢体育运动的自己，一直以来对这种类型的电影情有独钟，因为体育题材的影片往往能使人热血沸腾，赋予观众一种向上的力量，而这部电影的海报上是桑德拉·布洛克和一个高大威猛的黑人橄榄球运动员的背影，想必应与激烈的橄榄球运动有关。

不过，看过开头，我有些怀疑自己当初的判断，一段关于橄榄球比赛的画外音后，屏幕上出现了一个身材硕大无比的黑人男孩，他由远及近走来，中间快速闪动关于他和家人所经历的痛苦回忆，看上去和体育无关，倒像是一部有关种族问题的电影。

这个男孩，被人们称作 Big Mike，就是“傻大个”的意思，尽管他不喜欢这个外号，但确实人如其名，身高 1.93 米，体重超胖，而智商却只有 80，考试科目虽然基本都是零分，但老师们都会给他评价一个“D”，为的是不再教他，把这个“麻烦”赶紧转入下一个老师手中。

迈克的生活比肤色更为黑暗，生在黑人贫民区，从小父母离异，他甚至都没有见过父亲，母亲又是一个瘾君子，因此失去对他的监护权。迈克一直颠沛流离，在不同的学校和寄养家庭中换来换去。

不过令人欣慰的是，迈克在贫民区的童年伙伴隔三岔五就会因犯罪上报纸，但他却没有沾染任何坏习气，性格温顺，甚至有些腼腆。他的母亲从小便要求他，有坏事发生时要闭上眼睛，等坏事过去再睁开，世界依旧还是一片美好，或许因为这样，才保全了他的纯真和善良。

在好心大叔的帮助下，迈克尔被一个橄榄球教练看中并推荐进了一所基督教学校，这虽然还不足以改变他的命运，但不知不觉中为命运的改观奠定了基础，因为在这里他遇见了桑德拉·布洛克饰演的莉安·陶西。

陶西属于典型的中产阶级，有一个完美的家庭，爱她的丈夫，两个聪明可爱的儿女，生活富足，衣食无忧。她的女儿和迈克在同一个学校，她最早注意到迈克是在学校的排球赛上，比赛结束后，当所有人散场离开时，她看到一个又高又大的黑人男孩默默地收拾观众席的垃圾。

陶西再一次遇到这个大男孩是在一个雨夜，他们一家人驾车回家时，看到路上身穿单衣的迈克冻得瑟瑟发抖，陶西动了恻隐之心，将这个居无定所的“有色大男孩”带回家，后来，她决定接纳迈克成为家人，从此迈克的生命翻开了新的一页，陶西为他准备房间，给他买衣服，为他请家教，一起去过感恩节，帮助有运动天赋的他开启了橄榄球之路。

按常规的套路，戏剧冲突会由此而生，陶西的孩子想必不愿意接纳这个“黑哥哥”，往往会搞出一些恶作剧来戏弄他，陶西的丈夫也会与她发生激烈的争吵，搞不好可能会导致婚姻的破裂。

但这一切都没有发生，编导并没有按照传统路数出牌。相反，女儿在学校的图书馆主动和迈克一起学习，儿子天天陪着他练习橄榄球，两人成了铁哥儿们，而丈夫也全力以赴支持她的决定。

（二）

这份美好足以使人赞叹，但似乎只能存在于电影之中。

不过，令人想不到的是，剧终音乐响起后，出现了一张张电影原型的照片，原来这部电影是根据真人真事改编的，片中男主角的原型是优秀的橄榄球运动员迈克尔·奥彭。

他的经历一如电影，上学头九年转了十一次学，几度无家可归，但在陶西一家的帮助下，他被密西西比大学录取，在2009年美国国家橄榄球联盟选秀中首批被选中，成了一名职业橄榄球运动员。迈克尔·路易斯根据他的亲身经历创作了小说《弱点：比赛进程》，而电影正是改编于这部小说。

这部电影忠实于迈克尔·奥彭的经历，情节上没有做太大的加工。虽然讲述了橄榄球运动，但它不是一部单纯的体育电影，如果看过这部片子，不难发现，剧中橄榄球只是一个载体，推动了整个故事的发展，而迈克尔和陶西家庭之间的关系才是整部电影的核心。

当然，它更不是一部有关种族题材的影片，这部电影只关乎爱和由此产生的力量，一如本片制片人安德鲁所说：“它非常的及时，特别是在21世纪，我们生活在由无数家庭构建的社会中，然而人们心中互爱与相互扶持的想法却慢慢淡化。”这部电影就是要重新唤起人们心中的互爱和扶持。

在我看来，安德鲁所言没错，但就影片真正的表意，如果用“扶持”似乎轻了一些，相比较而言，“守护”更为恰当。而且，从整个故事情节的发展脉络看，恰恰实现了由个人守护到相互守护的渐进。

个人守护是指迈克一直坚守着自己的善良淳朴，他听不懂老师讲的内容，但依旧在深夜的洗衣房里温习功课；在排球比赛结束后，他默默地收拾垃圾；在陶西家沙发上睡过一夜后，将床褥和衣服叠得整整齐齐后离开……

迈克无疑颠覆了“近朱者赤近墨者黑”的定律，他生活在脏乱差的贫民区，周边的伙伴大多是小混混，在这样的环境中，不想变坏都很难。但迈克一直努力让自己不要被黑暗吞噬，如同泰戈尔在《飞鸟集》所写的——“世界以痛吻我，我要报之以歌。”正是因为有了他对自己善良品质的守护，才迎来了拨云见日的那一刻。

人们常说：“你会遇到什么样的人，往往取决于你是个什么样的人。”如果迈克和他的那些童年伙伴一样，选择自暴自弃，上天恐怕也救不了他，更何况陶西一家。

自从陶西一家接纳了迈克，个人守护便演变成一种相互守护。陶西虽然因此被好友们奚落，但她和家人不管这些世俗的非议，精心呵护着迈克，让他融入学习、融入家庭、融入社会，发掘他身上的潜能，不断地激励他，最终使他走上成功之路。

与此同时，迈克也将陶西一家视作自己的亲人，用自己的方式守护着他们，陶西带他去黑人贫民区取东西，黑人混混们挑逗陶西，迈克坚定地说："I have your back（我会保护你周全）"；在一场车祸中，紧急情况下他挡住了气囊，救了陶西的儿子，自己的手臂却受了伤；在遭受别人羞辱自己的时候，他会忍气吞声，但是有人侮辱陶西一家时，他却与对方大打出手……

同时，这份对家人的守护成了迈克在橄榄球上走向成功的关键所在。虽然他有出众的天赋，但在运动场上却始终不得要领，不懂得合理使用力量优势来保护队友，对此连教练也感到纳闷，他说："大多数身世凄苦的孩子，迫不及待地使用暴力，然后被罚下场，但这个孩子一举一动都不想伤害别人。"陶西深知这是迈克善良本性使然，但在激烈的橄榄球场上却不认这个。

为了激励迈克，她来到训练场，对迈克说："如果有人想伤害我，你会阻拦他们，这支球队就是你的亲人，你得保护他们，拦住那些人。"她又把四分卫拉到迈克面前，对他说："你怎么保护我，就怎么保护他。"这个方法相当奏效，迈克彻底醒悟，从此后他便像保护陶西一家一样保护队友去得分，力量优势得以尽显，很少有人能与他抗衡，迅速成了队中的顶梁柱。

这就是守护的力量！

（三）

一如陶西和迈克，对于亲人而言，彼此的守护大概是最朴素也最重要的情愫。特别是对于父母和儿女而言，彼此守护是生命历程中最为动人的乐章。

身为父母，责无旁贷要守护儿女的成长，使得他们拥有健康的身体和健全的人格，这是一种责任更是一种义务，无论付出什么样的努力和代价都在所不惜。

儿女对父母亦应如此。不过，在现实生活中，相对于前者的浓厚，后者似乎淡了许多。不少父母觉得，只要孩子过得好，自己一切都无所谓，这种只付出不求回报的做法，体现了父爱和母爱的伟大，不过，儿女并不能因此而削弱这份亲情。

身为儿女，留些时间多陪陪父母，使得他们保有愉悦的心情，多多关心他们的身体，使得他们少受疾病的侵袭，是守护的应有之意。一言概之，守护是相互的，就像深入彼此内心的两股暖流，无论遇到什么境遇，都能相互汲取温暖和力量，坚定而从容地走下去。

关于“守护”，电影中还有一层更深的含义，那便是无论是守护者，还是被守护者，都是平等的。守护者付出的多，但并不能越俎代庖，决定被守护者对于人生道路的选择。

一如影片中，迈克在球场取得成功后，许多大学蜂拥而至，希望迈克能到他们那里求学，陶西夫妇希望迈克选择密西西比大学，因为他们都毕业于那里，迈克最终如他们所愿选择了这所大学，但却招来了全国大学生体育协会的调查，有人指控陶西夫妇为了牟利而强迫迈克做出这样的选择，迈克受到了刺激，离开陶西家回到了贫民区，和小混混打了一架，险些闹出人命。

陶西找到迈克，两个之间深谈了一次，陶西说：“我想让你去你想去的任何地方，这事你做决定，这是你的人生。”迈克问：“如果我想翻汉堡呢？”陶西说：“你来做决定，这是你的人生。”

这是一次很精彩的对话，阐明了一个重要的道理——守护不是施舍，更不代表需要对方付出对价，它是一种真挚的爱，更是一种尊重和成全。

这不由让我想起了远在异国他乡留学的孩子，记得初二那年暑假，他去英国游学，学习生活在剑桥大学的校园里，眼界大开的他对国外的教育颇感兴趣，回来后便表示希望将来能有机会出国留学。相比于参加国内高考，我知道这是一条更为艰难的道路，无论对家长还是孩子，但我们选择毫不犹豫地支持，就像陶西所说：“你来做决定，这是你的人生。”

经过几年的努力，他最终被理想的大学所录取，在机场送行时，相互拥抱后看他的背影渐行渐远，逐渐消失在人群中，我意识到，过去的那种守护宣告结束了，以后人生的道路需要他自己把握，但无论如何，我们都会一如既往尊重和支持，想必这是“守护”的一种升级吧。

人的一生，如白驹过隙，有时会觉得真的好像是幻梦一场，但正因为有了这份守护，才使我们可以远离虚无。在人生旅途中，付出爱并收获爱，保护着亲人并被亲人所保护。

历经浮华，终会发现，这份朴素的情感原来才是生命中最为可贵的财富。

George Clooney
UP IN THE AIR
From the Director of
"Juno" and "Thank You for Smoking"
The story of a man ready to make a connection.
DECEMBER
TheUpInTheAirMovie.com

2009 年《在云端》

2009年

《在云端》：逃避

题记 你是否有过和一个人对望时，仿佛他可以看穿你的灵魂，而整个世界在那一瞬间就安静了。

（一）

“想了解我，就要和我坐飞机，飞机就是我的家。”

《在云端》中由乔治·克鲁尼饰演的男主角瑞恩在开场时这样介绍自己，从他娴熟地收拾行李，然后在机场大步流星地通过安检和各种关卡，就可以看出此言不虚。他是一个名副其实的“空中飞人”。这和他的职业有关，瑞恩是公司裁员专家，每天飞来飞去，到各地为那些需要裁员的公司解决麻烦。

三十多岁的瑞恩还是一个单身汉，他自身的条件很出众，并不愁找不到好姑娘，只是他压根儿不相信爱情，更不相信婚姻，因为不想被责任所束缚。为此，他发明了一套所谓的“背包理论”，并以此为主题到处去演讲。

电影中有两次瑞恩阐述“背包理论”的场景，第一次他对台下的听众说：“你的生活到底有多重？假设你在背着一个背包，我要你把生活中的一切都装入这个背包，从小的物件开始，书架上的、抽屉里的、一切乱七八糟的，试着感受重量的不断增加，现在开始往里装大点的物件，衣服、桌面上的东西、台灯、毛巾枕头、电视机，现在它应该不小了，再往里放更大的东西，你的沙发、床，还有餐桌、汽车装进去，你的家，不管是一所公寓还是三室一厅，我要你把它们统统塞进去。现在，试着走一下路，是不是有点费劲儿？这就是我们每天做的事情。我们不断地给自己增重直到寸步难行。现在我想把你的背包烧了，你决定从里面拿出些什么？照片？照片是给那些记不住事儿的人准备的，吃点脑白金就把它们烧了吧。告诉你们，把所有东西都烧了吧，想象一下明天早上起来，孑然一身，轻松上阵吧，是不是轻松多了？”

听众们对此频频点头，表示对他的观点很是认可，如果我坐在台下，大概也会如此。瑞恩讲得没错，如果把物质看得过重，人就会成为物欲的奴隶，索性不如来个“断舍离”，消除由于欲望膨胀带来的不安和压迫。

瑞恩的第二次演讲，将这个理论由物质延展到了人情。

他说：“你会有个新背包，这次需要你装进去的是人，从那些泛泛之交开始，朋友的朋友、办公室的同事，之后是你最相信的那些人，那些你可以倾诉秘密的人，你的表姐妹兄弟、你的叔叔阿姨、你的亲兄弟姐妹、你的父母，最后是你的妻子或丈夫、男女朋友，把他们都放进背包里面。此刻，感受一下背包的重量，你和周围人之间的关系是你生命中最重的负担，那些约定、争辩、秘密，还有诺言，你需要承担它们所有的重量。试着放下背包，有些动物生来就要相互背负以求生存，如一夫一妻制的天鹅。我们不是那些动物，移动得越慢，死亡来临得越快，我们不是天鹅，我们是鲨鱼。”

如果我还坐在台下，想必对于他这段演讲，特别是“鲨鱼说”肯定是要摇头的，为了不让自己有“沉重感”，便六亲不认、冷血无情，实在有些剑走偏锋。

瑞恩不只这样说，他也是这样做的。

对于那些被裁掉而丧失生活来源的公司员工，瑞恩没有丝毫的同情心，为了顺利完成任务，还经常使用一些所谓的“高招”。他对自己的姐姐和妹妹很是冷淡，看不出有什么亲情。

至于结婚成家，对他而言，简直就像一场无法想象的噩梦。在瑞恩的字典里，家庭只意味着“循环空气、人工照明、全自动果汁机、廉价寿司和千篇一律式的礼仪式问候”。

瑞安当然有自己的生活目标，听来有些不可思议，居然是完成1000万英里的航程，成为航空公司的“终身超白金尊享会员”。

不过，公司新来的刚从大学毕业的小丫头娜塔莉，成了瑞恩实现目标的拦路虎，因为她提出要改变公司现有的工作模式，设立远程视频裁员系统，以后包括瑞恩在内的员工无须飞行出差，公司成本会大幅下降。老板对此当然欢迎，但瑞恩却不干了，他在会议室发飙，给这个新人来了个下马威。老板让娜塔莉先跟着瑞恩出差实习，以便尽快进入角色，熟悉业务后早日建成视频裁员系统。

两人的“三观”完全不同，一路争执不断，瑞恩的“背包”里不需要任何东西，没有朋友，疏远亲人，拒绝婚姻，否定感情。但娜塔莉是爱情至上主义者，正因为如此，她从名牌大学毕业后，舍弃了大城市生活，追随男友来到这个并不繁华的城市。

不过，随着相处时间的增加，两人的关系不再是针尖对麦芒，虽然依旧嘲笑对方，但过后却开始认真地反思自我。

在这种反思中，瑞恩的“背包理论”开始动摇了。

（二）

真正让瑞恩信念崩塌的是另外一个女人——艾利克斯。

她也是一位经常在空中飞行的商务女性，两人相遇在一个异地酒吧，孤男寡女，彼此吸引，干柴遇到烈火，一夜缠绵后，两人就此别过。

最初瑞恩觉得这不过是一段露水姻缘，同以往的艳遇一样。但几次约会后，他隐约感觉自己似乎喜欢上了这个充满魅力的女人，后来竟然一反常态邀请她陪同自己去参加妹妹的婚礼。

就在这场婚礼中，瑞恩无意间受到了一份情感的洗礼。

婚礼仪式即将举行时，发生了意外——妹夫“落跑”了，因为他突然开始恐惧婚姻，不想结婚了。规劝妹夫的重任落到了瑞恩身上，由此引发了一段颇有意思的对白。

妹夫说：“昨天晚上我躺在床上，一想到婚礼，我就睡不着了。那些仪式，还有我们要买的房子，搬到一起住，有了小孩，一个又一个。圣诞节、感恩节，足球比赛，然后转眼孩子就长大了。出了学校，找了工作，结了婚，我变成祖父，然后我退休了，开始掉头发，身体发胖，最后就是我死了。”

这种想法几乎和当初瑞恩所想如出一辙，不过，身负劝说重任的他却对妹夫说道：“我们就好像钟表一样，没法减速，没法暂停，大家最后去的地方不过都是一样。一个人在那个巨大的蜜月套房里，有点孤独，是不是？是啊，很孤独。生命需要陪伴，每个人都需要个‘副驾驶’。”

其实，瑞恩说这段话，不单单是为了劝说妹夫，同时也在说给自己听，因为此时在他生命第一次觉得需要一个“副驾驶”，而且他好像已经找到了合适的人选。

果不其然，在后来一次关于“背包理论”的演讲中，他似乎若有所悟，中断了演讲，飞奔到机场，到了艾利克斯所在的城市，他不愿意继续做空包先生，心里充满着暖意和期待，急切地想把自己心爱的女人装进背包。

但令瑞恩备受打击的是，艾利克斯竟然是有两个孩子的已婚妈妈。

瑞恩颇为痛苦地离去，艾利克斯对他表示自己是成年人，知道想要什么，而瑞恩完全不知道，她对两人的定位是：你是我偶尔的慰藉，我是你些许的依靠。你是我生活的插曲，我是你人生的过客。

回程的飞机上，瑞恩终于实现了梦寐以求的理想，接过了象征一千万英里飞行里程的特殊 VIP 卡，他是实现这一记录的第七人，也是最年轻的一位。在众人的欢呼声中，瑞恩却显得沮丧万分，在高高的云层上，陷入了无尽的孤寂。

影片的最后，暗黑色的云层中，飞机的航向灯不停闪烁，此时传来了瑞恩的独白：“今天大多数人都将回到自己温暖的小家，迎接家里闹腾的小狗，吵闹的孩童，他们的伴侣会关切地打听白天的事情，晚上，他们在夜幕中安然入睡。星星从白天隐藏的角落，慢慢地爬升出来，而在那些天边的微光中，会有一个更为明亮，它就是我的翼翅，祝福着其他人，悄然拂过。”

从这份内心独白来看，瑞恩已经开始向往温情的家庭生活，但现实充满着无奈，他只能在云层之上独自咀嚼痛楚。不过，再远的航程，总有落地的一天，然后他会去过什么的生活呢？

瑞恩或许还会回到过去的生活状态，叔本华说：“豪猪都想取暖，又会刺到对方，所以他们只能在近和远之间矛盾。”他和艾利克斯情感纠葛好像就是这样的感觉，痛定思痛后，他不会再对任何人动感情，把生活的目标调向下一个千万英里的里程。当然，还有另外一种可能，在“背包理论”的信念松动后，他会将这条改变之路进行到底，直到找到一个非常适合自己的“副驾驶”，在背包里一边放入爱，一边放入信任，从此远离孤独，收获幸福。

直到曲终人散，电影也没有给出答案，在我看来，瑞恩做出何种选择的关键在于能否突破他长期以来固有的信念，这也是这部电影的核心，换句话说，整部电影都是围绕着瑞恩对“背包理论”态度的变化而展开，先是坚定，后是动摇，然后否定，最后迷惘。

如果仔细琢磨，瑞恩所倡导的这个理论，立论的基础没有太多硬伤，便是人生都是一条单行线，无论是否拥有亲情、爱情和友情，抑或浓烈与否，最后必是一个人孤独地走向墓地，这是人生不可避免的终极结局。

说这样的话，似乎有些伤感，但生活的真相就是如此。

以什么态度面对这样的真相，就会做出什么样的选择。瑞恩的想法很简单也很直接——逃避。他想成为一条鲨鱼，切断所有人和他的羁绊，不付出自己的感情，也不需要别人的感情，活在一种自我限定的空间中，到头来，孤独地来到这个世界，孤独地过一辈子，然后孤独地离开。

生活方式有许多种，这算其中的一种，选择什么样的方式过活，这完全是个人的权利，不能指着鼻子说这不行那不行，但总觉得这样的方式不好，而且注定不会长久。道理很简单，人本来就是一种感情动物，需要相互取暖，而亲人和朋友的爱是我们生命中不可或缺的东西，从一定意义上说，它是我们生活下去的源泉所在。

这个道理，到最后瑞恩好像明白了，不过为时已晚。

（三）

说到爱、责任和情感，在我看来，都是与生俱来的。

无论愿不愿意，我们来到这个世界的第一天，就注定要与不少人牵绊在一起，最初有父母、兄弟姐妹，还有各种长辈。再大一些，有了同学和朋友。成年后，会有恋人、爱人和孩子。变老了，还会有子孙一辈，我们的一生不是一条单纯的直线，而是要与许多线条交汇，由此产生各种各样的情感体验。

既然是交汇，当然就是相互的，换言之，在接受爱的馈赠时，同样有责任去付出爱。从这个角度讲，可以归结为一句话——“爱是一种责任。”

这样说，似乎有些不太好懂，以最常见的父母和孩子的关系为例，孩子的健康成长和进步依赖于父母的爱，这种爱是一种不计代价的付出，甚至可以到牺牲自我的地步，对于父母而言，这不单是一种爱，更是一份责任。而当孩子健康快乐地长大，取得一个又一个进步，会让父母感受到一种由衷的欣慰，觉得人生非常有盼头，这种欣慰和希望，恰恰是孩子给予父母的一种爱。

对于家长而言，承担了一份责任但收获一份爱，是一件多么美好的事情。

既然爱和责任都是相互的，单纯只要别人爱自己，而不想付出爱，那是“不道德”的。不过像瑞恩这样，不要爱也不要责任，还真不好说出什么，只是觉得背离了生活的初衷。

始终认为，“情感”是生命中最珍贵、最美好的东西，一个没有情感的人的世界是一片寸草不生的荒原，快乐和悲伤，成功与失败，纠结与释然，无人述说，无人分享，生活和所有人无关，想想看，这是一种多么可怕的境地。

年龄越大越会感知，一生忙忙碌碌，等曲终人散，蓦然回首时，会发现那些美好的片段都与情感有关，与兄弟朋友的举杯共盏，与爱人的相濡以沫，与父母和孩子的相扶相持……

从这点上说，外表光鲜亮丽的瑞恩比不上那些被裁掉的失业者。

电影中有不少失业者自述的段落，他们更多讲述的是家庭和爱。有的说：“当我早上起来的时候，我回头看到我的老婆，这就是我生活的意义。”有的说：“我不知道我该说点什么，我为我的孩子们骄傲，我会说，没有我的朋友和家人，我不会回到正轨，我需要多一些时间，找到新的目标，我的孩子就是我的信念，还有我的家庭。”还有人说：“这并不完全是钱的问题，钱能买到温暖，付供暖费，买条毛毯，但是永远没有在我丈夫怀抱里那样温暖。”

相比较而言，瑞恩拥有航班的头等舱，酒店里一尘不染的客房，随身携带的各种 VIP 卡，但是他唯独没有一个温暖的怀抱。

这让我想起了由乔治·克鲁尼担任主角的另一部电影《后裔》，他同样饰演一个中年男人马特，事业很成功，但家庭生活陷入了困境，妻子意外受伤昏迷不醒，两个女儿也不让他省心，一个叛逆，另一个早熟，令他更为震惊的是听到了妻子曾经外遇的消息。

不过，他没有选择逃避，反而反省自己的过去，最终原谅了伤重不治的妻子，默默修复了和两个女儿的关系。在此中间，他发现生命中最重要的事情，不是工作或财富，而是家庭、爱和情感。影片的最后，父女三人盖着一条暖色的毛毯，边吃冰激凌边看电视，幸福又重新回到了这个曾经支离破碎的家庭。

尽管马特一家的结局很温暖，但我更喜欢《在云端》的结尾，不仅不落俗套，反而带给我们更为深刻的思索，到底应该过一种什么的生活？对于爱与责任是逃避还是主动拥抱？我们的背包里到底应该装载些什么东西？

对于这些问题，瑞恩最后的独白实际已经给出了答案——

“每天晚上回到自己温暖的家，迎接我们的是欢呼雀跃的小狗和孩子们，爱人的嘘寒问暖，然后，在夜幕中安然入睡……”

这样的温馨场景，想想就足够美好。

"De Niro is outstanding"
"A masterpiece.
De Niro at his imperious best"
"One of the most moving films in years"
Robert De Niro
a Kirk Jones Film
everybody's fine
Drew Barrymore
Kate Beckinsale
Sam Rockwell
Frank's travelling light but carrying excess baggage
www.everybodysfinemovie.co.uk
Featuring the new single "(I Want To) Come Home" by Paul McCartney
in cinemas february 26

2009 年《天伦之旅》

2009年

《天伦之旅》：幸福

题记　多给家里来电话，号码没变，我还在电话那头。

（一）

2020 年，注定是一个让人无法忘怀的年份。

一场疫情将世界搞得天翻地覆，作为一个个渺小的个体，不可避免地被裹挟其中。

一切都要从春节说起，原计划过完元旦就准备去国外留学的儿子，为了过一个团圆年，将机票改签到除夕之夜。为此，我们也取消了回老家陪父母过年的计划，想着把儿子送走后，大年初二再回去。

2 月 23 日，武汉封城，形势陡然紧张起来。除夕之夜，匆匆吃过年夜饭，便送他到机场，拥抱告别后，看着他一个人独自进了海关，我们心里长出了口气。

大年初一和父母联系，他们建议我们取消原定计划，不要再回老家了，因为当时的形势扑朔迷离，说不好会发生什么，最好的选择是待在家里。

事实证明，这是一个非常英明的决定。果不其然，没过几天大家就都过上了封闭的生活。

那段日子，足不能出户，只能通过视频和父母以及儿子联系，问问彼此的情况，虽然颇多担忧但看到彼此安好，心里还是满满的安慰。

但没想到的是，没过多久，在严防严控下的国内疫情渐趋平稳，而在大洋彼岸却是愈演愈烈，染病患者数字大幅攀升，一发而不可收，很快就超过了国内，特别是儿子留学所在的纽约市是一个重灾区。

学生们接到了学校的通知，为了避免聚集性感染，所有的住校生必须搬离宿舍，亏得儿子和几个同学有先见之明，在此之前在外面租好了公寓，算是度过了第一个难关。

但形势越来越不好，每日在网络上看到的各种消息更加重了这份紧张感。特别是父母每天都关注电视和网上关于美国疫情的报道，对身处纽约的孙子担心与日俱增，有时因此经常睡不好觉。

倒是处在重灾区的儿子显得很镇定，每次视频连线，他说自己没问题，因为他和同住的同学不出公寓楼门，需要买什么，就从网上定购，在楼门口无接触收货，吃饭也是自己做，和外界基本没有接触，所以不用太为他担心，倒是提醒我们要多注意防护。

即便如此，父母和我们的心一直悬着，但也只能干着急。随着疫情的扩散，国际航班大面积取消，机票几乎买不到，而且贵到离谱。更何况，在疫情的高峰期，即便有了机票，在密闭的空间了坐上十几个小时，同样是一个高风险事件。

除了比以往更频繁的联系，别无其他的办法。这个时候，才真正体会到一家人能够在一起是一件多么珍贵和美好的事情。

后来，随着第一波疫情高峰过去，国际航班数量大幅增长，机票也便宜了不少。儿子身边的小伙伴陆续回国，他也动了回国的念头。对此，我们当然全力支持，反正是上网课，在哪里都一样，比较而言，国内更加安全些。更重要的是，在这个诡谲难测的年份，一家人在一起显得尤为重要和难得。

孩子顺利买到机票，从底特律直飞上海，我们和父母悬着的心随着他的航班一起落地了。

最为开心是我的父母，平日里在微信里基本不发言的父亲，写了很长的一段话——“我孙子在美国疫情和骚乱的恶劣环境下，坚持网上上课，经过半年多煎熬，终于平安返回国内，今天在上海结束十四天隔离，即将回到北京与家人团聚，愿将这一喜讯与大家分享。”他将这段文字发到了各个亲戚朋友群，由此可以看出，老人家有多么开心。

我们只是所有家庭的一个缩影，想必不少家庭经历的困难更多。这场突如其来的疫情虽然还未完全过去，但已然留给了我们不少思索，关于人生、关于情感，关于健康……就我而言，经历了半年多的不安和担忧，似乎重新认识了“幸福”这两个字的含义。

最大的体会在于，放在过去，“幸福”包含了许多东西，但在一场灾难面前，它只意味着六个字——“一家人好好的”。

这和我看过的一部电影有着近乎一致的主题，影片的中文名字叫作《天伦之旅》，英文片名直截了当——“Everybody's Fine”。

（二）

这部电影并不很出名，但必须承认，是一部感人至深的影片。

片子的开始，由罗伯特·德尼罗饰演的男主角弗兰克在超市里忙着购物，他今天买了上好的牛排和贵一些的红酒，还有价格不菲的烧烤炉，如此破费，是因为他的四个儿女要回来了。

八个月前弗兰克的妻子不幸去世，自此以后，儿女都没有回来过，弗兰克一个人的生活貌似悠闲，内心却感到一份孤寂。

退休以前，他工作是为电线包裹聚氯乙烯保护膜，弗兰克曾经和儿女讲述道：“一周做 100 英里长，就是这样不间断地包，不间断地包，包了 100 万英尺的电线，才培养出今天的你们。”

虽然弗兰克为儿女们辛勤劳作了一生，但似乎和孩子的感情并不亲近，孩子们更喜欢和他们的母亲交流，以至于他们打来电话，如果是弗兰克接听，孩子总是会说：“嘿，爸，妈妈在吗？”

就在弗兰克所有准备工作就绪，坐等节日来临时，孩子们的电话陆续来了，理由虽然不同，但意思是一样的，都是因为各种忙碌而无法回来，这让弗兰克深感失望。

由此他心生了“你们不来找我，我就去找你们！”的想法，不顾身体状况不佳，带着药和给每个孩子的一封信，只身踏上了给子女们的惊喜之路，想看看他们到底过得怎么样。

第一站：纽约，大儿子大卫的家。

弗兰克吃了一个闭门羹，他在大卫的楼门口等了整整一个晚上，无论是按门铃，还是打电话，都无人接听。无奈之下，弗兰克只得从门缝中塞进一封信，表示本来想给儿子制造一个惊喜，但却无法见面，只能以后联系了。

离开时，他在一家画廊的橱窗里看到了大卫的作品，不由想起大卫小时候，父子俩之间的一次对话：“我想成为一名油漆匠，做我喜欢的画。”“不能成为油漆匠，油漆匠在墙上作画，狗也在墙上撒尿，你要成为一名艺术家，你会让我为你感到骄傲的吧，儿子。”“我会努力的，爸爸。”

第二站：芝加哥，大女儿艾米的家

艾米是一家广告公司的老板，家庭条件很优越，她对父亲突然来访感到非常意外。表面上这个女儿事业有成，家庭和睦，但在一起吃晚餐时，弗兰克发现自己的孙子很不喜欢他的父亲，这让他隐约觉得女儿对自己隐瞒了什么。事实上，艾米的婚姻生活并不幸福，她和丈夫早已分居，临时又组合在一起完全是为了演戏给父亲看。

弗兰克提出想在女儿家多待两天，艾米以自己工作忙碌，没有时间照顾父亲而婉言拒绝。车站送别时，已经有所察觉的弗兰克问女儿：“你过得开心吗？”艾米沉默了片刻，表示自己很开心。

第三站：丹佛，二儿子罗伯特的家。

他直接来到交响乐团的排练厅，发现原来自称是指挥的儿子，仅仅是一个无足轻重的鼓手，这多少有些让弗兰克感到失望，他一直认为罗伯特在音乐方面很有天赋。不过罗伯特对现状倒还满意，工作压力不大，还可以随着乐团到处旅行，赚的钱足够养活自己，没有什么额外的负担。

当弗兰克提出想再住两天时，罗伯特说当晚乐团就要出发去欧洲演出。不过，弗兰克在街头看到乐队演出的海报，地点就在当地，根本没有所谓的欧洲巡演，罗伯特扯出这样的谎言，就是不想与父亲有独处的时间。

第四站：拉斯维加斯，小女儿萝西的家。

这个小女儿是舞蹈演员，她和哥哥姐姐不同，对父亲的来访非常热情。开着加长的豪华轿车来接弗兰克，还为父亲准备了大大的卧室，并预定好了八十层的旋转餐厅。不过父女俩最后并未能享用成这份大餐，因为女邻居有事外出，拜托他们照看孩子，到晚餐时间女邻居也没有回来，他们只好在家吃晚饭。

就在女儿照看孩子时，弗兰克无意听到了答录机中的留言，原来女儿的大房子是为了迎接父亲专门从朋友那里借的。为了不给女儿继续增添麻烦，弗兰克表示自己出来很长时间，所带的药不够，所以决定回去了。

就在回程的航班上，弗兰克的心脏病发作了。

在昏迷中，弗兰克做了一个奇怪的梦，孩子们都是小时候的样子，和如今的他坐在一起。每个孩子都告诉自己过得很好。但这种“好”显然都是装出来的，大卫下落不明，艾米婚姻破裂，罗伯特事业不如意，而萝西更有隐情，她是个同性恋，那位女邻居实际上是她的爱人，而帮着照看的孩子其实就是她自己的。

弗兰克此行中，每见到的一个孩子都会询问他们过得是否开心，三个子女给出的答案都是“过得不错”，弗兰克心里知道他们都有所隐瞒，但却不清楚孩子们为什么不愿意和自己讲真话。

原因其实很简单，他一直以来望子成龙、望女成凤，总对孩子讲自己如何如何不容易，以及对他们的未来抱着很高的期望。这无形中给孩子们很大的压力，总怕自己表现不好而对不起父亲的辛勤劳作，辜负他对自己的期望。

所以，在父亲面前，一定要表现出光鲜亮丽的一面，至于生活中阴暗面，过去可以告诉善于倾听和理解的母亲，现在只能自己消化或隐藏起来。艾米和罗伯特不愿意让父亲在自己那里多待一些日子，就是不愿意让他发现他们生活的真相。

弗兰克在医院清醒后，发现三个孩子围在自己的病床前，但依然没有看到大卫的影子，事已至此，他们不愿意再隐瞒下去，告诉父亲，大卫在墨西哥因为吸食毒品过量而死。弗兰克不敢相信自己的耳朵，孩子们告诉父亲，在四个孩子们中，他对大卫的期望最高，因此大卫所承担的压力也最大。

出院后，弗兰克重新审视自己与孩子们的关系，在妻子的墓前，他说："我想如果我能重来一次，我会对孩子们要求少一些，只要他们开心就是对我最好的报答。我想应该不会再把他们当作孩子，我不能再告诉他们应该怎么做，他们必须找到自己的道路。"

（三）

这次天伦之旅，对弗兰克来讲，是一次自我觉醒之旅。

他终于想开了，孩子们都有各自的人生，其实，仔细琢磨，没有什么大不了的，不想当艺术家做个油漆匠也不错，不美满的婚姻更没有必要将就凑合，乐队里当个鼓手也挺好，喜欢同性也不是什么天大的事情。只要是自己的选择，只要自己过得开心，只要自己可以负责，其他人没必要吹毛求疵，更没必要横加指责，即使是身为父亲的自己。

由此，他终于实现了和孩子的和解，和自己的和解。

唯一难以和解的是死去的大卫，弗兰克觉得大卫会恨自己，为此他去画廊里去买儿子的遗作，算是对自己的心理安慰。

在画廊他看到了大卫的一张作品，画面上是一根根包裹着聚氯乙烯保护膜的电线，正是父亲引以为傲的职业。画廊的人告诉弗兰克，大卫常说，要不是他父亲，他永远不可能成为一个艺术家，只可能变成一个涂鸦者在墙上画画，而狗会在墙上撒尿。

看到这个桥段，我非常感动，想必弗兰克更加感动，儿子并没有怪罪自己，反而感谢引导他走上了艺术之路，这给因为大卫之死而内心痛苦的弗兰克一份难得的慰藉。

又一年圣诞节来临，弗兰克再次来到超市采购，这次，孩子们都没有爽约，带着自己的爱人和孩子们回来团聚，一家人其乐融融，弗兰克更加深刻地意识到：幸福，其实就是每个人都好好的。

一如弗兰克，我觉得，对于幸福理解，确实需要一个动态的过程。

小时候，幸福是收到一份自己喜欢的礼物，上学后，幸福是考试取得好成绩，最终考上理想的大学。再后来，幸福是找到一份体面的工作，找到一个心灵相犀的爱人，能有一个聪明可爱的孩子，能在事业上取得成就……

看过这部电影，特别是经历这场疫情后，对于幸福的理解，更接近于其本质，那便是“家里每个人都好好的”，父母身体安康，孩子健康成长，一家人总能在一起，这比那些具象化的幸福更真实也更长久。

尽管生活中依旧还会有不如意，就如电影中几个孩子自身的问题，并没有因为与父亲的和解而完全解决，但这又有什么关系呢，只要有家在，只要每个人健康地活着，只要彼此珍惜和友爱，一点点不如意又算得了什么。

孩子解除隔离回京后，我们一家人坐高铁回了一趟老家，算是弥补春节未能回去的遗憾。虽然待的时间不长，但每天与父母和姐姐一家吃饭聊天，打打麻将，那份独属于亲情的感觉还是一如既往。经历了 2020 年那些难忘的日子，看着一家人都好好的，心里涌动着一种莫名的感动和喜悦。

在网上看到一个调查，题目是“疫情结束后，你最想做什么？”有人说要去肆无忌惮吃个痛快，有人说好好工作努力赚钱，有人说要坚持锻炼，健健康康，有人说想来一场说走就走的旅行，还有人说想认认真真谈一场恋爱。我最欣赏的是其中一位朋友的期望——来个爱的全家福。

这位朋友在留言中解释了为什么会有这样的想法，她说：“看惯了救护车外手足无措的身影，听过了太多来日方长天人相隔的惜别，人生短暂，生命脆弱，记得多陪陪最重要的人。疫情结束后，要做的第一件事就是带着父母和弟弟一家去拍全家福。结婚十年，离家 30 公里，因为疫情，今年第一次没有回家过年，父母日益年迈，我和弟弟也已成家立业，最初一个四口之家已经变成了三个小家，我们分布在三个城市，彼此惦念，彼此叮咛。每年过年，我们都要利用春节假期拍上一组全家福，今年暂时搁置，所以等到摘下口罩那天，我们一定补上。”

电影的最后也出现了弗兰克一家的全家福，不过不是一张，而是由三张照片组成，中间的一张应该也是一个圣诞节，弗兰克的妻子带着四个小孩子在圣诞树下的合影。左边是妻子面带笑容的单人照，右边是弗兰克和大卫两人的合影，在这个平安夜里，一家人又以这样的方式团圆了。

那一刻，想必弗兰克和他的孩子们听到了幸福的声音——“Everybody's Fine”。

FROM THE DIRECTOR OF THE BUCKET LIST,
STAND BY ME AND WHEN HARRY MET SALLY...
Heartland
TRULY
MOVING
PICTURE
AWARD
YOU NEVER FORGET YOUR FIRST LOVE.
FLIPPED
AUGUST

2010 年《怦然心动》

2010 年

《怦然心动》：成长

题记 有一天，你会遇到一个如彩虹存在的人。当你遇到这个人，就会觉得其他人都会如浮云一般。

（一）

Flipped，这个单词直译为“轻弹、触动”，这部同名影片中却将其译为“怦然心动”。不得不佩服译者，这个译法实在传神，因为这四个字正是女主角朱莉第一次见到男主角布莱斯的感觉，不过他们当时只是小学二年级的“小屁孩”。

一切开始于 1957 年的那个夏日，布莱斯一家搬到了朱莉家的社区，两家成了邻居。小女孩朱莉看到布莱斯的第一眼，便深深喜欢上了这个长相很萌的“小正太”。

她自语道：“见到布莱斯的第一天，我心动了，他的双眸有一种魔力让我如痴如醉。”但布莱斯对这个陌生女孩过度热情的举动很不适应，甚至感到有些恐惧，碰巧的是，两人成了同班同学，从二年级到八年级，朱莉一直想方设法接近布莱斯，而布莱斯则是能躲就躲。

两人的关系因为一些不快的事情陷入低谷，先是朱莉很喜欢的一棵大树要被砍掉，她爬到树上坚决不让工人砍伐，她希望布莱斯与自己并肩作战，但在关键时刻，布莱斯当了“逃兵”。

接着朱莉把自己养鸡收获的鸡蛋送给布莱斯一家，但布莱斯父亲一直看不上朱莉家，嫌弃她家的庭院从来不收拾，故而认为鸡蛋不干净，布莱斯不好意思退回去，只得将朱莉送来的鸡蛋偷偷扔掉，朱莉后来得知真相后感到很伤心。

很快迎来了最后爆发的时刻，朱莉有个智力低下的叔叔，有一天，她听到布莱斯附和同学嘲笑自己的叔叔，朱莉忍无可忍，布莱斯的形象在她心目中顿时崩塌，她决定彻底放弃这段感情。

当然，对于朱莉来说，这是一个艰难甚至痛苦的抉择，但是她却毅然决然。虽然她可以很大胆、很执着追求心中所喜欢的男孩，但却不会因此而盲目，使得自己的爱坠入尘埃。

记得曾读过这样一句话——“你可能遇到一个人，第一眼就被他（她）的美好折服，然而渐渐发现对方没有想象中完美；你也可能遇见一个人，开始觉得怎么那么讨厌，然而渐渐了解之后爱上对方。”这句话放到这部影片中再恰当不过，简直就是两个人的真实写照，前者说的是朱莉，后者则是布莱斯。

两人疏远后，布莱斯在自己外公的开导下，终于明白朱莉是一个好女孩，于是想着恢复和朱莉的关系，只是彼此的位置发生了互换，朱莉有些心灰意冷，当素来懦弱的布莱斯鼓足勇气试图吻她时，却遭到朱莉的拒绝，这本来是她当年最期盼的一件事情。

随着时间的推移，朱莉后来感知到了布莱斯的转变。影片的最后，当布莱斯在朱莉家院子里种下一棵小树时，朱莉从家里走出去来到他身边，两人相视一笑，一起为小树培土，此刻，悠远厚重的主题歌响起，影片就在这样温暖的氛围中画上了句号。

不过，我更愿意相信，这不是结束，而是另一段美好的开始。

（二）

说起这部电影所想要表达的主题，不少朋友认为是“初恋”，但就我看来，影片似乎超越这份美丽的情愫，它更多地讲述了一个关于“成长”的故事。

成长，是每个人都必须面对的人生经历，不管愿不愿意，我们总要长大，也总要变老。观察一生的每个阶段，从孩提到少年再到成年的这段经历，对于每个人似乎最为重要。从一定意义上说，我们会成为一个什么样的人，以怎么样的风貌和姿态在社会立足，这段经历会起到决定性的影响。

之所以说它重要，是因为成长不是一条单纯的直线，会受到许多因素的影响，社会、家庭、爱情、友谊等，在这样的复杂因素影响下，每个人的成长道路不会相同，也就会走向不同的人生。

这部影片正是切中了成长复杂性的要害，它讲述关于孩子成长的话题，但并没有局限于男女主角本身，而是扩展到了他们的家庭，用一种对比的手法，凸显了家庭教育对于孩子成长的极端重要性。

朱莉的家境一般，甚至有些拮据，但她拥有一个温暖的家庭，特别是有一个可以堪称人生导师的父亲。

父亲很喜欢画画，朱莉经常和作画中的父亲交谈，有一次他们聊起了布莱斯，朱莉表示不知道为何会喜欢布莱斯，或许是因为他的眼睛或者笑容。父亲问她：“那他本人呢？”朱莉顿时沉默了，她压根儿没有思考过这个问题。

父亲告诉她一个道理——整体大于局部的总和。他对朱莉说：“一幅画不是由众多物件简单拼凑而成的，一头牛只是一头牛，一片草地也只有青草和花朵，阳光透过树丛，只不过是一道光线，但你把它们放在一起，就会很神奇。”

很快，朱莉便体会到了父亲所说的含义，她在黄昏时分爬到大树之上，看到异常壮美的景色，自言道：“有时落日泛起紫红的余晖，有时散发出橘红色的火光，燃起天边的晚霞。在这绚烂的日落景象中，我慢慢领悟到了父亲所说的整体胜于局部总和的道理。”

朱莉对布莱斯态度的变化，实际上也深受此影响，原本她只心醉于他迷人的双眸和笑容，后来她知道看待一个人，要从整体上去看，由此她做出了自己的抉择。

电影中频频出现的那棵大树，实则是成长路上的一种隐喻，最初是因为风筝挂在了树上，朱莉才爬上了这棵树，却发现了前所未有的风景，一如她所说：“我开始注意到微风闻起来是那么的清香，像阳光和野草。我不停地闻啊闻，肺里装满了我从未尝过的芬芳。”从此之后，这棵树成了她的最爱，闲暇时经常一个人爬到树上，感受独属于自己的美好时光。

不久后，这棵树要被砍伐，朱莉爬上树，决心用身体捍卫它。父亲为了保护女儿，爬到树上告诉她说：“It’s time.”，朱莉由此放弃了抗争，但她伤心极了，为此哭了两个星期。父亲后来画了一幅大树的画像送给她，并告诉自己的女儿：“那不只是一棵树，我永远不想你忘记当你在上面的时候，你感受到的东西。”看着这幅画，听到父亲的话，朱莉破涕为笑，心中得以完全释怀。

父亲想用这样的方式告诉朱莉，成长的路上必须要放弃一些东西，无论如何不舍，这都是成长的一部分，但是放弃并不代表遗忘，只要曾经有过美好，总能以一种方式将其保留下来。因此，父亲虽然劝说她放弃抗争，但又将一幅画送给女儿，就是想让这份美好的记忆永远留在朱莉心中，这样善解人意的父亲，无疑是朱莉成长路上的一股强劲的暖流。

对朱莉影响更大的是父亲对智障弟弟的不离不弃，为了照顾在残疾中心生活的弟弟丹尼尔，父亲花掉了家中大部分积蓄，宁愿自己生活拮据，也从不言放弃。朱莉跟着父亲看过自己叔叔后，才知道父亲的不易。在回来的路上，她心里默念道："对于我来讲，丹尼尔以前只是一个名字，如今他是家庭一分子了。"父亲的身体力行远胜于千言万语，使得朱莉将来不会成为一个精致的利己主义者，而会变成充满爱心和责任感的人。

与此形成鲜明对照的是布莱斯的父亲，他貌似是一个成功人士，但却是一个势利眼，在他眼里，财富是判断一个人成功与否的唯一标准。因此他看不上生活状况一般的朱莉一家，经常开一些恶俗的玩笑。

实际上这只是一个表象，原本布莱斯的父亲想成为一个音乐家，但因为贫穷而放弃了自己的理想，"穷怕了"的他虽然后来生活富足，但内心却懦弱，特别是面对那些为坚持自己理想而努力的人，他唯一能做的就是"装"。

布莱斯身上也多少遗传了父亲的这份懦弱，片中的细节中处处能够表现出来，面对朱莉的追求，他不知所措；朱莉不停地送鸡蛋，他又不敢拒绝而将鸡蛋扔进垃圾桶里；不敢在朋友前表达自己立场，附声嘲笑朱莉的叔叔……

所幸，布莱斯有一个智者一般存在的外公，这位老人从报纸上看到朱莉坐在大树上抗争砍伐的新闻报道，对这位勇敢善良的女孩非常欣赏，于是他主动帮着朱莉修剪庭院的草坪，一来二去，两人成了忘年交。

外公教育布莱斯要看到朱莉身上的闪光点，他说：“有些人肤浅，有些人金玉其外，有些人败絮其中。但是，有一天，你会遇到一个如彩虹存在的人。当你遇到这个人，就会觉得其他人都会如浮云一般。”

外公说出的这席话，绝对经典，不仅使得布莱斯有种“拨云见日”的感觉，而且引发了许多观众的共鸣，以至于提起这部影片，不少人首先想到的便是这一句话。

（三）

如电影所示，家庭深刻影响着孩子，反过来说，孩子也是一个家庭的缩影。

用教育家斯宾塞的话说：“孩子就是家庭的一面镜子，有什么家庭，有什么样的父母，就有什么样的孩子。”这话听上去虽然有些绝对，但大体没错，如果父母脾性暴躁，孩子多半不会温顺，如果父母不学无术，也很难指望孩子喜欢学习。

因此，人们常说“家长是孩子最好的老师”，不无道理，言传身教远胜于课本知识，因为这种身形教育更为直接且无处不在，另一位教育学家马卡连纳对家长们说：“不要以为只有在你同孩子谈话，教训他，命令他的时候，才是进行教育。你们在生活的每时每刻，甚至你们不在场时，也在教育孩子。你们怎么穿戴，怎样同别人说话，怎么谈论别人，怎么欢乐和发愁，怎样对待朋友和敌人，这一切都对孩子有重要的意义。”

谈及家庭教育对孩子的影响，我觉得埃隆·马斯克是一个成功的范例，就在写下这些文字的时候，他所创建的 Space-X 公司成功发射了载人飞船，实现世界上首次商业化的载人发射，这是经常震撼世界的“钢铁侠”，搞出的又一个新的惊人创举。

埃隆·马斯克能取得成功，成长的路上一个人功不可没，那便是他的母亲——梅耶·马斯克。

今年，梅耶·马斯克的第一本自传《人生由我》的中文版上市，迫不及待地买来读完，在这本书中她披露自己离婚后，作为单身母亲如何一手将孩子们拉扯长大的。

让人不禁佩服的是，她不仅独自一人让三个孩子健康长大，而且个个优秀。埃隆·马斯克自然不必说，他的弟弟金博尔开了一家农场食材直供餐桌的餐厅，并且还教授全国各地的孩子在学校建造水果园和蔬菜园。妹妹托斯卡经营着自己的娱乐公司，专门制作和导演由畅销小说改编的爱情电影。

如此艰难的情况下，梅耶培养出了三个优秀的孩子，她总结了教育孩子的秘诀：从小培养他们的责任感。

梅耶写道："我希望他们能够做到独立、善良、诚实、体贴、礼貌、努力工作，多做好事。我从未像对待小宝宝那样对待他们，也从未责骂他们，或者告诉他们应该学习什么，他们只需让我知道他们正在学习什么或者没学什么就行。我不检查他们的家庭作业，因为那是他们的责任。现在我可以非常确定，我做的这些对孩子们的未来发展没有任何损害，并且我、我的兄弟姐妹，还有我的孩子们恰恰都受益于这一点——从小就学会承担责任。"

在让孩子学会独立的同时，梅耶充分尊重并支持他们各自的兴趣爱好。埃隆·马斯克从小就对计算机感兴趣，当时计算机价格不菲，梅耶的生活正处在低谷，为了养活三个孩子，她同时打五份工，但还是节衣缩食为儿子买了一台。

埃隆·马斯克很喜欢熬夜看科幻小说，梅耶并没有强行阻止，只是告诉他第二天必须准时起床上学。埃隆·马斯克考上斯坦福大学博士，读了几天就辍学跑去硅谷创业，梅耶并没有生气，而是全力支持他创业。埃隆·马斯克说："母爱最高级的形式就是给予孩子自由，这一点，我妈妈做得很好。"

梅耶把自己当作最好的老师，生活越是艰难，越是要努力和自律，她想用自身行动告诉孩子们面对困难不要怨天尤人，更不能轻言放弃，她说："对孩子最有用的教育，就是让他们看见你在努力成为更好的自己。除此之外，都不重要。"

埃隆·马斯克对母亲的自立自强看在眼里，记在心头，他说："我知道在我们三个孩子都上大学那段时间，她过得很辛苦，可是她从来不抱怨，每次见她都满脸笑容，这样的态度，就是她给我们最宝贵的财富。"他无疑继承了母亲的韧性，在刚开始进行火箭试验时曾遭遇一次次失败，换成别人估计早就放弃了，但他却锲而不舍执着于自己的梦想，最终获得了他人难以企及的成功。

德国哲学家雅斯贝尔斯说："教育的本质就是一棵树摇动另一棵树，一朵云推动另一朵云，一个灵魂召唤另一个灵魂。"从这点上说，埃隆·马斯克是幸运的，电影中的朱莉也是幸运的。

朱莉不仅有个好爸爸，更有个好家庭。片中有一个细节说明了一切，父母因为朱莉智障叔叔的负担问题吵了一架，那是朱莉第一次见到父母争吵。不过，随后父亲来到她的房间表示了歉意，接着母亲也来向她道歉，并表示自己很爱朱莉的父亲，爱他的勇敢和善良。父母这样的做法顿时扫清了朱莉心中的阴霾，让她觉得："妈妈不容易，爸爸也不容易，但是生在这样的家庭里，我很幸运。"

很喜欢影片的结尾，两人在小树前相视一笑，镜头缓缓升高，由近及远，从朱莉家的庭院扩展到整个原野，层层的美丽云朵飘在空中，就如同当年朱莉在树上看到的景象，树木、房屋、云朵、阳光……

"整体大于局部的总和"，心头又一次泛起这句话，但觉得此时不是单纯地指风景，而是朱莉对待布莱斯以及生活的态度。

此时片尾曲 *Let It Be Me* 响起，歌中唱道："I bless the day I found, I want to stay around you, Now and forever, Let it be me."歌词大意是："我感谢遇到你，我想和你一起厮守，不管天荒地老，让我爱着你。"如同将"Flipped"翻译成"怦然心动"一样，这里将"Bless"译为"感谢"，同样是恰如其分。

其实，我也想表达这样的谢意，在被疫情搞得天翻地覆的2020年，再次重温这部影片，可以暂时远离所有的烦扰，获得了一种难得的慰藉和美好。

不过，如果换个角度看，在这个难忘的年份，我们每个人也都获得了成长，像朱莉和布莱斯一样，总是要经历一些，才能明白更多。特别是度过这一段难熬的光阴后，会更加懂得了什么是最重要的，什么是可要可不要的，什么是值得珍惜的，什么是可以放弃的。

彻底想明白的那一刻，彩虹犹在，浮云散去。

"Outstanding. One of the very best films in Mike Leigh's career"
"Outstanding. One of the very best films in Mike Leigh's career"
"A rich and deeply compassionate film"
"Beautifully observed"
"Vivid and unforgettable"
"A pitch perfect production"
"Emotionally powerful"
"A great British triumph"
another year
A film by Mike Leigh
Jim Broadbent
Lesley Manville
Ruth Sheen
anotheryear-movie.com

2010 年《又一年》

2010 年

《又一年》：平淡

题记　风吹落了枯叶，枯叶滋润了土壤，土壤帮助了果实，缓慢而坚定地生长。

（一）

不记得是哪一年的生日，看了这部名为《又一年》的影片，当时不知道这是著名导演迈克尔·李的大作，只是觉得片名很应景。

在舒缓的开场音乐后，影片拉开了“春夏秋冬”的序章。

在第一个季节“春”的开头，一对老夫妇汤姆和盖瑞开车来到郊外自己家的菜地，突然阴云密布，继而大雨滂沱，他们躲在小棚子里开心地喝着保温瓶里的下午茶，场面颇为温馨，这个镜头奠定了整部影片的主基调，也让我开始喜欢上这部无意中选看的片子。

盖瑞是一家医院的心理医生，她的丈夫汤姆是一名地质学家，他们相濡以沫，结婚之后过着平静而幸福的生活。影片没有全景式地展现他们的家庭生活，只是截取了其中的一年，讲述了这一年中他们以及几位朋友之间的故事。

电影以四季作为主线，春天里夫妇两人在菜园播种劳作，直到秋天获得满满的收获，他们的家庭和谐美满，由此成了一些生活过得不如意的亲朋们的避风港，这里面包括和盖瑞同一个办公室的玛丽，当年和汤姆一起同为嬉皮士的老友肯，以及汤姆的哥哥罗尼。

这些人表面上看是配角，但看完整部影片会觉得，真正的主角反倒是这三位。这样的安排其实很容易理解，汤姆夫妇相敬如宾的生活固然美好，但作为电影，终究还是需要一些波澜，而制造戏剧冲突的正是三位心灵受伤的人。

从这个角度说，这对老夫妇只是贯穿始终的一条线索，牵引出其他三人各自不幸的人生，通过他们和汤姆夫妇所形成的鲜明对比，阐释导演想要真正表达的主题。

这三位中，片中着墨最多的是美人迟暮的玛丽。

盖瑞的这位女同事，是一位由于婚姻失败而有些自暴自弃的女人，靠着酒精的麻醉来度日。春天，她把新生活的希望寄托在一辆二手车上，为此憧憬了许久，心愿虽然实现了却发现心里更加空虚，于是她在盖瑞家喝得酩酊大醉，不省人事地瘫倒在床上昏睡过去。夏天，她竟然鬼使神差地喜欢上汤姆和盖瑞的儿子乔，春心大动的她用各种暗示让乔和她约会。秋天，乔带着年轻美丽的女友回家，玛丽充满了醋意，阴阳怪气，言语冒犯了汤姆一家。冬天，在盖瑞家的餐桌前，众人喝着酒聊着天，只有她在落寞中独自发呆……

年华老去的肯同样无法面对衰老，对周围的环境越来越不适应，本应退休的他却始终坚持工作，这倒不是因为他多么热爱工作，而是害怕退休后更为寂寞的生活。他总是在不断抱怨，而玛丽的出现，像一道光一样照进了他的生活，肯鼓足勇气向她表白，但玛丽却看不上他，肯的生活重新坠入黑暗之中，与此同时，玛丽失去了唯一同情并愿意接纳她的人。

汤姆的哥哥罗尼生活过得更为悲凉，他的妻子去世后，儿子与之反目，只能到弟弟家来寻求温暖，不堪的生活已经磨灭他所有的激情，这位曾经活力四射的足球迷，如今只会缄默着面对世间的一切。

这三位都被老去的年华所困住，不得动弹，无法摆脱。只有汤姆和盖瑞成功度过这一人生的“瓶颈”，越活越滋润，不过，在一些人看来，汤姆和盖瑞的婚姻生活虽然和谐，但似乎有些过于平淡无奇，像白开水一样，这样的生活远谈不上幸福。

由此引申出一个重要问题，怎么才能算是幸福的家庭生活呢？对此，每个人经历和三观不同，想必会有不同的答案。

在杨绛先生看来，幸福的家庭生活是“朴素和单纯”。她在《我们仨》中写道：“这个家，很朴素；我们三个人，很单纯。我们于事无求，与人无争，只求相聚在一起，相守在一起，各自做力所能及的事。碰到困难，我们一同承担，困难就不复困难；我们相伴相助，不论什么苦涩艰辛的事，都能变得甜润。我们稍有一点快乐，也会变得非常快乐。”

经历二十多年婚姻生活的自己，好像越来越能体味杨绛先生这段话的含义，就我的理解，家庭生活的幸福可以概括为七个字——“平平淡淡才是真”。

我不清楚，这是否是导演想要通过这部影片告诉观众的，但片子里处处折射出的汤姆一家和玛丽等人的强烈反差，无疑是在表述这样的主题。

曾经年轻美貌的玛丽，曾经激情四射的肯，曾经充满活力的罗尼，都耐不住平淡，试图想回到过去，只是除了一地鸡毛外一无所获，只有汤姆和盖瑞安然面对一切，下厨、园艺、聚会……周而复始，虽然每一天看上去颇为平淡，但有一种无言的幸福在其中。

从他们身上能够体味到“平淡是真”的真正意味，也明白了平淡并不代表不幸福，事实上，它原本就是婚姻生活本来的面目。

想当初，两个人的相爱是因彼此的吸引而焕发激情，但组合成为家庭后，面对生活的琐碎和岁月的磨砺，不管愿不愿意，平淡渐渐会成为主题。这本没有什么可怕。关键是，如何不把平淡的生活过成死水一般，找寻出其中的有趣和精彩，这是摆在每一个已婚之人面前的挑战。

有些人败下阵来，像玛丽、肯等，有的则收获了幸福，如汤姆和盖瑞。

（二）

倘若谈及在平淡中获得幸福，在我心目中，更好的榜样是日本的一对老夫妇津端修一和津端英子。

之所以更推崇他们，主要因为汤姆和盖瑞终究是电影中虚构出的人物，而津端夫妇却活在现实中。

了解他们的故事，源于一部叫作《人生果实》的纪录片，和《又一年》一样，这部片子也是无意中看到的，但看后却异常感动，获得了一种难得的内心平静。

纪录片拍摄于2015年，据说在筹划拍摄这部纪录片之前，导演伏原健之为了获得影片的主人公——津端夫妇的首肯，曾效仿刘备三顾茅庐，又辅以四封亲笔书信，以异常诚恳的态度最终赢得了两位耄耋老人的同意，完成这部纪录电影的拍摄。

此时修一先生已经九十岁高龄，英子女士也已经八十七岁，两人结婚整整六十三年。他们住在名古屋近郊新城，夫妇俩在居住的一栋小小平房旁开辟出一个二百坪的菜园和三十坪的杂树林，绿意盎然，生机勃勃，仿佛居民区里的一处世外桃源。

在拍摄纪录片前，两人的生活还被写成了一本书，书名叫作《明天也是小春日和》。“小春日和”是指冬天里出现的晴朗天气，就像春天一样让人温暖舒适。在看完影片后，我便买了这本薄薄的小书并很快读完，从中了解了更多有关他们的故事。

1975 年，津端夫妇乔迁此处，开始在这里建房、植树、耕作，他们把庭院分成 21 块小菜地，种上不同的瓜果蔬菜。两人从春天开始就认真地在菜园里忙活起来，播种之后慢慢地等待发芽长大，这点非常像汤姆和盖瑞夫妇。

他们除了忙于料理院子里的作物外，每个人都有自己的乐趣所在，因此每天都很充实。

修一先生喜欢记录生活的点点滴滴，每天都要坐在书桌前写下田里种了哪些蔬菜，活儿是什么时候干的，每天吃得菜肴是什么，送给哪位客人什么礼物。有趣的是，他在文字边上配上了许多可爱的小插图，图文并茂，相得益彰，修一先生说：“认真地记录每天的生活，把它们存起来，你会发现人生将变得更加美好。”

他还亲笔撰写书信，然后自己骑脚踏车到离家不远的邮局去邮寄。根据修一先生的亲口讲述，他有很多虽未曾谋面，但是凭借着书信往来也情感深厚的朋友。

英子女士则对厨房钟爱有加，她说：“家里其他地方，修一总要插插手，只有厨房是完全属于我的，我可以随心所欲地做事。”在非常狭窄的厨房里，英子为修一和家人做着各种料理。

她还把厨房作为阵地，告诉外孙女花子什么是生活，什么是饮食，她说：“活到这个岁数，我深感自己是个幸运的人。我特别想让下一代人体会到这种物质和精神上的充实，所以厨房可能就是我最好的代言工具了！”

丰子恺说：“我以为人的生活，可以分作三层：一是物质生活，二是精神生活，三是灵魂生活。‘人生’就是这样的一个三层楼。”在我看来，津端夫妇早已突破了第一层，甚至突破了第二层，他们的生活更多地触及了灵魂层面。

在物质生活上，他们过得很简朴，修一先生冬天一件黑毛衣，夏天一件水手服，英子女士一般是上衣搭配合适的半旧裤子，很多衬衫都是捡外孙女剩下的。他们不追求物质上的享受，而追求将平淡的日子过出不同的滋味，他们家中到处装点着院子里采的鲜花；为了保持新鲜感，夫妇俩经常更换餐桌的位置和不同的餐布；英子女士每餐都选用大小不一的器皿，精心挑选餐具图案……

修一先生为每一株植物都制作了一个黄色的小标牌，上面写着和作物有关的有趣话语，例如“青柠，谢谢你，让我身体健康”“迎春花，春天来了”“核桃，甜点食材，敬请期待！”“甜玉米，夏天的美味”……

就这样，他们用相濡以沫的一生书写着平凡之美。

这部纪录片的最后，修一先生去世了，他在除草后上床躺了一会儿，在睡梦中离开人世的，没有任何痛苦，走得很安详，可以说是“无疾而终”。

对于英子女士来讲，虽然思想上早有准备，但还是难掩悲戚之情，她抚摸着修一的身体说：“老头子，之后的事，放心吧，等我到生命尽头变成骨灰的时候，我们一起周游南太平洋。一个人会很寂寞，要好好地等着我，我很期待再见到你，我会好好活下去的。”

修一走后，英子继续着过去的生活，照料院子里的植物，精心准备每天三餐，做好后放到修一的遗像前，从镜头里，可以读懂英子女士的落寞和孤寂，她内心肯定早想随修一而去，但她要必须履行对爱人的承诺——好好活着，认真地过好每一天。

这部片子在豆瓣的评分很高，受到了许多观众的喜欢，就连为这部片子配音的著名演员树木希林也感叹道：“人家是人家，我也只能过我自己的人生。不过，我觉得他们的人生真是精彩。”

我想，许多人为他们感动，甚至羡慕这样的生活，在于他们于平淡中活出了不平淡，在宁静的一隅里静待时光流逝，将普普通通的生活注入了诗情画意的丰盈。

这部纪录片的片名来自片子的一句话——“微风吹落枯叶，枯叶滋养土壤，肥沃的土壤长出果实，缓慢而坚定的成长。”也有人翻译为“风吹枯叶落，落叶生肥土，肥土丰香果，孜孜不倦，不紧不慢。”

我想，这大概就是这部片子的主旨吧。

津端修一和津端英子花费了五十多年经营着自己的理想家园，不疾不徐，日积月累，“缓慢而坚定”收获到了最为珍贵的人生果实。

（三）

无论是电影中的汤姆和盖瑞，还是现实中的端津夫妇，都是国人对于美满婚姻的最高境界——“执子之手，与子偕老”的成功实践者。

他们能够一路走下来，有许多因素发挥着作用，在我看来，最重要的应该归结于两个字——默契。

这使我想起了另一对幸福的夫妻——山口百惠和三浦友和。

曾经读过三浦友和所写的《相性》，这本书讲述了他和山口百惠相爱相随四十年的故事。序言里第一句话便是：“美满的婚姻有什么秘诀？”三浦友和给出的答案是“相性”。

相性是什么呢？词典里的解释是“彼此性格合得来”，或者“彼此的性格相引相吸，做什么事情都容易产生共鸣”。如果用一个成语来形容，便是“心有灵犀”，其实就是“默契”。

在我的孩提时代，两人都是超级巨星，特别是山口百惠，无论在日本还是在国内都火得一塌糊涂，主演的电视连续剧《血疑》等作品风靡一时，剧中她所饰演的身患白血病的女主角“幸子”，甜美的微笑，忧郁的眼神，成为留给那个时代美好而难忘的记忆。

但令所有人想不到的是，就在山口百惠如日中天时，她选择了和三浦友和结婚后退隐，这是当年最具轰动效应的娱乐界新闻。三浦友和在书中说山口百惠做出这个决定连自己都没有想到，当山口百惠和他说婚后要退出演艺圈时，他感到目瞪口呆，无言以对。

山口百惠说到做到，从此完全和演艺圈隔绝，回归到平静的家庭生活，有了孩子后，她像其他普通女性一样，过起了“相夫教子”的生活。她每天早上五点半起床，为两个孩子做便当，就这样一直做了十五年。

三浦友和说两人从来没有吵过架，这在常人看来觉得有些不可思议，但他表示确实如此，因为“他们不喜欢吵架带来的令人讨厌的气氛，而且也从未相信过所谓吵架会加深相互之间理解的说法”。

如今，三浦友和六十八岁，山口百惠也已六十一岁，两人携手走过四十年，靠的是一份很重要的默契，便是两人在“什么才是对我们最重要的？什么是幸福？”的问题上达成了共识，并一直在生活中实践着，即便偶尔会出现一些波折，也不会动摇彼此的信心。

他们同时认识到，生活中最重要的其实是“零零星星的小事”，要想使生活不因平淡而陷入无趣，必须“将小事中的幸福感一天天聚拢起来”。因此，在琐碎的生活中，他们努力找寻“幸福”增值的途径。每十年的结婚纪念日，他们都会定制一对结婚戒指，以纪念牵手走过的日子，他们还经常一起外出旅行，自己策划路线和行程……

这一切的努力，就是要让彼此时时刻刻意识到家人的存在，一点点构筑欢乐，从而使得家庭成员都拥有同一个目标，那就是“要愉快”，想方设法地“鼓励”大家都愉快起来。

近期，婚后改名为三浦百惠的新书《时间的花束——和幸福相遇》在国内出版发行，这本书实际是她“拼布”作品的合集，展示了她为家里和亲朋所制作的拼布。谈及制作拼布的初衷，三浦百惠说：“想为家人做些什么。所有的女性都一样，成为妻子，成为妈妈后，一颗心总会被纯粹、温柔的感情囚禁。很想亲手做点什么送给自己珍视的人。有一天，小小的机缘让我接触到了拼布，于是，动手拿起了针与线。”

三浦友和对妻子的爱好非常支持，她的拼布老师在后记中透露：“据说，帮忙挂取大幅拼布的，是丈夫有和。细细想来，百惠心中时刻装着家人。这次完全出人意料的出书决定，也是因为友和的建议——‘将退隐至今的爱好成果结集成书，岂不美妙？’百惠如此深爱家人，尤其是友和。”

就这样，在平淡的日子里，两人“相爱、相契、相随、相亲”，用四十多年的时光，书写了关于美满婚姻的动人故事。当年许多人曾经因为山口百惠的隐退而感到无限遗憾，我想，如果看到几十年来他们走过的道路和如今的生活，应该为他们感到高兴。毕竟“后浪总是要拍着前浪”，顶着光环的日子终究会过去，在平淡中创造和感知幸福，这应该才是人生最宝贵的财富。

托尔斯泰在《安娜·卡列尼娜》里说：“幸福的家庭都是相似的，不幸的家庭各有各的不幸。”三对老夫老妻生动地实践了上半句。由此想，无论是电影还是现实，无论是什么样的国别和人种，只要用心，都能够在平淡的生活中找到了通往幸福的道路，铺就这条道路的是彼此的默契、懂得、理解和包容。

四季轮回又一年，今年生日时再一次重温《又一年》，感受与当年大不相同，特别是经历了二十多年的婚姻生活后，似乎更能看懂这部影片，更加坚定要在平淡的生活中找寻幸福真谛。

从此以后，平安喜乐，寂静欢喜。

무식하고
시끄럽고
촌스럽고
그래도
나만 보면
웃는
친정엄마
2010년 4월, 그녀와의 생애 첫 2박3일이 시작됩니다!
감독 유성엽 | 출연 김해숙 박진희 조영진 이무생

2010 年《娘家母亲》

2010 年

《娘家母亲》：无私

题记　如果我的眼睛里有泪，妈妈流出的就是血泪。如果我伤心了，妈妈的心里就像挖了个洞。这个就叫妈妈和女儿。

（一）

又到一年母亲节，朋友圈热闹起来，子女们纷纷向母亲表达祝福，而有些母亲则晒着收到的孩子们的礼物。在所有节日里，很喜欢这个属于母亲的节日，因为母爱的圣洁伟大，值得我们去深深感恩。

或许有人会说，感恩有必要，但没必要集中在这一天。此话听来不错，但我始终觉得，生活还是需要仪式感的。《小王子》里说："仪式感就是使某一天与其他日子不同，使某一个时刻与其他时刻不同。"在母亲节这一天，庄重又深沉地表达对母爱的感恩，恰恰就是因为有种“与其他日子不同”的独特意义在其中。

六年前的母亲节，观看了一部关于母爱的影片，至今想起仍有些许感动，它便是韩国电影《娘家母亲》。

故事开始于一个深秋，首尔一家电视台的编剧智淑吻别了女儿，笑着和丈夫挥手，独自踏上了归乡的旅程。在火车上，她不禁回忆起自己成长的经历，以及和母亲间点点滴滴的往事。

智淑出生在70年代韩国一个普通的乡村，童年时的她，机灵可爱又会说话，村子里的人都说她长大以后可以做一名出色的导游。她的父亲腿脚有些残疾，是一个巴士司机。母亲则是没有受过什么教育的家庭妇女。智淑还有一个弟弟，不过智淑的母亲不像其他人那样“重男轻女”，相反倒有些“重女轻男”。

步入少女时代的智淑，陷入青春期的叛逆，还开始有了虚荣心。当看到母亲在菜市场与商贩大声砍价，她觉得很丢脸。在家长公开课时，因为嫌弃母亲样子土气，竟撵走了兴冲冲赶来学校的母亲，这让母亲非常伤心。

残疾的父亲经常发脾气殴打母亲，这时候，智淑和弟弟只能躲在黑暗的房间里哭泣。更大一些的智淑，叛逆性格越发严重。她心里厌恶父亲的暴力和母亲的软弱。一天在父亲家暴时，她砸碎了泡菜坛子，大声地斥责父亲，然后跑出家门。母亲在黑暗中找到在村边长亭上孤坐伤心的智淑。那夜母女俩聊了很多，智淑这才知道，母亲不离婚而选择默默忍受，是不想让智淑因过早承担家庭的重任而辍学。

聪明的智淑考取了首尔艺术大学，并获得了奖学金，母亲欣喜若狂，像个孩子般又唱又跳。她拉着智淑要给她买最贵的衣服，因为在她看来，只有最贵的衣服才能配得上自己的女儿。去往首尔的火车开动后，智淑打开旅行袋，发现母亲在她的包里放了她喜欢吃的东西，还有求来的平安符，以及从菜钱中抠出来的一桶桶硬币。读着母亲的信，智淑痛哭起来，她终于感知到母亲对她深厚的爱。

智淑很快适应了首尔的生活，有了一个家境非常不错的男友。但男方家认为双方家庭情况悬殊，不同意这门婚事。两家人见面时，母亲不堪忍受对方的羞辱而愤然离席。但看到智淑难过的神情，她选择了妥协，在一个雨夜，为了女儿而向男方的母亲下跪求情，最终成全了女儿的婚姻。

后来，智淑的父亲去世了，办完葬礼后母亲不肯回到首尔与女儿一起住，只愿留在乡下，说是要给她一个温暖的娘家。

此次智淑的突然回乡，让母亲又惊又喜。智淑找到中学时代最好的朋友，将母亲托付于她，还带着母亲观赏美丽的秋景，到很贵的餐厅吃饭，去买漂亮的衣服，最后和母亲照了一张合影。

母亲感觉到了智淑的异样，拨通了女婿的电话，才知道女儿身患绝症，去日不多。她这次回来，就是向母亲告别，想在离世前带给母亲最后的欢乐。终于要到分别的时候了，母女俩都知道，这是一场生离死别。在火车开动时，母亲拼命追赶着，车上的智淑已是热泪纵横。

不久，智淑离开了这个世界，望着女儿的遗像，母亲欲哭无泪，几乎昏厥。料理完女儿的后事，母亲又回到了乡下，她经常坐在长亭上回忆与女儿谈心的情景。

又一个冬天到了，大雪纷飞中，母亲追忆着智淑，嘴里喃喃地说着：“来世还要做母女……”

如果论类型，这部电影属于典型的亲情催泪片，虽然剧情有些老套，有些桥段也颇为熟悉，但还是让不少观众控制不住流下了眼泪，就像一位观众在网上留言所说：“如今的韩国亲情催泪感人片早已泛滥，可看完这部电影照样鼻涕眼泪一大把！哪个孩子没有妈，有妈的孩子看了这片能不哭吗？”

我觉得她说出了不少人的心声，观众心生感动，正是因为这部影片揭示了伟大母爱背后最使人动容的东西，那便是“无私”。

（二）

无私，是一种高贵的情感。

影片中，智淑的母亲只是一个普通的家庭妇女，但却处处洋溢着这份“高贵”，为了能让女儿继续学业，她默默忍受着丈夫的“家暴”；为了让女儿嫁给心爱的人，她甘愿承受男方家的羞辱；为了让女儿拥有美满的婚姻生活，她一个人回到了乡下老家……

所有的一切，都可以归结为一个原因——她见不得女儿伤心。就如同智淑所说：“我的眼睛要是流下眼泪的话，妈妈眼睛流下的就是血。我要是感到伤心的话，妈妈的心里就像挖了个洞。”

这就是母爱！

智淑的母亲虽说是电影中虚构的人物，但在某种意义上，她代表了千千万万的母亲。就如惠特曼所说的：“全世界的母亲是多么的相像！她们的心始终一样，每一个母亲都有一颗极为纯真的赤子之心。”

我的母亲亦如此。

和智淑的母亲一样，我的母亲也是一位基本没受过正规教育的家庭妇女。从我记事起，一直看着她为这个家操劳，似乎永远没有停歇的时候。

我的父亲出生在农村，是他们那个家族靠自己努力，最终通过考学走出村庄的第一人。在父亲上学的时候，正值三年艰苦时期，坚持读书是件很不容易的事情，有不少亲戚都接济过他，所以父亲对那片土地上的亲人充满着感恩。

在孩提时，我家住在一个小城镇里，离父亲的农村老家不是很远，所以经常有农村亲戚来家里。每天放学回家，总会看到一些熟悉或陌生的长辈。我和姐姐当时年龄还小，父亲工作又很忙，所有的接待任务自然全部落在母亲的身上。不管什么时候有人来，母亲总会以最快的速度做出一桌香喷喷的饭菜，有时候有些亲戚刚吃完，又来了新的亲戚，来不及休息的母亲又会重新忙碌起来。

即便如此，我几乎没有听到过母亲的抱怨。相反，她和父亲的亲戚相处得很好，有时候到外地旅游，经常惦念着为我的姑姑们买些新衣服。相对于农村，我家的生活条件还算不错，逢年过节，母亲总会买一些食品和日用品，让父亲带回农村去，她自己宁可少用些少吃点，因为她知道父亲对于家乡和亲戚的情谊。

母亲的操劳为父亲减除了后顾之忧，让他可以全身心地投入工作中，所以父亲在事业上不断进步，逐渐走上了单位的领导岗位。这对于父亲和家庭来讲，当然是好事，但同时带来新的问题，那便是频繁的调动，从一个城市到另一个城市，几年间，竟然辗转了四个城市。

母亲几乎放弃了自己的工作，随着父亲搬来搬去，一直在父亲身边照顾他的生活。尤其后来父亲得了糖尿病后，更离不开母亲的细心照料。而母亲的付出有了很好的回报，作为一个糖尿病和心脏病多年的患者，父亲的身体总体来讲还算不错。

母亲对我和姐姐同样倾注了大量心血。小时候家里不富裕，有什么好吃的母亲总是先紧着我们，她自己则吃得很少，我和姐姐那时身体都不是很好，三天两头闹毛病，她经常带着我们奔波于医院和家之间，想方设法做些可口的饭菜。在她的照料下，我们的病总是能好得很快。

那时候买新衣服是件很奢侈的事情，我们身上穿得大多数是母亲亲手做的，记得家里有一台缝纫机，总是看到她在那里辛勤的劳作。在生活上，母亲是我和姐姐最大的依靠，似乎一刻也很难离开，记得有次母亲外出一些日子，我和姐姐做了一个倒计时牌，天天算着母亲回来的日子，等见到母亲后兴奋得无以言表。

母亲家的男孩子多，所以姥姥姥爷把读书的机会给了他们，母亲只读了几年便辍学做工。但即便如此，母亲还是很有见识的，在父亲事业不顺利的时候，母亲在劝慰的同时总能提出很好的建议。于是，父亲经常对我们开玩笑说："你妈如果多读几年书，那真不得了。"母亲的这份智慧还表现在处理人际关系上，无论是亲戚还是邻里，母亲相处得都很融洽，许多人对母亲都是赞誉有加，在那个年代，那个地方，能做到这点很不容易。

这便是我的母亲，我想，其实也是许多母亲的缩影。她们操劳了一生，延续了一个个生命，撑起了一个个家庭，她们的人生看上去平淡，但却异常绚烂。因为，她们用一生书写出一个大大的"爱"字，并把一种关于爱的理念根植在我们的生命中，代代相传，生生不息……

（三）

相对于母亲的无私付出，作为儿女的我们多少有些愧疚。

同智淑一样，为了自己的理想，我们远离了家乡来到了都市。不过，无论相距多远，永远不会阻断母亲的牵挂。时间长一些不与家里联系，母亲总会打来电话嘘寒问暖，如果有空回家，母亲总是欣喜无比，为了儿女能够吃住舒服而忙里忙外。

母亲从来不会抱怨儿女的远离，相反，打心底里希望孩子们都能过上自己想要的生活，甚至很多时候，她会担心因为自己而耽误了孩子的前程。

一如那个形象的比喻，母亲永远是一个宽阔的港湾，它牵挂着每艘出海远航的帆船，希望他们能乘风破浪，为此甘愿忍受所有的寂寞和孤独。但是，如果孩子们遇到挫折，被迫返航，她又热切地盼望儿女的归来，并用温柔的波浪抚慰每个受伤的心灵，使孩子们重新树立起扬帆远航的勇气。

作为儿女，似乎唯一能做的，就如那首家喻户晓的歌曲一样——《常回家看看》。

看完这部《娘家母亲》，确实会给人这样的冲动，一位朋友在网上说，她看完电影后，抓起电话给妈妈打了过去，然后告诉她："妈，我想你了，你什么时候来北京？给我做顿好吃的饭吧……"然后便开始声泪俱下！妈妈被吓坏了，一直问她出了什么事情？她说没有，只是因为某些事情而触景生情。

就我看来，这样的冲动很有必要，却注定不能维持长久，还是要把它作为日常，因为不管愿不愿意，随着我们的成长，父母也会渐渐老去。

于我而言，这些年对这样的感受越来越深切。

前年临近春节时，肆虐了整个冬天的流感感染到了父亲，很快转化为肺炎，持续高烧不退，只能住院输液，身体变得异常的虚弱。

除夕前一日，我们从北京坐飞机回去，到了家里就感受到了今年与众不同。往年里，父母会在楼上看到我们回来，或者从楼道听到动静，便早早地打开屋门，进屋后父亲嘘寒问暖，母亲则忙着张罗一桌好饭，“年”通常从那个时候便开始了。

今年则感到一丝“冷清”，父亲在医院里，母亲去送早饭，屋子里安静得有些可怕。收拾停当，匆匆赶往医院，在病房里见到父母，精神一直不错的父亲像换了一个人似的，而在旁边的母亲则是满脸的疲惫，中间还夹杂着一丝难以掩饰的焦虑。

终于到了大年三十，下午输完液，便将父亲接回家，总算一家人坐在一起吃了一顿年夜饭，没有了往年的推杯换盏，也没有过去的兴高采烈，这顿年夜饭吃得有些匆匆，一来父亲的身体状况不乐观，不允许久坐，二来饭后还要赶回医院输液。

输液完毕，指针已经过了零时，外面各种鞭炮和烟火开始此起彼伏，往年的此时，我们通常也会加入放花的队伍，看着腾空而起的烟花，来迎接新的一年。而今年只能在病房里辞旧迎新。

回家的路上，放花的高潮期已过，但零零星星还有一些烟花绽放在空中，坐在后座的父母透过车窗看得很认真，我看到一束束花火从他们的眼光中升起、爆裂、消失。

这突然让我想起了自己孩提时代的一次除夕。

同样在医院的住院处，不过病人是我，由于病情未好，身体虚弱，原打算父母陪我在病房里过除夕。夜色降临后，隐约能听到外面的鞭炮声，我心里顿时变得暗淡起来，对于一个孩子来讲，春节无疑是最为期盼的节日，因为有新衣服穿，能吃到平日里难以吃到的美食，当然最开心的还有烟花可以燃放。

父母似乎看出了我的心思，晚上输完液后，决定带我回家过年。他们将我包裹得严严实实，出门后扶我上了自行车的后座，父亲在前面慢慢地推着车，母亲在后面护着我，四周不时有烟花升腾而起，一种奇异的情绪充溢心间，说不清道不明，只是觉得那夜的烟火特别绚烂，格外美丽。

如今，父母渐渐老去，自己也年过不惑，一岁岁的除夕，一年年的烟火，时光不经意间划过了几十年，家庭的地址变了很多次，每个人的容颜都留下了岁月的痕迹，唯一不变是深入骨髓的那份亲情。

这或许就是每到春节，每个人为什么不远千里、不畏风雪都要赶回家中，一家人围坐在一起，吃什么喝什么并不重要，重要的是能够团圆在一起，继续守护在彼此生命之中，相互温暖，相互慰藉，陪伴着一起走下去。

我常常想，这便是如今过年的唯一意义吧，在度过物质匮乏时代后，年味变得越来越淡，能让人期盼的恐怕就是这样的团圆，以及这份团圆背后的浓浓亲情。

如今很流行一句话——“父母在，人生尚有来处。父母不在，人生只剩归途”，这话再恰当不过，无论我们如何不舍，时光注定不可逆转，“只剩归途”的那一天会降临到每个人的头上，能做的只有更加珍惜在一起的时光，使自己少些遗憾和忏悔。

很喜欢阎维文所唱的那首《母亲》，每次和朋友去唱歌，经常会唱这一首，不知为何，每当唱起这首歌时，总是会非常动情：

“你入学的新书包有人给你拿

你雨中的花折伞有人给你打

你爱吃的那三鲜馅有人给你包

你委屈的泪花有人给你擦

啊，这个人就是娘

啊，这个人就是妈

这个人给了我生命，给我一个家

啊，不管你走多远，不论你在干啥

到什么时候也离不开咱的妈

你身在那他乡中有人在牵挂

你回到那家里边有人沏热茶

你躺在那病床上有人她掉眼泪
你露出那笑容时有人乐开花
啊，这个人就是娘
啊，这个人就是妈
这个人给了我生命，给我一个家
啊，不管你多富有，不论你官多大
到什么时候也不能忘了咱的妈。”

总是觉得这首歌唱出了身为儿女的心声，是的，无论多富有，无论官多大，都永远不能忘记母亲，不能忘怀那份厚重而无私的爱！

가장 찬란한 순간,
우리는 하나였다
〈과속스캔들〉 강형철 감독의 칠공주 프로젝트
써니
SUNNY
2011년 5월 COMING SOO

2011 年《阳光姐妹淘》

2011 年

《阳光姐妹淘》：青春

题记　有一些人，他们赤脚在你生命中走过，眉眼带笑，不短暂，也不漫长。却足以让你体会幸福，领略痛楚，回忆一生。

（一）

如果人生可以分为几个阶段，最美好的恐怕就是“青春时代”，告别了孩提时的稚气，意气风发，精力充沛，对未来充满着希冀，生命的河流从这个时期开始奔腾，发出一种独特的悦耳声响。

在前些日子的一个落雨的午后，我再次见证了这份美好。这一天参加了孩子的高中毕业典礼，校园里满是身着盛装的同学们，他们三五一群纷纷拍照留念，脸上闪烁着青春的光泽，看着这些刚刚成年的男孩女孩，心里不禁泛起一份羡慕之意，席慕蓉说得真好——“十六岁的花季只开一次”。

说来也巧，在毕业典礼的前一日，我参加了高中同学的聚会。时光荏苒，韶华不再，已经步入中年的我们，除了个别同学抓住了些许“青春的尾巴”外，大部分人都已经与青春彻底别过。不过，虽然时间在每个人身上留下了痕迹，但彼此间的情谊并没有因此疏远，在一起依旧毫无顾忌，谈笑风生，气氛还如当年一样。

由此我想，如果情谊在，青春似乎永远可以不散场。一如我很喜欢的一部电影——《阳光姐妹淘》。

这部韩国电影公映于 2011 年，这些年来前后看过至少三遍，每次观后都有一种别样的情绪，都会接受一次关于青春、友情和爱的洗礼。

影片与女主角娜美的一天同步开演，她早早起来为孩子和丈夫做早饭，侍候他们上学上班，接着洗碗，清洁，然后坐在洒满阳光的窗口无所事事，周而复始，过着一个中产阶级家庭主妇平淡且略显枯燥的生活。

这样的生活在某一天被彻底改变了，这天，娜美去医院探望生病的母亲，没想到遇到已患绝症的学生时代的好友春花，这不由将她的记忆拉回到二十多年前。

当年娜美从一个小地方转学到首尔的一所高中，班里一些女同学觉得她土里土气，便经常欺负她。颇具“大姐大”

风范的春花看不惯，出头为她打抱不平，由此她结识了春花和她的几个“死党”，包括一心想做双眼皮的胖女孩玫瑰，很会骂人的珍熙，大大咧咧但骨子里却有文学情结的金玉，家里开着美容店，想成为韩国小姐的福姬，以及总是冷艳异常的美女秀智。

娜美很快融入她们，后来她们把这个小团取名叫作“Sunny”，几个女孩子一起闹一起疯，一起约架一起跳舞，她们发誓要永远在一起，但理想丰满，现实却骨感，毕业前一件意外的事件导致大家最后分道扬镳。

春花希望在生命的最后时光，能见到当年的这些姐妹。娜美看着曾经一脸英气如今却形容枯槁的春花，答应了她的请求。为了满足春花的最后愿望，娜美踏上了寻找其他姐妹的道路。

此后电影的镜头就在二十五年前与二十五年后来回跳跃，新旧场景不停交织。一个个熟悉名字，以及背后的青春往事再次被唤醒。

二十五年的时光，物是人非，令人唏嘘。玫瑰依然胖乎乎的，但还没有去做双眼皮手术，作为保险规划师，面对着业绩不佳的职场压力，经常为此焦头烂额；当年那个脏话连篇的珍熙，变成一个高贵主妇，但实际上是故作高雅，表面上总是和老公秀恩爱，其实老公已经变心出轨，只是彼此心照不宣；那个有点暴力倾向的金玉，如今在婆婆家里受尽委屈；人生梦想是成为韩国小姐的福姬，由于家里美容院经营亏损倒闭，如今沦落到小酒馆里当了陪酒小姐；而当年被划破脸蛋的冷美女秀智一直下落不明。

春花交给了娜美一卷当年的录像带，里面录制了曾经的“Sunny”对未来的自己所做的告白。娜美看到了当年的自己对着摄像机说：“你好，未来的娜美。我是高中生娜美，很高兴见到你，你以后会成为画家的，进了大学以后，会试着做一个音乐茶座的 DJ 吧。对了，那个也挺好的，做一个漫画店的老板，如果孩子们来借书，就打点折啊，还有，我觉得，你真的长得很像苏菲玛索！一路飙升，也拍个电影，成为有名的演艺人啊！还有，也可以做一个劲歌歌手……”看着青春时的期许，想着如今的生活，她不禁泪如雨下。

在录像中，春花说要混迹在男人的世界中，打造出自己的天地。珍熙说要集齐全国的帅哥。玫瑰表示只想开双眼皮。福姬想要成为韩国小姐。金玉想成为作家。秀智什么也不说，只是学着模特摆了个 Pose。

希冀很美好，但大多都落空了。只有春花算是基本实现了夙愿，拥有了自己想要的人生，不幸的是得了癌症，去日不多。成为全职太太的娜美看上去轻松休闲，但丈夫却连多看她一眼的时间都没有，女儿更是一副不耐烦的样子，她所谓的“幸福”宛若纸糊一般。而其他几个人的生活更是狼狈不堪。

不如意的现实生活使得她们封存了曾经美好的记忆，直到娜美突然出现在每个人面前。

重新聚在一起的她们，又想起了当年的誓言——“我们，说好以后要再见，如果有因为自己飞黄腾达而装腔作势的丫头，大家就找过去惩罚她；如果有因为自己穷而大气都不敢出的丫头，要折磨她到有钱为止。虽然不知道我们之中谁会先死，到死的那一天，不，就是死了，我们 Sunny 也不会解散的。”

青春又一次回到了这些生活不如意的中年人身上，她们在春花的病床上聊天，一同追忆当年的趣事。更有意思的是，娜美的女儿被一群女孩子欺负，她叫来三个姐妹，穿着学生制服，将那群女生痛痛快快地收拾了一顿，为此四个人还被抓进了警察局……

最后，春花还是离开了这个世界，我想，她应该是开心的，因为在走之前，她实现了自己的愿望——与姐妹们再次相聚，一起疯狂了一把，又重新年轻了一回。

临终时，春花留下了遗嘱，让娜美接任了 Sunny 姐妹团的队长。同时给所有人都买了玫瑰的保险，让她成为当季的销售冠军，还给福姬和金玉安排好了生活和工作。

不过，遗嘱生效的唯一条件，就是姐妹们要跳完当年彩排过却最终没能上演的舞蹈。

在春花的葬礼上，几位姐妹没有失声痛哭，按照春花的遗愿，她们集体跳起了当年的狂劲舞蹈，时光仿佛回到那个美好又略显疯狂的过去，她们相信死去的春花如果看到这样的场景，也会像遗照中一样露出一抹甜美的微笑。

（二）

影片虽然很感人，但并没有刻意地为了煽情而煽情。在我看来，这正是这部电影的高超之处，躁动与清新夹杂的青春，与看上去有些残酷的现实，不断叠加穿插，使每个观众不由沉浸其中，温暖着，感伤着。

曲终人散后，同样经历过青涩岁月的一些朋友，想必会暂时停下手头的匆忙，静静地想想曾经的过往与未知的将来。

事实上，如同“Sunny”组合一样，对于不少女孩子来讲，学生时代或许都曾有过几个死党，一起疯狂，一起感伤，一起憧憬。或者说，“小团体”似乎是女生们关于青春期的一种集体回忆。

我的高中时代就有这样五个女同学，经常在一起玩，关系好得不得了，尽管她们没有像影片中“Sunny”组合那样有“打群架”的疯狂举动，但时常也会搞些匪夷所思的事情。

印象最深的是一次别样的春游，本来班主任老师答应全班要去春游，同学们对此都期盼已久，但后来不知什么原因，临时取消了活动，颇感失落的同学们只好留在教室学习，但她们几个却不甘心，不顾老师劝阻毅然踏上去往外地的列车。后来听说她们玩得很高兴，尽管付出一些“代价”。当时作为“好学生”的我，打心底里佩服她们的勇气，觉得她们很是不简单。

我同她们的关系一直还算不错，经常被她们“欺负”，也时常伺机报复她们。其中最为得意是毕业前的一次打赌，在文理科足球告别赛前，我和她们打赌，如果这场比赛自己能攻进四球以上，她们便凑钱请吃饭喝酒。或许她们觉得胜算很大，爽快答应了。

私底下我把这个赌讯告诉了队友，结果可想而知。比赛中队友不停地给我创造进球的机会，甚至把主罚点球的机会都让给我，很快便四球入账，她们虽然心有不甘，但还算愿赌服输，痛快把酒钱凑齐给我，那夜我和队友们着实痛饮了一番。

如同这部影片一样，毕业后，她们每个人的生活都发生了很大的变化。很长一段时间里，都在忙于自己的事情，上大学、找工作，然后结婚生子。

我同她们的联系逐渐减少，甚至有些疏远。包括她们之间似乎也不再热络，大学毕业后，各分东西，有的来到了京城，有的去了首府呼和浩特，有的则继续留在家乡，或为事业四处奔波，或为家庭默默付出，每个人都按部就班走在各自生命的旅途中。

看上去，彼此的生命似乎很难再有交集，过往的终究要飘逝而去。

但没想到，随着每个人事业逐步稳定，孩子渐渐长大，彼此之间的联系又变得频繁起来，虽然身处不同地方，但她们每年都会克服各种困难，相约一起看演唱会、集体出游或小聚，就如同电影中的“Sunny”组合一样，她们之间当年的情谊并没有消逝，只是暂时封存起来，人过中年后又得以重新绽放。

这份情谊一旦重启，似乎比过去更加牢不可摧，因为它经受住了岁月的洗礼。一如在几年前一次聚会后，其中的一位在微博上所写得一样：“二十年来，我们各奔己途，在滚滚岁月风尘中独行，或失落，或得意，也差点就此别过，失之交臂。还好，又在一起。”

如今她们的微信群便叫作“在一起”，我想，这不仅是对过去的追忆，更是对未来的期许，经过了曾经的疏离，更会珍惜在一起的美好。

（三）

席慕蓉说：“青春是一本太仓促的书”，但无论如何仓促，我们每个人都曾年轻过，在那些美丽的日子，像“Sunny”组合的每个人一样，对未来的生活充满着憧憬。

但后来的现实教育了我们，不是每个人都可以活成自己想要的样子，生活的画卷往往不会按照预定的设想展开，有时甚至会背道而驰，变得残酷异常。

一如片中的那句台词：“二三十年的时光里，人生究竟会发生怎样的变化？你没有成为韩国小姐，我也不是艺术家，成人的世界里没有被人专宠的大人，也没有低头就可以混过的人生，没有无惊无险的婚姻，也没有年轻时候体力最好就永远不会死去的朋友。”

面对有些无奈的现实，如果能够有一段难忘的情谊，并且始终新鲜如初，那无疑会让我们在黯淡的生活中找寻到一丝光亮。

如同影片中七姐妹，各自的生活并不尽如人意，但曾经拥有那样一段欢快的青春，使得她们从裙角飞扬的姐妹淘时代一路走来，像是吸饱了阳光的枝叶，即便现实生活再压抑，再平庸，回过头去，还是有某些东西在不远处闪闪发亮。

诚然，成人的世界都不容易，但无论如何，生活还是要继续，总是要寻找可以变好的理由和希望，总要希冀一个光明的未来，而拥有这一份珍贵的情谊，无疑是找寻路上很好的动力。片中的一段台词概括了这个意思："有一些人，他们赤脚在你生命中走过，眉眼带笑，不短暂，也不漫长。却足以让你体会幸福，领略痛楚，回忆一生。"

朴树在《那些花儿》中唱道："她们都老了吧，她们在哪里呀。幸运的是我曾陪她们开放。"渗透的也是这般情绪，如果能与一群理解你、欣赏你、关心你的人一起哭过、一起笑过、一起吵过、一起闹过，这样的人生才显得完整。

只是，在我看来，如果仅仅"陪着开放"是不够的，就如这部电影的主题并非简单的怀旧，它真正想表达的是——向前看，通过阳光姐妹后来的重聚，带着青春岁月的这份馈赠，告别有些不堪的生活，重新开始一段生命的旅程。

与过往的人生不同，这段重新开始的旅程，每个人不再孤独，她们又可以结伴而行，相互取暖，相互帮扶，无论今后的生活是否如意，有这份力量在，她们定会勇敢地走下去。

寻找姐妹淘的过程中，娜美找到了曾经的梦中男神，当年一个喜欢戴着耳机听音乐扮酷的男生。在共同出游的时候，娜美在火车上偷偷地画着他的肖像，在夜晚的小树林里打算表白的时候，却看到了秀智跟他在一起。

二十五年后的娜美再次找到了他，面对人已中年白发满头的暗恋对象，娜美将那张当年没有送出的肖像画交给他，然后转身离开，对心中埋藏了许久的这段感情做了最后的了结。

初恋最易飘逝，青春也终将散场，唯有友情可以留在现场，一如张艾嘉所唱到的："还记得年少时的梦吗？像朵永远不凋零的花，陪我经过那风吹雨打，看世事无常，看沧桑变化。"

需要的只是一场找寻，如今，是时候出发了。

2011

2011 年《触不可及》

2011年

《触不可及》：平等

题记 我想每个人都至少有这么一个挚友，你和他在人生的拐点遇到，惊叹于彼此的不同或者相似，有过不少平淡无奇却值得纪念的时光，任白云苍狗，风云变幻。

（一）

当德瑞斯为菲利普安排好在海边餐厅的约会，他微笑着转身而去，此时片尾音乐响起，心里不由涌动着一种感动。

这部名为《触不可及》的法国电影，的确是一部佳作，难怪超越《泰坦尼克号》成为当年法国最卖座的影片，就电影表现出的水准，无论是主题的选择，还是情节的设定，包括两位主角的表演，都对得住观众对它的肯定和捧场。

这部电影改编于菲利普·波佐·迪·博尔戈的自传《第二

次呼吸》，是一个真实的故事。白人富翁菲利普在一次跳伞中发生意外，导致颈部以下全部瘫痪，需要有人每天照料他的生活。他花高价来请看护，但面试不少人都看不上眼。

德瑞斯，一个非洲移民，没有受过什么教育，因为犯事在监狱了待了六个月，刚刚出狱的他也赶来竞聘，不过和其他应试者不一样，他压根儿就没想要这份工作，只是想集齐三份拒绝录用单，这样就可以拿到政府的失业救济金，因此，德瑞斯连简历都没有准备，只是想来这里走个过场。

由于没有任何压力，德瑞斯显得格外轻松，其他面试者准备得很充分，挤破脑袋想得到这份高薪工作，不过正因为如此，他们在面试时谨小慎微，生怕说错一句话，倒是德瑞斯最能放得开，天马行空，乱扯一通，完全不着边际。他只是一个打酱油的，拿到拒绝信就准备开溜，所以关心的不是成功应聘，而是能否拿到失业救济金。

令人大跌眼镜的是，菲利普竟然选择了没有简历的德瑞斯，这让德瑞斯自己也大感意外，不过他对此显得并不兴奋，因为从没想要干这份工作，菲利普给了他一个月的试用期，并告诉他："没有人能熬过两个星期"，本来扭头想走的德瑞斯不信这个邪，决定留下来试一试。

这一试不要紧，彻底改变了两个人的人生。

事实上，根本没有人看好两人能和谐相处，一方面德瑞丝毫没有护理经验，而且看上没有什么责任心，经常戴着耳机摇头晃脑，完全不理菲利普的大喊大叫。不仅如此，还经常搞些

“无厘头”的恶作剧，有次装了热水的壶无疑碰到菲利普的腿部，他不仅没有抱歉，反而看到由于残疾，菲利普没有什么反应，他当作一件很有趣的事情，忍不住地试了又试，令人哭笑不得。

另一方面彼此生活境遇差异实在太大，完全可以用“天壤之别”来形容，菲利普虽然有钱，但并非暴发户。他是从著名学府毕业的学者，喜欢艺术，精通古典音乐，是一位典型的上层贵族人士。而德瑞斯则是一个在贫民窟长大的青年，行为粗鲁，甚至有些暴力倾向，唯一比菲利普强的是拥有一个健壮的身体。

不过，两人间自卑的反倒是条件优越的菲利普，自身残疾又痛失爱妻，心情非常忧郁，不愿意同外人接触，封闭在自我的世界里。相反，德瑞斯面对着上流社会的富丽堂皇，并没有觉得自己低人一等，依然保留着他的直率乐观。

更重要的是，德瑞斯尽力将这份乐观带给了服务对象，因为他不想让菲利普继续在自怜自艾中活下去。于是，他交给了菲利普各种“坏习惯”，一起去飙车，去滑翔，去泡妞，去做各种疯狂和大胆的事情，渐渐的，昔日的快乐又重新回到菲利普身上。

生活上没有任何交集的两个人，就这样成了彼此知己，家境、身份、地位等这些看上去差异甚大的因素，最终获得了空前的契合。

有这样圆满的结局，似乎与两个字有关——尊重。

菲利普当初决定聘用德瑞斯时，他的朋友非常不解，劝他说：“为什么要找这样的人做你的贴身帮佣？你要知道，贫民窟里出来的人可没有同情心。”菲利普对此解释道：“我要的就是这一点，没有同情心，他就对我没有怜悯。”

外人或许不知道，同情像一座大山，压得菲利普喘不过气来，表面上他富足优雅，背后则是生不如死的感觉，他的生活被太多人插手，管家、助理、陪护等，似乎一切都无法由自己支配。同时他对妻子的死耿耿于怀，这样的情绪使得他经常难受得不能呼吸。

更让他郁闷的是，人们对他越是怜悯，越是臆想他的内心所需，“你是残疾人”的印记越是深刻地烙在他身上。而德瑞斯完全忽略了这五个字，他似乎从来没有将菲利普当作病人对待，在他眼里，菲利普是一个正常的人。这不是德瑞斯投其所好，刻意为之，而是一种真实流露，电影中有这样一个桥段，当电话铃响起，德瑞斯总是下意识地把电话递过去，他完全忘记了菲利普是一个从脖子到脚都动不了的人。

这份尊重才是菲利普最为看重的。随着两人越来越深入的相处，菲利普越发觉得自己当初的抉择相当英明，德瑞斯为他幽暗的生命，打开了一扇门，让他从此踏上了另一段行程，一路上收获着自由、快乐和美好。

（二）

尊重，是两人成为至交的关键所在，但就我的观感，之所以能够孕育出这份尊重，是因为他们骨子里有更重要的两个字——平等。

我甚至觉得，“平等”是这部电影中真正想表达的主题。

两人能够打破阶层的藩篱，根本在于能以平等之心对待对方，对于菲利普和德瑞斯而言，这份平等难能可贵，因为需要跨越更多的鸿沟，既有贫富差距，又有阶级对立，还有种族和健康问题。

菲利普和德瑞斯成功做到了！

也许是身体残疾带来的自卑冲散了富人固有的优越感，在菲利普看来，德瑞斯和自己是平等的，不介意他是黑人，不在意他是否进过监狱，更没有给他贴上“抢劫犯”“不良青年”的标签，抛弃所有歧视和偏见，给予了朋友间应有的理解和包容。

德瑞斯更是如此，他没有因为菲利普有钱有地位就低三下四，更没有因为他是一个残疾人而滥用同情，他不在意菲利普是不是伤残，不在意他的言语是否刻薄，也不在意他自负背后的自卑，始终把菲利普当作一个正常的朋友来看待。他来做这份工作，并非祈求施舍，除了填补家用，更希望以此感谢于菲利普对他的信任。

正因为相互平等相待，明明永远都无法触碰的两个人，成了真诚的朋友，不仅如此，他们还由对方引导进入了一个新的世界。

在新的世界里，菲利普变得随性而欢愉。他重新听到了跑车发动机的轰鸣，他再次翱翔在蓝天中……这在之前是无法想象的事情。

德瑞斯则获得了新的知识和体验，电影中有个有意思的情节，德瑞斯在菲利普的熏陶下，自身的艺术素养得到很大提升，一次德瑞斯在菲利普家里胡乱涂鸦的画，居然被菲利普以高价卖了出去。

简言之，菲利普让德瑞斯见识了生活的高度，德瑞斯给菲利普打开了生命的广度。两人不仅可以“触碰”，而且还碰出了火花。在整个过程中，他们经历了前所未有的情感洗礼，重新审视了生命与爱的意义。

这部电影的启示也在此，让我们思索真正的友情是什么？朋友之间应该如何相处？答案其实并不复杂，一段友情能够得以成就并能经得住时间的考验，根本的基石在于彼此的平等相待，以及由此衍生的相互尊重和包容。

（三）

平等，永远是一个美好的词汇，但却充满着理想化的色彩。

虽然常说，人人生来平等，这句话作为宣传口号好使，但现实生活冷冰冰告诉我们一个真相——人人生来就不可能平等。

每个人都有自己的境遇，家庭出身、教育程度，甚至连最基本的身高、相貌、健康状况等都不一样，有时差距还很大。

即便如此，这部电影所透露的讯息是：人在对待别人的方式上是可以平等的，而这份平等在很大程度上决定着彼此关系的走向，换个角度说，在生活中我们有时处理不好同身边人的关系，如果追根溯源，很大程度上是因为无法做到平等对待对方。

这让我想起曾经被热议的一个社会话题，便是越来越多的人不愿意参加同学聚会。看过一些对此现象的分析，觉得颇有道理，最根本原因在于平等的基石不复存在，导致曾经纯洁真挚的同学情谊消失殆尽。

毕业之后，各奔前程，每个人的生活状态自然不一样。混得不好的，不愿意让别人知道自己的现状。有些混得不错的，生怕别人不知道自己有权有钱，炫富耀威，这更加重了处境一般同学的压力，所以慢慢地也就不愿意参加了。还有一些发展不错的同学，怕同学求他办事，拒绝不好，接受也不好，不去参加成了最好的选择。

同学会搞得越来越复杂，参加的人却越来越少。由此可以得出结论，无论同学还是朋友，如果无法做到平等相待，只会越走越远。

不过，问题来了，在不同境遇中如何能做到彼此平等相待呢？我觉得，这部电影也给出了答案，可以归结为一句话：真正的平等是从来没有把对方当作“其他人”。

菲利普和德瑞斯就是这样对待对方的，能够做到这一点，至少要避免两个雷区，一则居高临下，二则滥用怜悯。

前者很好理解，后者则值得玩味，在我们的认识中，“怜悯”并非一个贬义词，相反，拥有怜悯之心通常会被认为是一种善意的表现。

但凡事都有两面性，存在一个“度”的问题，过犹不及。一如毛姆所说：“有同情心，这是一种迷人的资质，但常常被拥有它的人滥用了。”照此说来，如果说居高临下代表着无比的傲慢，那么，泛滥的同情和怜悯在本质上和鄙夷并没有什么差别。

菲利普正是讨厌别人过度怜悯所带来的“鄙夷”，所以选择了德瑞斯，从此后过去那种糟糕的感觉一扫而光。而他们之所以能快乐地相处，恰恰是因为无论是菲利普，还是德瑞斯，他们原来所处的世界里，别人都会以一种怜悯的眼光去看待他们，而他们却不需要这份怜悯。

后来，菲利普知道德瑞斯的家庭状况后，为了让他更好地照顾家庭，把他辞退了，换了一名新的陪护，新护工天天小心翼翼，完全把他当作一个残疾人看待，虽然照顾得无微不至，但菲利普感到又回到了过去的时光，更加怀念起德瑞斯在身边的日子。

不难看出，这样的故事情节是编导有意为之，没有对比就没有伤害，通过这样场景的设定，更加强调了平等的意义，说到底，每个人的道路都只能自己走，别人无法替代，真正的帮助不是一种毫无保留的怜悯，更不是一种施舍，而是要点燃对方内心希望的火种，进而使其走出困境，重获新生。

在这点上，德瑞斯做得相当到位。

在点燃菲利普生命的火种后，德瑞斯知道自己不可能一辈子都陪伴着他，在离开之前，必须要给菲利普找到一个可以依托的幸福归宿。菲利普交了个女笔友，用来舒缓自己对于妻子思念。但是他与女笔友仅限于频繁的书信往来，女笔友在信中留下联系电话，等着他主动表达爱慕，但因为身体的缺陷，菲利普自卑得始终不敢说出口，他不愿意给别人惹麻烦，也以为没有女人会喜欢高位截瘫的男人。德瑞斯则简单直接，拿起手机照着号码拨了过去，他帮菲利普打破了所谓的内心规则，结果菲利普与女笔友相谈甚欢，最后真的在一起了。

两人由此都获得了救赎。菲利普勇敢地走出了人生重要一步，他与笔友相恋，变得更加积极幽默；德瑞斯则担当起家中的责任，努力工作来照顾母亲和兄弟。

影片中有一句经典台词：“我想每个人都至少有这样一个挚友，你和他在人生拐点遇到，惊叹于彼此的不同或相似，有过不少平淡无奇却值得纪念的时光，任白云苍狗，风云变幻。”多么好的一段话，如果每个人都能认识到友情的真正本质，让原本纯粹的回归纯粹，一切固有的藩篱都可以打破。

我想，到那时，彼此的内心一定会触手可及。

우리는 모두
누군가의 첫사랑이었다
건축학
개론
우리들의
이야기가
시작된
시간
엄태웅+한가인=이제훈+수지
각본/감독 이용주
고준희 조정석 유연석 김동주 이승호
www.twitter.com/gunchook
2012.03

2012 年《建筑学概论》

2012年

《建筑学概论》：错过

题记 观察自己生活的地方，去爱她、理解她，这就是建筑学概论的开始。

（一）

他，胜民，一个建筑系的安静男生，

她，瑞妍，一个音乐系的漂亮女生。

两人相遇在建筑学概论的课堂上，老师让每个人在地图上画出自己上学的路线，他和她所画的几乎一致。

老师布置了三次有意思的作业。第一次到家附近旅行。为完成作业的他和她又相遇了，他故作不认识，笨拙地趴在地上拍蚂蚁，她主动过去和他打招呼，他们在一起意外发现了附近一座被废弃的院子。

第二次到更远的地方旅行。他们选择一起搭公交车到最后一站，她拿出CD机，把一个耳机塞给他，与他分享自己最喜欢的那首歌，在悠扬动情的音乐声中两颗心开始慢慢靠拢。

第三次到最好的地方旅行。他和她并肩走在铁轨上，那天两人聊了未来的理想，他说想做一个建筑设计师，她说要做一个播音员。她把自己心目中的房子画在一张纸上，对他说你将来要给我造这样一所房子。

回程的车站，她静静地靠在他的肩上，从那一刻起，他从内心真正喜欢上她。直到有一天，他终于鼓足勇气来向她表白，夜色中他拿着制作好的房子模型等她，结果看到了出乎意料的一幕，使得他猝不及防，将模型扔掉，匆匆而去。

几天后，她终于等到他，他冷冰冰地把那张CD还给她，并告诉她以后不要来找自己。冬天初雪的那天，按照当初的约定，她来到那所共同找寻到的废弃院子，但是他一直没有出现。她流着泪把CD机和那张CD放在那里，转身离去。

十五年后，走到婚姻破裂边缘的她找到了已经成为建筑设计师的他，请他为自己设计改造在济州岛的旧居，好让病入膏肓的父亲安度最后的时光。虽然他即将结婚并去美国工作，但还是接下了这项设计。

完工那一天，她问："当初为什么对我那么好？"他说："因为当初喜欢你。"她又问："是表白吗？"他反问："你当初怎么知道的？"她说："我是傻瓜吗？怎么会不知道。"

他内心无以复加，只想离开，突然发现当年被他扔掉的那个房子模型，再也控制不住情绪问：“为什么要找我？”她说：“因为好奇，好奇你过得怎么样。”他又问：“就因为好奇？所以把这些破东西保留到现在？”她回答：“对，所以留在现在，因为你是我的初恋。”

很快，他带着未婚妻踏上了赴美的旅程，而她在新居里照顾父亲。一天，她收到了他从美国寄来的包裹，里面是许多年前，她放在那个废弃院子里的 CD 机和那张 CD。

此时片尾的音乐响起，那首他们曾经共同听过的歌，如今只有她一个人听了。想必这些年来，他应该一直在听这首歌，那段记忆也经常在他内心里翻滚，对胜民来讲，这首歌如同这段初恋一样，甜蜜而感伤……

这部韩国电影名字叫作《建筑学概论》，公映于 2012 年，起初看到这个片名，真想不到是一部有关初恋题材的作品。

当年看完这部电影后，有感而发，曾写过一篇博文，大致意思是说，美丽的情感一旦错过，就要努力学习去平静接受，这是成长所必须付出的代价。一如胜民坐在飞往美国的航班上，未婚妻靠在他肩上，而他想的却是瑞妍。可是，生活还要继续，他只能将这份情感永藏心底，靠时间来慢慢淡化。

一位同学在这篇博文后留言说：“听老同学推荐，观看了《建筑学概论》这部电影，突然觉得，我们在人生的路上，总是不经意地错过很多，错过的就不必再找寻，时过境迁，美好或伤害只能永远留在心间，正像影片中的男女主角，生活必须继续，过去未能表达的情感就让它隐藏在内心深处，让我们过好现在的每一天吧！”

留言虽短但却说得很到位，诚如其言，“错过”是生命中不可或缺的组成部分，我们一生中会错过很多东西，爱情、友谊、事业、财富……不一而足，但就情感经历而言，最容易“错过”的往往是初恋，一如这部电影一样。

初恋是一种很美又很玄的情感体验，沉浸在这种状态中的男女，通常会被一种起伏不定的情绪所左右，极其渴望见到对方，为此不惜制造一些“偶遇”，可是真正遇到了，有时候却会显得慌张失措，甚至不知道该说些什么，但不管如何，只要能与对方在一起，周身就会被一种幸福的感觉笼罩。

遗憾的是，越美好的往往越容易破碎，初恋大多无疾而终，这里面的原因有很多，有的是因为客观条件的变化，有的是因为心智还没有完全成熟，还有是因时间磨掉了最初的激情，总之，一段感情随风飘逝，彼此错过。

错过终究是错过了！

就像刘若英在《后来》中所唱到的：“后来，我总算学会了如何去爱；可惜你早已远去，消失在人海；后来，终于在眼泪中明白；有些人，一旦错过就不在。” 看过几次现场的版本，刘若英在唱这首歌的时候，总是热泪盈眶，同样也唱哭了许多人，这大概是因为这首歌唱出了不少人的心声。

诚如歌中所唱，在现实生活中，我们经常会听到或看到这样感伤的故事，曾经情深似海的两人，后来天各一方，甚至渺无音讯，即使又有机会遇到一起，但物是人非，客观情况往往已经不允许再重拾过去的情感。

（二）

同样是初恋，同样是错过，同样是韩国影片，《春逝》也表达了这样的主题。

一个年轻单纯的录音师尚优，一个离异的电台主持人恩素，他们由于工作关系在春天相遇，在翠绿的竹林中追寻风的身影，在落雪的古刹里倾听风铃的声音，爱情在不经意之间发生。

尚优是个初尝爱情的大男孩，他执着地认为，只要付出真心就一定能得到真爱，所以他对恩素展开了不懈的追求。为了见到恩素，他深夜打车到遥远的城市，为爱情每一个细节而感动。

恩素经历过失败的婚姻，她不再相信所谓爱的永恒。所以激情过后，她开始对这份感情日益冷淡。她喜欢尚优的单纯，因为她渴望被人真爱，她又害怕尚优的执着，因为她不想深陷其中。

若即若离中，尚优感到了无助的迷茫和切肤的伤痛，他依然认为，只要努力就会挽回恩素日渐冰冷的心，可现实却给了他否定的回答。他在雨夜放声大哭，哀悼如春天般短暂的爱情。

春天将至，爱已飘逝。

又一年春天，樱花盛开的时节，恩素不小心割破手指，下意识地将手指举过头顶，此时她又想起了尚优，因为当初正是这个大男孩教她这样做的。她约尚优在咖啡馆见面，但两人已不再是从前的两人，恩素试图用轻松的话语，找寻往日的气氛，但一切都回不去了。

作别时，恩素问他是否今天可以陪伴自己，尚优没有回答。握手告别时，尚优不舍得松开她的手，对于他来讲，这份情感深入骨髓很难从身体里彻底清除。不过，最后尚优还是毅然掉头离去，和恩素以及这段令人心伤的初恋做了最后的了断。

影片结束时，尚优来到金色的田野录音，倾听着风吹麦浪的声音，又露出了久违的灿烂笑容。

相对于《建筑学概论》，我更喜欢许秦豪的这部作品，陆陆续续看过几遍，每次看后都有不同的感受，有一种说不出的味道在其中。

总是觉得，这部片子淡又不淡，“淡”是说电影中没有强烈的戏剧冲突，叙事和镜头极为平缓，再加上悠扬好听的配乐，宛若一篇夹杂着忧伤情绪的散文。

“不淡”在于每个观众因为两人情感的变化，情绪也随之起伏不定。当两人坐在深夜的雪地里，专注地录下落雪的声音；当尚优喝多后不顾一切到恩素的住所，两人忘情的拥抱；当尚优为她煮泡面，用温柔的眼神看着恩素吃下；当恩素在阳台上看着尚优离开，露出极为甜美的笑容……心里涌动着阵阵感动。

但后来看到恩素冷冰冰地对待尚优，尚优深夜买醉痛哭并苦苦追问为什么要这样时，先前的温暖感觉消失殆尽，取而代之的是一种哀伤和心疼。

其实，细细想想，两个人的错过似乎是必然的，虽然有瞬间碰撞中灵犀的惊喜，但彼此的轨道却是不同的，交汇注定短暂。说到底，情深似墨只是一时的冲动，终究经不住如水时光的稀释，两人只会越走越远，慢慢消失在人海之中。

尽管如此，看到最后两人作别时，心里还在琢磨，如果尚优同意恩素的请求，两人是否就此可以重新来过呢？但很快便转念一想，尚优的选择是正确的，经过了这段令人感伤的恋情后，他真正成熟了，明白了奶奶说得那句话——“女人和最后一班巴士一样，错过了就不再回来。”

影片的最后一个镜头拍得很美，秋天的风吹着无尽的麦浪，尚优安静倾听着，这似乎是与开篇做着回应，当初是两个人到处找寻自然的声音，如今只剩下尚优，不过走出伤痛的他，最终将一丝微笑留给了世界。

这份笑容，包含了太多的东西，曾经的无奈、彷徨、感伤、苦痛……就如李宗盛的那首《爱的代价》中唱到的：“走吧，走吧，人总要学着自己长大。走吧，走吧，人生难免经历苦痛挣扎。走吧，走吧，为自己的心找一个家。也曾伤心流泪，也曾黯然心碎，这是爱的代价。”

什么是爱的代价，我想，看过《春逝》或许便知道了答案。

（三）

两部电影，给出了关于对待“错过”的最佳答案——选择远离。

不过，我觉得，面对这样的境地，并非只有离开这一条道路可走，“隐忍”也应是一种选项，说到这里，不得不提林徽因和金岳霖的故事。

这些年来，林徽因很“火”，某种意义上可以称得上是一种文化现象，关于她的传记和作品集如雨后春笋般出版上市。林徽因对得住后人对她的追捧，她是优雅了一辈子的女性，在青春年少时，“她是似天而降的仙女”，人到中年时，“她是最令人神往的东方美人”，即使步入老年后，“她的一举一动，一言一语都充满了美感，充满了生命，充满了热情”。

如众人所知，她嫁给了建筑大师梁思成，住在今天北京的北总布胡同的四合院，这里便是著名的“太太的客厅”，是当时京城著名沙龙的举办地，在 1930 年代聚集了一批中国知识界的文化精英，他们通常在周六下午聚在这里，切磋学识，议论时局，而风华绝代的林徽因穿梭其中，以她的热情、美丽、智慧和率直，使整个聚会保持着应有的格调。

这些客人里就包括金岳霖，他是留洋才子，经常西装革履，加上一米八的高个头，仪表堂堂，极富绅士气度。而且他极为风趣。归国后就住在林梁的隔壁，他和林徽因有着相同的经历和爱好，所以志趣相投。

金对林的人品和才华极为欣赏，在他眼里“简直想不出用什么词语形容她”。而在林徽因的眼里，可爱的老金“以他具有特色，富有表现力的英语能力和丰富的幽默感，以及无论遇到什么事情都能处变不惊的本领，总是在人意想不到的地方为朋友们保留一片温暖的笑”。

在梁思成一次外出考察古建筑的时候，老金向林徽因表露了心迹，这份表白使得林徽因陷入两难境地，两个男人，一个是相濡以沫的爱人，一个是十分欣赏的异性。

据梁思成后来回忆，在他外出调查回来，林徽因见了他便哭丧着脸说，她同时爱上两个人，不知怎么办好。梁思成想了一夜，觉得自己不如老金，于是第二天他把自己的想法告诉了林徽因，他说：“你是自由的，如果选择了老金，我祝愿你们永远幸福。”说完，他们俩都哭了。

过了几天，林徽因告诉梁思成，老金对此的回答是：“看来思成是真正爱你的，我不能伤害一个真正爱你的人，我应当退出。”老金确实说到做到，这个事件后，一切都恢复了

平静，三人成了好朋友，林和梁有时候争吵，还要请老金做“裁判”。

后来，老金一生未娶，他和她都把这段情愫隐忍在心里，给对方呵护，为对方祝福，但却永不越界，直到 1955 年 4 月 1 日，林徽因辞世而去。

即使如此，老金依然无法忘怀，1956 年 6 月 10 日，老金在北京饭店请客，老朋友都很奇怪，这一天不是节日，好像也没有由头，等客人到齐了，老金起身，徐徐说了一句：“今天是徽因的生日。”在座的老朋友们，无不感到唏嘘和感动。

“恨不相逢未嫁时”，如果早一些遇到，两人或许会是另外的结局，但命运使然，结果只能是彼此错过。不过，这个故事告诉我们，爱除了占有外，还有隐忍的一面。虽然充满无奈，甚至忧伤，但是它比单纯的占有更接近爱的本质。

“一生诗意千寻瀑，万古人间四月天”，这是林徽因病逝后，老金写给她的挽联，这个世界或许也只有他才能写出这样的联子。如今，世上已无林徽因，也无金岳霖，只留下了这段关于“错过”的故事。

年轻时很喜欢席慕蓉的那首《无悔的青春》——

“在年轻的时候

如果你爱上了一个人

请你一定要温柔地对待她

不管你们相爱的时间有多长或多短

若你们能始终温柔地相待

那么所有的时刻都将是一种无瑕的美丽

若不得不分离

也要好好地说一声再见

也要在心里存着感谢

感谢她给了你一份记忆

长大了之后

你才会知道

在蓦然回首的一刹那

没有怨恨的青春才会了无遗憾

如山岗上那静静的晚月”

在我看来，这首诗同样讲了关于错过的主题。错过确实充满遗憾，但同时不乏美好记忆，相对于结果，过程更为重要，毕竟由此拥有了一次“无悔的青春”。

从这个意义上讲，即使错过，还是应该要有些许感恩，这正是蔡琴在《动情以后》所唱到的：

放开手才知天长地久多不容易

即使我流尽一生的泪也难叙
何不让回忆留些美感在心里
就算叹息也美丽
让我爱过以后对你充满感激
再为彼此错过情不自禁忧郁
去习惯没有你也不再说可惜
让你从心里渐渐淡去
总在最脆弱的时候动情
从来不肯相信有什么值得我怀疑
总在不能爱的时候收心
回头看你时 已云淡风轻。

是的，爱过以后相互感激，这样的叹息也美丽。

2014

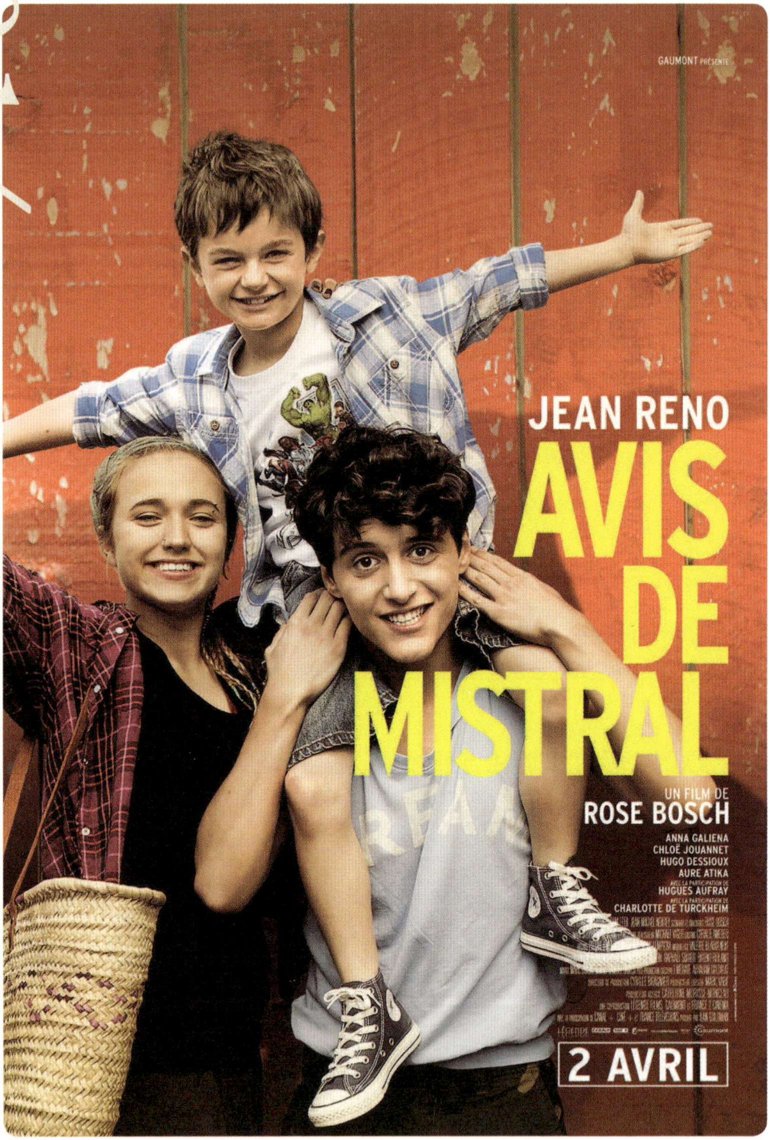

2014 年《普罗旺斯的夏天》

2014 年

《普罗旺斯的夏天》：无悔

题记 你要心存相信，生活总比我们想象的还要多姿多彩。

（一）

七月流火，这个词绝对不夸张，气温一天天的攀升，盛夏开始散发出它独特的但又有些令人生厌的“魅力”。

一个夏日的午后，外边依旧热浪滚滚，只能待在空调房间。不知为何，突然想看一部关于夏天的电影，于是便找来《普罗旺斯的夏天》，安静地重温一遍。

这部公映于 2014 年的法国电影，不是所谓的“大片”，而是一部恬淡温馨的亲情小品，所以对于不少朋友来讲，想必有些陌生。回想起来，其实当初我对这部影片也是一无所知，之所以选择观看，很重要的原因是片名中有“普罗旺斯”四个字。

“当上帝怀疑这个世界，他会欣慰地想起，自己创造了普罗旺斯。”1904年的诺贝尔文学奖获得者弗雷德里克·米斯特拉这样写道。法国著名文学家罗曼·罗兰也说过：“法国人之所以浪漫，是因为它拥有普罗旺斯。”

更多的人应该是从彼得·梅尔的作品里认识了“普罗旺斯”。1975年，彼得·梅尔告别大都会，跑到法国南部普罗旺斯的乡村安了家。他与妻子享受着那里的暖阳，品尝美食美酒，结交当地的农人匠工，四季流转，怡然自得，创作并出版了《普罗旺斯的一年》。

在书中，他自白道：“我是一个匆忙的都市人，我享受着繁华，失去了健康和宁静。我哈欠连天，没有胃口，脾气暴躁，没精打采，还有轻微的妄想症。突然间，我想逃，远离这一切……我找到了普罗旺斯，在这里静静地度过了一年，我是幸运的，在别的地方，也许你永远只是一个观光客，但在这里，我感到悠然自得……”

后来，他写出了一系列有关“普罗旺斯”的作品，散文集《永远的普罗旺斯》《重返普罗旺斯》《普罗旺斯的一切》，随笔《愿上帝保佑法兰西厨子》以及小说《一只狗的生活意见》《简单活着，真好》等，不少人通过他的文字知道了“普罗旺斯”这个地方，感受到那里独有的风情。

对我来讲，只要提及这四个字，脑海首先会浮现出连绵不断的薰衣草花田。

薰衣草天生就属于浪漫，它的花语便是“等待爱情”，据说源于一个美丽而忧伤的爱情故事，这与薰衣草的颜色和气味都很搭，因为薰衣草大都是紫色的，给人的感觉非常神秘，而且薰衣草的花香也是淡淡的，显得忧郁但并不幽怨。

说来遗憾，一直未有机会在花田中体味这份浪漫，更为可惜的是，我曾经距离这份唯美浪漫咫尺之遥，但却无缘感知。之所以这样说，是因为实际上我去过普罗旺斯，不过是在夜色中匆匆而过。

那还是在十多年前，我随团去法国学习考察，在结束公务活动后，和同事们乘火车从巴黎到戛纳，途中便经过普罗旺斯地区，这条线路原本就是法国一条经典的观光线路，每年薰衣草花开的时节，不少人驾车从巴黎沿着这条线路去往南部海滨，沿路有不少花海，让人心动不已。

但不巧的是，我们乘坐的列车，经过普罗旺斯地区时正值深夜，车窗外漆黑一片，根本看不到任何的风景，只能听到火车摩擦铁轨的声音。

虽然有些遗憾，不过在接下来的戛纳、尼斯之行中，还是感受到了法国南部的风情，最为突出印象的是“蓝色”和“热情”。

蓝色似乎是那里的主色调，天空清亮而深邃，是一种纯粹到极致的湛蓝。而地中海的海水也是碧蓝无垠，不少人沿着海

岸跑步或骑车，听风从耳边吹过的声音。一路走来，整个世界好像笼罩在蓝色的氛围之中，无论到哪里，周身被一种纯净所笼罩，舒服异常。

说起“热情”，至今记得几次在街边露天餐厅吃饭时，总会有一些小乐队在那里演奏，到高潮时，不少食客禁不住起身和着乐曲共舞，是否相识无关紧要，大家都乐在其中，那种气氛感觉好极了。

戛纳、尼斯之行，更让我心生了对普罗旺斯的向往。如果能够身在普罗旺斯，在蓝色的天空下，闻着薰衣草的清香，吃着当地的美食，小酌葡萄酿就的美酒，时不时有动人的乐曲传来，这样的生活想想就足够美好。

因此，几年前在购买影碟时，看到了这部电影的片名中有“普罗旺斯”，便毫不犹豫买来观看，想着从影像中再次感受一下普罗旺斯的风情。

影片的确没有让人失望。片中的色调异常明亮，隔着屏幕似乎便可感受得到地中海温暖的阳光，还可以嗅到橄榄油的香味。那里有着喝不完的茴香酒，人们热情奔放，在纷繁热闹的集市中聚会派对、斗牛骑马……

由于记述的是夏天的故事，因此没有出现大片薰衣草花田的场景，但一帧帧镜头过后，扑面而来依旧是属于普罗旺斯独有的味道。

（二）

电影的开始便很“抓人”，镜头中出现了一个漂亮得像天使的小男孩，大眼睛，深眼眶，长睫毛，高鼻梁，细腻的皮肤，脸蛋上似乎还有些婴儿般的绒毛。明亮的阳光下，这个好萌好可爱的小正太倚靠在火车玻璃车窗上，用衣服垫着头，百无聊赖，时睡时醒，车窗外风景不停变换，电影的背景音乐是那首经典的 *The Sound of Silence*。

这个小正太叫西奥，他和哥哥阿德里安、姐姐蕾雅被外婆带去普罗旺斯的乡下过暑假，从未谋面的外公保罗此时根本不知道他们要来，这天，他去车站打算接从女儿那里回来的妻子，却发现她的身边多了三个“不速之客”——他的外孙和外孙女。

一直在巴黎生活的孩子们打心眼儿里不愿意到一个没有任何娱乐场所的穷乡僻壤，但由于他们的母亲忙得脱不开身，只好让三人到普罗旺斯的外公家过暑假。孩子们本就不想来，又听说外公的脾气十分古怪，心里更加是一万个不愿意，但因为外婆的坚持，最终还是妥协了。

居住在普罗旺斯乡村的保罗，由于认知上的分歧与女儿失和，女儿的离家出走使得他耿耿于怀，多年来拒绝和女儿联系，因此他并不欢迎素不相识的三个外孙的到来。

两个大孩子正处于青春的叛逆期，生活理念上的差异，让他们和外公难以和谐相处，相互都看对方不太顺眼，因而冲突不断。哥哥阿德里安好吃懒做，什么活也不干，每天最喜欢的就是找个空闲的地方晒太阳刷“脸书”。妹妹蕾雅更是把叛逆写在了脸上，打眉钉，上鼻环，活脱脱一个潮女。祖孙三个你来我往地过招，外婆只能不停从中调和。

三人中保罗唯一喜欢的是最小的西奥，他实际上是一个残疾儿童，只能听到声音，不能开口说话，但是脸上时刻保持着那份天真的微笑，让人感觉心头很是温暖，因此保罗和这个外孙相处时间最长，关系也最为和谐。

不过随着时间的推移，在不知不觉中保罗与两个大孩子的感情距离拉近了，经过几次变故后，所有的心结最终都在亲情中得以化解。

彼此感情距离的拉近，有一个非常重要的转折。有一天，蕾雅偶然发现外婆房间的地图上用红线和红色的图钉标记着她和外公年轻时旅行的足迹——希腊—伊斯坦布尔—德黑兰—白沙瓦—孟买—果阿。

这一发现让蕾雅颇感意外，她问外婆:“你们是怎么去的?搭顺风车吗？”“不是，骑胜利号啊，我是说骑摩托车。”外婆笑着回答，还拿出了他们年轻时和一群朋友一起四处旅行的老照片，这让孩子们大跌眼镜，没想到在他们眼中“乡巴佬”的外公，竟然有过如此酷炫的青春。

在一个阳光明媚的午后，头发花白的老伙计们开着哈雷摩托来乡村探望保罗夫妇。他们虽已不再年轻，却依旧对生活充满了热情。

夏夜里，外婆们换上年轻时的裙子，用大花朵点缀，包上头巾，戴上夸张的大耳环、大项链、手串、戒指，像热烈奔放的吉卜赛女郎。然后一群老友坐在老树下，诉说着彼此分开后的生活，回忆年轻时的美好与疯狂，聊伍德斯托克的初遇，阿维尼翁音乐节上的趣事，四天四夜的摇滚……他们一同唱起了年轻时爱唱的老歌 *Knock Heaven Door*，边唱边饮着一瓶瓶放在桶里吊入井水里冰镇后的美酒，直到夜色很深。

几个孩子安静地坐在一旁，倾听这些老嬉皮士的疯狂岁月。阿德里安和蕾雅看着外公外婆和他们的这些老伙伴，早先对外公的厌恶之情荡然无存，代之以无限的钦慕和欣赏。

这是电影中我最喜欢的一个桥段，在观影时，这个场景重复播放了几遍。不仅感动于保罗和外孙们的和解，更醉心于一群老人家在午夜哼唱年轻时的歌曲，用酒、用舞、用笑、用泪去拜祭逝去的青春。

后来蕾雅爱上一个叫作提亚哥的帅哥而无法自拔，两人相约在野外约会，而保罗从朋友的口中得知提亚哥是靠卖咖啡因、迷幻药、安非他命为生，预感会发生危险。他立刻背起枪，骑着摩托车，通过阿德里安给出的定位，独自一人寻找外孙女。

这个片段拍得极为炫酷，超燃的配乐，加上摩托车发动机的轰鸣，还有酷呆了的老爷子。就在提亚哥图谋不轨的关键时刻，保罗赶到了，使得外孙女免受灾祸。蕾雅感到失落和惆怅，表示不再相信爱情了。保罗告诉蕾雅：“爱情可能走弯路，对你对我都是一样，你要心存相信，生活比我们想得还多姿多彩。”蕾雅终于释怀了，曾经的心结在这样的交流中彻底得以化解。

（三）

看过这部影片，不知为何，突然羡慕起保罗的生活。青春时可以仗剑走天涯，年龄大了选择归隐田园，去过另外一种完全不同的生活。

保罗用自己的一生回答了一个至关重要的问题：是用埋葬青春的代价换年老后的丰足，还是用年老后的苍白乏味换青春时的狂欢？

从保罗的生活来看，这并非是一个“零和游戏”，他既有青春时的狂欢，也有年老后的充实，鱼和熊掌完全可以兼得，根本不存在交换关系。能做到这一点，我想，关键在于每个人要考虑清楚，你自己到底想过一种什么样的生活，从而能够使得生命最大限度地了无遗憾。

这让我不由想起泰戈尔在《飞鸟集》中那句著名的诗——“生如夏花之绚烂，死如秋叶之静美”，这句诗从本意来讲，活着就要灿烂、奔放，像夏天盛开的花一样，有意义、有价值，而不要浑浑噩噩地过日子。最后面临死亡时要淡然面对，就像秋天的落叶般，留给世界最后一份美丽后，义无反顾、异常平静地扑向大地的怀抱。

和许多朋友一样，我很喜欢这首充满哲理的小诗，觉得它说出了人生的真意。

特别是随着年龄的增长，如今越来越觉得，诗中的前后两句充满着一种强烈的辩证和因果关系。这种关系可以简单地表述为：如果没有夏花般的灿烂，就很难有秋叶般的静美。如果终其一生，带着无数的遗憾、不满甚至仇怨离开这个世界，是无论如何也达不到所谓“静美”的境界。

反过来说，欲想如秋叶之静美，就应生如夏花之绚烂。不过，同许多事情一样，听上去简单，往往知易行难。对于芸芸众生，平淡是生命的常态，一生如流水般匆匆过去，如花的绽放往往成了一种无法成就的理想。

不过，就我看来，能够做到“生如夏花”，说难也不难，关键还是在于对生活的态度。是将就凑合地活着，过一天算一天。还是始终保持对美好生命的追求，竭尽全力予以实践，努力使生活变得充盈起来。如果是前者，那如花绽放注定是一场幻梦。若是后者，每一分努力就如同一次灌溉，总有一天，在点点滴滴的雨露中，生命会以它能够达到的完美而呈现出来。

保罗的生命无疑接近了这份完美，年轻时的嬉皮士疯狂，骑着摩托车闯荡世界，在最该疯狂的时候疯狂过，没有了“再不疯狂就老了”的遗憾。年龄大一些，生活逐渐从喧嚣回归安静，隐居普罗旺斯山村，享受着自然的美好。

细细想来，这两种反差极大的生活，不正是“绚烂”和“静美”吗？

影片中当保罗和孩子们冰释前嫌后，阿德里安邀请保罗去巴黎看他时，保罗说：“在巴黎的人都说‘这个城市太棒了，我都看不到时间是怎么过去的’，但我看得到时间变幻，我看得到时间是如何流逝的，早上，晨光微蓝；大中午，夜晚的阿尔卑斯山，天空如丝绸一般。在巴黎，早上吃饭，晚上睡觉，什么都看不到，我管这叫被愚弄的生活。”

对于我们生活在大都市的人来讲，想必会对保罗的这席话深有感触，每天穿梭于都市之中，忙忙碌碌，步履匆匆，都不知道时间是怎么过去的，转眼便从清晨到了夜晚，周而复始，就如张艾嘉所唱到：“忙得已经没有主张 / 忙得已经失去方向 / 忙得分不清欢喜忧伤 / 忙得没有时间痛哭一场。”哪里会有时间和心境，像保罗那样感受时间变幻，享受生活的乐趣。

影片接近结尾的时候，保罗和他那群年轻时骑着摩托车闯天涯的伙伴们围着篝火，唱起了 Bob Dylan 的 *Forever Young*：

愿上帝保佑你，愿你的美梦都能成真，愿你无私助人，也接受他人馈赠；

愿你筑梯摘星，步步拾级，愿你永远年轻，永远年轻，愿你永远年轻。

愿你长成正直之人，愿你保持真诚，愿你世事洞彻，亦不摒弃光明；

愿你勇往直前，昂首挺立不惧风险，愿你永远年轻，永远年轻，愿你永远年轻。

愿你的双手永远充实，愿你的步伐永远轻快，愿你踏实坚强，即使世事无常；

愿你的心中欢乐满溢，你的歌谣能永远唱响，愿你永远年轻，永远年轻，愿你永远年轻。

歌中所唱的“永远年轻”只是一种良好的祝愿。每个人都知道，没有人会永远年轻，其实这不要紧，要紧的是真正年轻过。同样的，没有人愿意轻易老去，不过也要看以何种方式老去。

有位朋友看过这部电影后，写下了他的理想——“喝最烈的酒，泡最辣的妞，去最远的地方，听最摇滚的音乐节，做最疯狂的事，看最美的风景，交最真的朋友，然后在一个小镇老去，等着儿孙们在暑假来看望我。”

想想，这又何止是他一个人的理想呢？

2014

2014 年《百元之恋》

2014 年

《百元之恋》：失败

题记　我想赢，哪怕只有一次！

（一）

一百日元，按照今天的汇率牌价，相当于 6.3383 元人民币。这部电影以此为名，大概是因为女主角斋藤一子的生命就值这样一个低价。

影片的开始，一子和自己的外甥打着游戏，周边摆放着许多垃圾食品，她身材臃肿，不修边幅，蓬头垢面，每天穿着宽大的睡衣，在家里晃来晃去。已过而立之年的她，依然是单身一枚，没有稳定的工作，只能寄居在母亲家里，靠母亲和离婚搬回娘家的妹妹养活。作为整日无所事事的大龄宅女，家里没有人瞧得起她。终于有一天，一子和妹妹因为琐事闹翻，一气之下决定搬出去独自生活。

失去生活来源的一子，在百元便利店找了一个夜班兼职，总算是有了一份稳定的收入，但这并没有给她带来任何改观，反倒是有一天，她被长相猥琐的同事强暴，失去了处女之身。她没有选择报警，虽然喊着："好痛，好痛，好痛……"，但后来还是精神恍惚地去上班。

三十二年麻木不仁的生活，使得她对生活中的屈辱不再那么敏感。

唯一聊以自慰的是，她结交一个男友，名字叫作狩猎，是一个成绩平平的拳击手，生活过得也不如意。按照传统套路，这段感情会成为一道光亮，很可能将一子从生活的泥潭中解救出来，但狩猎很快以其渣男级的表现，断绝了观众所有的念想。

两人在一起本身就是件极不靠谱的事情，当一子问他为什么和自己约会时，狩猎的回答居然是"因为觉得你不可能拒绝"。果然，没过多久狩猎便劈腿，和一个漂亮的卖豆腐女人走了。

这部电影根本就不存在阳光青年改造灰暗剩女的煽情故事，只是一个失败者遇到了另一个失败者，相比较而言，一子更为不堪，狩猎对她没有真正的爱意，与她交往只是为了暂时摆脱寂寞，于是乎和她上床后便头也不回地转身而去。

一子的人生自此跌入了最低谷。

故事到这里，算是整部电影的上半场，一子的脸上写满了“失败”两个字，片中灰暗的色调，配上她自暴自弃的人生，使人看不到一点希望，她的生活甚至比一百日元更为廉价。

不过，否极泰来，转折在悄然中来临了。

没想到，这段不堪回首的恋情意外给她触底反弹的机会，通过前男友，一子走进并喜欢上了拳击。至于她为什么会钟情于这项男人的运动，她给出的解释是——“我就是喜欢拳击结束时能相互拍拍对方的肩膀。”

无论这个理由是否是一子的真心话，但从此以后画风完全变了，曾经的颓废一扫而空，取而代之以爆燃的节奏，她扎起了头发，换上运动装，跳绳，打沙袋。拳击店、便利店、大街上……到处都闪现着一子练习拳击的身影，配合充满动感的音乐和剪辑，一切都变得明亮起来。

似乎一个类似《百万美元宝贝》的励志故事就要上演了。

但结局又一次让人失望，在老教练的指导下，经过异常艰苦的训练，一子终于登上了赛场，在拳台上她竭尽全力，但无奈对手是位久经沙场的专业选手，一子奋力挥出的拳头几乎打不到对方，倒是自己被打得跌倒爬起，爬起又跌倒，鼻子被打出血，脸肿得像一个猪头似的。

一子苦苦支撑着，终于抓住了一个稍纵即逝的机会，突然使出一记强劲有力的左勾拳，将对手打倒在地，一场奇迹眼看就要发生，但对手毕竟是职业选手，勉强挣扎站了起来，随后给了没有防备的一子致命一击，她应声倒在拳台上，在读秒声中，她拼尽全力站了起来，颤颤地说道：“我要赢，我要赢，我要赢……”，但是，比赛却结束了。

一子对来观战的前男友狩猎哭道：“我想赢，哪怕只有一次。”是啊，她多么想赢，哪怕只有一次，只有一瞬间，但总是事与愿违。看到这里，或许有观众会觉得拼尽全力却遭遇到失败的一子，就此又会沉沦下去，回到过去那种不堪的生活中。

但又猜错了，这次失败并没有击垮一子，反而成了一次生命的苏醒，她重新回到便利店里认真地工作，默默修复与母亲和妹妹的关系，尽管生活依旧不易，但笑容重新回到她的脸上。

一次次的出人意料，正是这部电影的精彩之处，也是不少观众喜欢之所在，按照传统煽情套路，一子很容易地实现自我救赎，不过是加了鸡汤的普通励志电影，想必很难引发观众的共鸣。而编导的高明在于让一子不断深陷失败的深渊，在看似绝望的境地中，却一步步走上了生命复苏的道路。一如有朋友所评价的——“不刻意煽情却微小处见细腻真情。不刻画苦难但描摹了平民生活的艰难。不主题先行却骨子里积极向上，给人温暖和希望。”

（二）

看完这部电影，我不禁想到一句话——“哪有什么胜利可言，挺住意味着一切。”

这句话近来很流行，网上查了资料，才知原来这句话实际源于一首诗，作者是奥地利诗人里尔克，节选于他的安魂曲之《祭沃尔夫·卡尔克》：

命运是怎样的，在诗中成为模糊的影像？
所有发生的事情，总是先于我们的判断。
我们无从追赶，难以辨识，
不要胆怯，如果有死者与你擦肩而过
同他们，平静地对视吧，
无数的忧伤，使尔与众不同。
我们目睹了，发生过的事物，
那些时代的豪语，并非为我们所出，
哪有什么胜利可言，
挺住意味着一切。

初读这首诗，会感觉到里尔克根本无意传递正能量，但如果细细品味，便觉得其中每个字好像都值得玩味，充满着一种理性的清醒。

照我的理解，其实是在说人的一辈子真心不易，所谓的“胜利”往往可遇不可求，一如电影中老教练对一子所说的——“人生不是想赢就能赢的。”在生命的历程中，时不时地会遭遇一些挫折和失败，这样的感受大概可以用片中主题歌的一句歌词来形容——“好痛好痛好痛。”

面对这样艰难的境遇，该何去何从呢，“挺住”便是终极答案。

“挺住”，从字面理解，似乎颇为中性，不能简单地说代表一种消极或积极的意义，但凡活着而不是选择死去，不管活成什么样子，活得是否有意义，都可以理解为“挺住”了。

不过，真心不喜欢为“挺”而“挺”的生活，这样的状态用人们常说的一句话概括，便是“好死不如赖活着”。如同觉醒前的一子一样，那种浑浑噩噩的样子，除了多了一口气外，和死了又有什么区别呢，而且还要忍受接踵而来的各种屈辱。

坦率地说，不是只有生命终结了才叫“死”。丧失对生活的热情，失去了人生乐趣，活得如行尸走肉，是另外一种意义上的“死”。罗曼·罗兰在《约翰·克里斯多夫》中写道：“有些人二十岁就死了，等到八十岁才被埋葬。”大概说的就是这个意思。

因此，我觉得真正的“挺住”应该是积极意义上的，一如痴迷拳击后的一子，虽然最后并不一定成功，或者，很大概率从一个失败走向另一个失败，但只要行动起来并坚持下去，就会与颓废的人生渐行渐远。

影片就此做了一个有意的转换设定，一子和狩猎初识时，她看着男友倒在拳台上。到后来，前男友看着她在拳台上倒地不起。同样是失败，结局却大相径庭，狩猎输了，意味着输掉一切，而一子输了，却赢得了未来，这才是真正的“挺住”。

一子失利后虽然痛哭道：“我好想赢”，但是即便没有赢，却也从此改变了命运的轨迹，从这个意义上说，这四个字不再是失败者的呐喊，而是奔向新生活的宣言。

（三）

“好想赢”，这是不断失败的一子获得新生的关键所在。

正如尼采所说：“我们如何对待挫折呢？继续对我们所向往的东西保持信念，即使我们没有现在，也许永远得不到。”不管是否能够得到，但如果没有“好想赢”的念想，一子不会迈出改变自我的第一步，她依然会过着百元不如的生活。

毋庸置疑，她开始是看重名次的，但后来则更看重被光芒照耀的每一天。因为她知道，即使赢了这一场，下一场也有可能输，输和赢，本就是没有定数的事情，重要的是在与命运搏斗的过程中，看到生活的希望，实现与自己的和解。从这个角度，似乎可以理解一子所说的喜欢搏斗后相互拍肩的那种感觉，因为里面满是为理想奋斗过的舒爽。

我认为，这是《百元之恋》的主题，它并没有“唯成功论”，更没有冷眼看待失败，而是指引了一条走出失败阴影的道路。

这条路径概括起来，有两个关键所在，第一是要有想赢的信念，就如一子一样，如果没有这个信念，一切都无从谈起。一子的重塑，正是因为在她的生命中首次萌发了“想赢”的想法。反正已经过得是百元不如的生活，不如选择试试，看看能否打破命运的诅咒，如果连这个勇气都没有，那只能一辈子深陷失败的泥潭而无法自拔。

有想赢的信念是基础，第二点更为重要，那便是行动。有句话讲得好——“心动不如行动”，光有想法，不去行动，生活便不会有任何改观。在现实生活中，置身于一败涂地境遇的人们，不见得没有“好想赢”的信念，但却永远只停留在想法上，始终不愿意迈出第一步，因为只要迈出去，就意味着改变和付出，而这份改变和付出最终能得到什么，存在很大的不确定性。因此，有些人选择了止步不前，对不如意的生活安之若素，不想着绝地反击。

一子不仅有信念，更有行动。虽然在电影中，直到最后她也没有获得传统意义上的成功，但她面对颓废到底的命运，毅然决然挥出了拳头，而只要出了拳，便不会再回到过去。

今后的岁月里，一子可能还会经历新的打击或失败，但无论如何注定不会将她打垮，反而会激发她前所未有的斗志，因为她想赢，而且她有可能赢，这份脱胎换骨的蜕变，将她从失败者的牢笼中解救出来，从此专注于当下的努力，一子由此不再是一个“失败者”。

当初看这部影片时，我的身体正处于低潮期，读了村上春树的《当我跑步时，我在谈什么》后，决定用跑步将自己重新唤醒，但后来发现很难坚持下来，客观上好像是因为工作和生活的忙碌，锻炼时间难以保障，其实更重要症结在主观，觉得跑步真是件枯燥的事情，跑着跑着便心生厌倦，不愿意再坚持下去。

一如村上春树在书中写到的：“坚持跑步的理由不过一丝半点，中断跑步的理由却是足够装满一辆大型卡车。”那段时间，对于我来讲，这辆卡车快被装满了，心里对自己颇感失望。

一切因为这部电影而改变了！

看完这部片子后，我默默穿上了跑鞋，重新迈开双腿，投入到明媚的阳光中去。在路上，想着影片中一子不停挥拳的镜头，觉得我们殊途同归，都找到了走出谷底的方式，她用的是拳头，我用的是双脚。

八个月后，我站到了厦门马拉松的赛道上，参加人生中第一个全程马拉松比赛。对于是否能够完赛，心里没有十分的把握，但觉得结果其实并不重要，重要的是自己曾经努力过，在跑完 42.195 公里后冲过终点，挂上完赛奖牌后，不由百感交集，心里想着感谢自己的坚持，也感谢这部电影。

很喜欢这部影片的片尾歌曲，感觉和电影的主题和情节很是贴切，歌中唱道：

这场电影马上就要结束
请忘掉这样的我
今后的每一天
就算不拍成电影
普通地过每一天就好
好痛好痛好痛好痛好痛好痛好痛好痛
好痛好痛好痛好痛好痛好痛好痛好痛
但是
我想在这里
我想在这里
我想在这里
我想在这里
正如你所见我好不容易站在这里
却净是些不如意的事情
模糊的视线里依稀看见的是

那些刻意生硬的

终于找到的栖身之所

完结是因为开始过

失败是因为战斗过

分手是因为相遇过

这些道理我都懂

……

是的，完结是因为开始过，失败是因为战斗过，分手是因为相遇过，这些道理我都懂！

2015

2015 年《垫底辣妹》

2015年

《垫底辣妹》：努力

题记 不管周围人怎么说你不行，充满自信地继续说出你的梦想。不怕嘲讽和失败，勇于挑战梦想的力量，对我来说是多么耀眼。

（一）

“高考，是一件让人感伤的事情啊！”这是日本电影《垫底辣妹》中的一句台词。

成绩不好的考生或许会发出这样的叹息，对于那些得偿所愿的学子来讲，高考非但不会感伤，相反会被金榜题名后的欣喜所笼罩。只是无论是感伤还是欣喜，高考几乎是每个人人生路上绕不过的一个坎，围绕这场考试所形成的记忆，会长久留在了每个考生的内心深处。

高考如此令人难忘，大概是因为它在很大程度上能够改变人生命运。社会上流传着这样一种说法——“高考是普通人改变命运最公平的途径。”我想，每个人境遇不同，所处的时代不同，对于这句话正确与否，心中自有评判。不过对于我来言，这句话是适用的。

在成为一名大学生之前，我一直生活在西北一个边陲小城，对于那里的学生而言，如果想离开这个小城，去更广阔的空间发展，高考无疑是最好的机会。但要命的是，当时的大学录取率很低，“万人挤独木桥”这种说法并不夸张，事实上，我所在的文科班有七十多名同学，最终考入北京的大学的只有两人。

所以高考的重要意义不言而喻，能有一个好成绩，意味着可以上一个好的大学，去一个较大的城市，毕业后会获得更多的机会，这在当时确实改变了不少普通人家孩子的命运。时过境迁，后来随着大学的大规模扩招，“上大学”不再是一件难事，同时市场经济浪潮给了人们更多的选择，因此现在学子对高考重要性的感受，想必要比我们那时减弱了许多。

但无论是否认同这种说法，也不管处于什么样的时代，要考入大牌名校，都必须付出超常的努力，这大概是可以形成共识的，国内如此，国外亦然，《垫底辣妹》讲述的就是这样一个故事。

影片的主角叫作工藤沙耶加，在家不受父亲待见，她的父亲“重男轻女”，把心思全部放到她的弟弟身上，想让儿子实现自己的梦想，成为一名优秀的职业棒球手。

沙耶加升入私立明兰女子中学，这所中学将来可以直升大学，没有升学压力的沙耶加像换了个人，不再把精力放到学业上，天天和几个小姐妹吃喝玩乐，混酒吧，泡夜店，化着浓妆，俨然一个“小太妹”。后来因为在学校抽烟被发现，校方给予她无限期休学的处分。

深爱沙耶加的母亲担心女儿从此上不了大学，于是给她报了高考培训机构——“青峰塾”，没想到，在这里彻底改变了沙耶加的命运。

命运改变的关键是沙耶加遇到了坪田老师，这个老师原本也是个差生，但经过自身努力，考取了新西兰的交换生，因此他始终认为只要因材施教，量身教育，每个学生都是可以被教育好的，在和沙耶加交流沟通后，他为这个辣妹选定了升学目标——庆应大学。

这几乎就是天方夜谭！

庆应大学是日本最负盛名的私立大学之一，与早稻田大学、上智大学，并称为日本入学最难的三家私立大学，被称为“御三家”，地位相当于国内的清华、北大，而沙耶加则完全是个学渣，她的偏差值只有 30。

所谓“偏差值”，是日本对于学生智能、学力的一项计算公式值，它反映的是每个人在所有考生中的水准顺位，具体公式为偏差值 =50+10×（个人成绩—平均值）/ 标准差。偏差值与试卷难度无关，与考试人数无关，可以排除试卷难度与评卷的影响，因此可以比较同一个人或者不同人在不同试卷上的成绩，只需将分数换算成偏差值。

听上去有些复杂，如果用数字表示则比较简单，通常以50为平均值，100为最高值，25为最低值，如果偏差在60以上，可以上较好的大学，而像庆应大学这样的顶尖学府，至少70以上才有机会，而沙耶加的偏差值仅比最低值稍高一些，努力一下或许能上个专科，稍微一松劲儿则面临着无学可上的窘境，如果想考入庆应大学，意味着一年之内至少要将偏差值提升40。

虽然现在很流行一句话——“梦想还是要有的，万一实现了呢？”但对沙耶加而言，这个梦想实在过于遥远而显得极为缥缈。事实上，没有一个人看好她能成功。在明兰中学的班主任眼里，沙耶加是个不可救药的学渣，普通大学都难以考上，想上庆应大学简直就是痴心妄想。她父亲知道这件事情后，同样嗤之以鼻，劝她说：“不要做白日梦了！”就连弟弟也对她不抱任何希望：“有的人就是努力一辈子也办不到，就像姐姐这么拼命还是考不上庆应大学。”

一直关爱沙耶加的母亲对于这个目标同样觉得遥不可及，她只希望沙耶加能重新振作，通过努力改变命运即可，而给出如此宏大目标的坪田老师，心里更没底，事实上，他只是希望借此来激励沙耶加。

只有沙耶加当真了，或许是“天不怕地不怕”的辣妹性格使然，抑或是无知者无畏，她觉得依靠自身的努力完全可以实现这个梦想，为此，她和一直看不起自己的班主任老师打赌，定下了“裸奔之约”。

从此，沙耶加像换了一个人，一种耀眼的光芒打在了她的身上。

幸运的是，在沙耶加努力的过程中，不断有新的温暖注入，除了坪田老师鼓励鞭策和针对性教育外，非常值得一提的是母爱和友情。沙耶加的母亲是这个世界最爱她的人，她始终相信沙耶加是个好孩子，为了支付补习班高昂的学费，她拼命地工作赚钱，为女儿付出了自己的全部。

沙耶加有几个天天吃喝玩乐的闺密，为了不疏远关系，沙耶加依旧会参加聚会，只是在姐妹玩时，她低头复习功课，后来在一次聚会后，姐妹们告诉她说，最近不要一起玩了，沙耶加以为是闺密们嫌弃自己，但姐妹们表示，她努力学习的样子感染到大家，所以不能再拖累她，希望她能一心一意全力复习，等考入庆应大学后再一起尽情玩耍。沙耶加哽咽了，内心感到温暖无比。

一份份支持和鼓励，使得沙耶加在追逐梦想道路上快马加鞭，最终收到了庆应大学的录取通知，完成了人生的逆袭。

（二）

影片足够励志，甚至多少有些不可思议，因此不少观众觉得这应该是个虚构的故事，是编导刻意为观众酿造的一碗“心灵鸡汤”。

实则不然，影片是根据一本书改编的，书名很直白，叫作《年级倒数第一的辣妹一年内偏差值提升40以上并考入庆应大学的故事》，作者是培训班老师坪田信贵，即影片中坪田老师的原型，也就是说，这部电影完全取材于真人真事。

对我来讲，从没有怀疑过影片的真实性，因为从沙耶加身上看到了自己当年的影子，我和她一样，在高中时期经历了一生中的一次蜕变。

在进入高中前，我的学习状况很不理想，初中是在一所普通中学就读，没有进入重点班，即便如此，每次考试成绩也很难进入班级前十名，当时我的兴趣并不在学习上，酷爱踢足球和看电视，这让父母很是担忧，觉得他们的这个儿子将来不会有什么出息。

中考后勉强进入了重点高中，但还是没有进入重点班，不仅如此，我所在的班级由于班主任经常更迭，高一时没有人管我们，基本属于“散养”状态，“愿不愿学，悉听尊便”，那是一段极为“美好”的自由时光，每日下午在其他班都在上自习时，班里的不少同学却在室外晒太阳侃大山。

记得当时家乡经常会下大雪，“打雪仗”成了同学们最大的乐趣，我们班级的战斗力超强，把高年级的同学打得不敢出门，没有人敢与之为敌。独孤求败的我们只好“自相残杀”，在教室打得不亦乐乎，黑板上满是雪融化后的水痕，由于无法板书，老师只好改上自习，类似这样的趣事还有许多。

虽然我不属于“活跃分子”，但却也乐在其中，学习自然放到一边，国内没有偏差值的概念，如果有，我想当时的自己大概是在 50 以下，甚至更低一些。

高二年级文理科分班后的一天，我突然觉得不能再这样下去了，与沙耶加不同的是，自己并没有遇到像坪田老师那样的指路人，完全一种自我的觉醒。但与她相同的是，从此像变了一个人，几乎把全部时间和精力投入学习上。

课堂上不明白的内容在课下一定要找老师讲解清楚，以至于有的同学在我的毕业留言册中写道：“对你最深的印象是下课拦着老师不让走。”夜里通常都要学习到深夜一两点钟，似乎进入了一种忘我的状态，过去父母总是催着学习，后来变成催着休息。

很喜欢电影中的一个镜头，沙耶加骑着单车往返于教室和家之间，她嘴里念叨着复习的内容，脚下越骑越快，落日的余晖洒落在她身上，美好极了。当年的我亦如此，每天晚上自习结束，夜色中骑着单车回家，第二天清晨，迎着朝阳骑车去学校，脑子里也满是学习的内容。

这样的学习状态一直持续到高三，但高考之路注定不平凡，命运似乎要故意考验我，就在临考前的一个月，我的牙龈突然出现了囊肿，一边的脸肿得很高，时常还伴有疼痛，这种病只能通过手术来治愈，但如果此时手术，则意味着先前的努力很可能都要打水漂了，所以只能选择保守治疗，每天上课结束就去医院输液，忍着疼痛做最后的冲刺。

父母看到我这样的状态，觉得高考堪忧，私下找了招工指标。当然，我对此毫不知情，这意味着，如果高考失利，我很可能成为这个小城里的一个工人或小职员。

一如沙耶加的结局，我最终得偿所愿，高考成绩超过当年文科重点分数线几十分，成了我所在县级市的应届文科状元，在知晓分数的那个夜晚，辗转难眠，既激动又感怀，仿佛幻梦一场。

后来报考了中国政法大学，成为班里两位来京求学的学生之一，毕业后留在这个都市，扎根下来，成家立业，转眼 20 多年过去了。很难想象，如果没有高二的自省，以及由此而心生的动力，现在的自己会是什么样呢。

影片中沙耶加说："不管周围人怎么说你不行，充满自信地继续说出你的梦想。不怕嘲讽和失败，勇于挑战梦想的力量，对我来说是多么耀眼。"诚如此言，我同样感受这份耀眼的光芒，以及由此带来的一种力量，这份力量不仅作用于高中时代，一直伴随着自己到今天，无论生活或工作中遇到一些困难和挫折，我都会想起那段难忘的"拼命"岁月，从而重新获得信心和动力。

（三）

成功是皆大欢喜的结果，但我想，不少观众看到了最后，可能还是不由得会为沙耶加揪心，特别是第一志愿录取失败后，想必有朋友会想，如果她失败了，那以前所有的努力是否还有价值呢？

这引发了另一个重要的问题，便是即使我们再努力，都无法实现自己的梦想，或者注定无法成为一个优秀的人，那还有必要去奋斗吗？

另外一部日本片子《红鳉鱼》里面的一句台词，有着相同的意思表示——“鳉鱼就是鳉鱼，虽然无论多努力都无法成为金鱼。”

这部介于电影和电视剧之间的作品，名不见经传，但在豆瓣评分高达 9.0，主演是非常有个性的北野武。和《垫底辣妹》一样，同样根据真人真事改编，讲述了 20 世纪中期日本落语界四大天王之一立川派掌门人立川淡志和他几个弟子的故事。

所谓“落语”是日本传统话艺的一种，起源于江户时期，表演者通过身姿、手势、言语等变化来调动观众的想象力，和国内的单口相声有些相像，但并不完全一样。落语的艺人从拜师开始，要经历“见习”“前座”，经考核成为“二目”，这意味着可以独立表演，最后可以晋升为“真打”，时间根据弟子的学习能力而长短不一，短则数年，长达十几年。

高中生佐佐木信行一心想成为落语表演者，为此和父母闹僵，辍学后投入立川淡志门下，改名为立川淡春。他的师父是落语界的异端，特立独行的他让手下的徒弟很是吃不消，他不按行规，向徒弟收取学费，平日里支使他们干各种杂务，一旦不满意就破口大骂，有的徒弟因看不到希望而离开，有的因理念不同而投入其他师门。

淡春好不容易得到师父的信赖，却因一个误会使得立川谈志对他大发雷霆，让他去筑地鱼市修炼一年，后来经过一系列的波折和磨砺，最终淡春和其他三位师兄弟成功晋升为“二目”。

很喜欢这部不甚出名的片子，一个原因是演员演得好，特别是曾经为落语和散才（类似对口相声）表演者的北野武，完全是本色演出，当然，更重要的原因还是影片的主题。在我看来，这部片子厘清了关于“努力”的两个关系，一是努力和嫉妒，二是努力和结果。

关于前者，立川淡志对一个弟子说：“自己不去努力，不去付诸行动，反而去数落对方的缺点，妄图拉低对方的身份，让对方站在和自己同样的高度，这就是嫉妒。本来只要采取行动，赶上并超越对方就好了，但是人啊，往往做不到这一点，因为嫉妒毫不费力。”

这段话一针见血，现实生活中这样的人或事比比皆是，面对比自己优秀的人，不是想着去学习借鉴，进而努力超越，而是醋意满怀，甚至诋毁中伤。一直纳闷这些人为何会这样，片子中的立川淡志讲出了原因，概言之，努力是需要辛勤付出的，而嫉妒却很轻松，不过这份轻松无法赢得成功，只会换来人生的阴霾，到头来得不偿失。

关于后者，便是剧中提出的“金鱼”和“鳉鱼”的关系，其实，这是一个永恒的话题，因为目标是努力的动力和方向，但并非意味着只要努力，就能够实现目标，从这个意义上讲两者没有必然的对应关系。于是，便有了前面关于是否有必要继续奋斗的问题。

我觉得，《红鳉鱼》给出一个很好的答案，立川淡志的四个徒弟虽然不管如何努力，也很难成为像师父一样的一代宗师，但是他们依然坚持不懈，在各自力所能及范围内做到了最好，这不能称作失败，相反，对于每个人来讲是一个巨大的成功。

能获得这份成功，大概有两个前提，一是正视现实，关于这点，在片中立川淡志有一段表述，他说：“现实即是正解，怪罪于这时代或世道无法改变任何现状，现实就是现实，去好好理解和分析这些现状，其中必定存在造成这些现象的缘由，如果你能认识到这些，它们便自然成为你行为的准则，如果连现实都无法判断的人，那在我看来就是笨蛋。”

话糙理却不糙，每个人天赋秉性不同，所处的家庭，所受的教育也不同。因此，人与人间绝对的公平是不存在的。当然，明白这个道理，并不意味着要甘于接受命运的安排，恰恰相反，要更加努力去打破固有的藩篱，在条件所允许的范围内做到最好的自己。

二是不轻言放弃，通常来讲，放弃比坚持要容易得多，仔细想想，许多事情最终没有收获，很大原因就是过早地放弃，用

网上的一句话来讲——“我不怕千人阻挡，只怕自己投降。”

四十年多的人生经历，一直告诉我一个道理，那便是坚持努力，终会有所获。

回看我们走过的路，应该会感知，相比于结果，更为重要的是奋斗的过程，这个过程伴随着酸甜苦辣，正因如此，能使我们知道什么是真正的人生，就像影片里所总结的：“鳉鱼无论如何努力都无法成为金鱼，但正因为如此，才更惹人怜爱，或许他们充满灰色和辛酸的人生，正是一部完美的落语。”

现在可以回答先前的问题了，沙耶加如果落榜会如何呢？从我看来，她不会回到过去，因为这段经历使她感受到了努力的力量，这份财富是谁都无法拿走的，也是什么都无法替代的，必将贯穿于沙耶加以后的人生，正像坪田老师所说：“我相信，从今以后，人生的路上你还会这样，即使再遇到不顺，你会不断地尝试挑战。”

向每一个为自己命运而坚持努力的朋友致敬！

2015 年《一个叫欧维的男人决定去死》

2015年

《一个叫欧维的男人决定去死》：改变

题记　我们选择死亡，还是努力活着？

（一）

一个人如果欲死都不得，恐怕是最为悲催的事情。一个叫作欧维的老人便面临着这样的窘境。

痛失爱妻，生无可恋的他最大的愿望就是结束自己的生命，尽早与亡妻相聚。为此他准备好了上吊的绳子，穿上西服，打了领带，还喷了些许香水，然后将脖子套入绳结，准备从容赴死。

就他在闭上双眼，等待死神来临时，窗外却传来阵阵喧嚣声，原来是新邻居帕特里克一家搬家，而且不小心撞坏了欧维的邮筒，欧维不得不停止自杀，冲出门外气汹汹地斥责帕特里克和他的妻子帕尔瓦娜。

欧维第二次踏上椅子准备自尽时，门铃这个时候响了，又是这个新邻居，帕尔瓦娜让两个孩子给欧维送来自己做的鸡肉米饭，算是赔不是。欧维的自杀计划又一次泡汤。

好不容易没有外人打扰，当欧维第三次进行尝试时，不知是因为自重太大，还是绳子质量不过关，绳子断裂，欧维重重摔倒地上，又没有死成。接着第四次、第五次 ……这部瑞典影片的前半部分就是围绕欧维寻死未果而展开。

“死亡”是贯穿于欧维一生的主题词，孩提时代，母亲便去世了，年少的欧维还不懂伤心，黯然地看着刚刚举办母亲葬礼的大教堂转瞬又迎来了欢声笑语的结婚典礼。

从此以后，他与父亲相依为命，等他长大成人，一天他将各门功课都优秀的成绩单拿给父亲看，为儿子感到骄傲的父亲给其他工友传阅时，不幸被一辆机车撞倒身亡。欧维内心非常痛苦但他又不善于表达情感，只能默默接受命运的安排。

就在人生陷入谷底时，欧维意外地在火车上遇到了一生的最爱，一个叫作索尼娅的姑娘。她像一道光芒照进了欧维幽暗的人生。他们相爱、结婚，但正当两人满心欢喜迎接一个小生命来临时，不幸再一次发生，外出旅游的他们遇到了车祸，幸免于难的索尼娅不仅流产，而且双腿被截肢，变成了一个残疾人。

本来想做教师的索尼娅因此面试屡屡被拒，但她并没有灰心，有一天她对欧维说："我们选择死亡，还是努力活着？"索尼娅虽然这样发问，但她的选择显然是后者，欧维亲自动手在学校里修了一条斜木坡道，从而圆了轮椅上的索尼娅的教师梦。

对于性格内向不善言辞的欧维来说，索尼娅像是上天派到人间拯救他的天使，他觉得在这个世界上，只有索尼娅懂他，他也只爱索尼娅一人。但在相濡以沫多年后，索尼娅因病去世，这直接导致欧维的世界彻底崩溃。

欧维的性格更加孤僻，他每天在自己所在的小社区晃来晃去，对什么都看不惯，指责邻居家的小狗随地大小便，检查邻居们是否按规定进行垃圾分类，将随意停放的自行车暂时没收，他做得都是些惹人的事情，因此经常和不守规矩的邻居发生冲突，甚至恶语相向，不少人对他敬而远之，背后称他为"地狱来的恶邻"。

欧维始终走不出索尼娅离世的阴影，他拒绝别人谈论他的妻子，哪怕是赞美或怀念，他说："当你们谈论她，她在我记忆中的样子就少了一分。"他的家中依旧摆放着索尼娅的旧物，想着每天都能闻到爱妻的气息。他经常带着鲜花去墓地看望妻子，有时甚至躺在旁边，向地下的索尼娅讲述自己屡屡受挫的自杀计划，吐槽抱怨社区里那些不开心的事情。

就在欧维一心向死时，新来的邻居帕尔瓦娜一家将他从死神边拉了回来，他们一家人开始总是不经意地给欧维找各种麻烦，这使得欧维一度很烦躁，但在相互交往中，双方从隔阂走向了理解，欧维内心的坚冰慢慢融化，他开始帮助别人也接受别人的帮助。

欧维能有这样的变化，挺着大肚子即将临产的伊朗女子帕尔瓦娜无疑居功至伟，这位新邻居在一定意义上充当了引路者的角色。随着双方接触的增多，她开始理解这个别人眼里的“倔老头儿”，知道他的孤寂和无助，并想着改变欧维的人生。

两人之间有一次深谈，平日里总是笑嘻嘻的她对欧维很严肃地说道：“永不言弃，是你说的吧，但你却总在那里自怨自艾。因为你遭遇不幸，就怪别人白痴。你才是最爱放弃的人，只是因为你认为每个人不需要帮助也能活下去。但是你知道吗？没有人能够独自承担一切，包括你。”

意思再明白不过——谁都不能独活。

这完全契合了索尼娅所说的关于死亡和活着的话题，如果选择前者，只需要一时的勇气，但想努力活着，则必须要走出自我封闭，只有这样才能感受到世间的温情与爱，而这恰恰是活下去的动力源泉所在。

如果不是这般，一直生活在幽暗的自我封闭世界里，活着和死去又有什么区别呢？

帕尔瓦娜这席话直击老爷子内心最软弱的地方，也将他从万念俱灰的深渊中拉了回来。欧维自省后向她敞开心扉，讲出了自己的伤心往事，除了索尼娅，他从没有向第二个人讲过，他多年来憋在心里的话终于得以说出来。

从此以后，欧维像换了一个人，一直被隐藏的爱心与善意得以彻底释放，他默不作声竭尽所能地帮助别人，慢慢地与邻居们的紧张关系得以缓和。

一个全新的欧维回来了！

（二）

欧维因改变而获得了新生，这让我不由想到了故事情节很类似的一部英国电影——《献给爱妻的歌》。

这部电影的男主角叫作亚瑟，和欧维一样，是一个脾气古怪的老头儿。他整日里不苟言笑，无法与妻子的朋友们融洽相处，与儿子的关系也很紧张。

他在这个世界上最在意的人就是妻子玛丽安，玛丽安性格外向，尽管两人脾性差异很大，但都深爱着对方，携手走过了大半辈子。不幸的是，玛丽安身患癌症，去日不多，但她依旧乐观开朗，在生命的末期加入了一个老年合唱团，在排练和演出中获得前所未有的快乐。

亚瑟细心照料着妻子的身体和起居，玛丽安则用自己的情感抚慰着丈夫孤寂的心灵，但病魔最终还是夺走了玛丽安的生命，一如欧维，痛不欲生的亚瑟彻底封闭自我，生活在暗无天日的抑郁之中。

合唱团的指挥伊丽莎白一直鼓励他走出阴影，希望他能追寻玛丽安的道路，开始新的生活。在她的鼓励和帮助下，亚瑟加入了他曾经非常厌恶的老年合唱团，主动改善了与儿子的关系，一条通往光明的道路由此为他铺开。

影片最动人之处在结尾，亚瑟站在舞台上，倾注所有感情为爱妻玛丽安献上了一曲歌，歌中唱道：

晚安，我的天使。

是时候闭上双眼，把问题留给明天；

你问我的事，我都知晓，

我想说的话，你也明白；

我永远不会离你远去，你也明白，

不管你去哪儿，不管你在哪儿；

我都在你身旁，不曾远离……

在伊丽莎白的指挥下和老年合唱团的伴唱中，亚瑟唱得极为动情，剧院里安静极了，以至于歌曲结束时依旧是万籁俱寂，所有的观众都沉浸亚瑟的歌声中，直到余音散去，台下才爆发出极为热烈的掌声。

观众的情绪如我，或者说，如果我是现场的观众，也会和他们一样。记得第一次看这部影片时，我同样在亚瑟的歌声中沉寂了许久，眼中似乎有泪水在涌动。

后来重温这部影片时，曾经一遍遍重复听这首歌曲，在我看来，这首歌不仅代表着亚瑟对玛丽安如大海般的深情，也凭此歌完成了对自己的救赎，他终于可以像爱妻一样，以一种高昂的姿态来面对接下来的生活。

两部电影，两位老人，用他们峰回路转的命运，诠释了“因爱而改变”的主题。

《一个叫欧维的男人决定去死》改编于一部同名小说，作者弗雷德里克·巴克曼在小说中写道：“死亡是一件奇怪的事情。人们终其一生都在假装它不存在，尽管这是生命最大的动机之一。我们其中一些人有足够的时间可以认识死亡，他们得以活得更努力、更执着、更壮烈。有些人却只等到真正逼近时才意识到反义词多美好。另一些人深受其困扰，在它宣布到来之前，就早早地坐进等候室。”

就欧维和亚瑟而言，如果生命中没有遇到索尼娅和玛丽安，恐怕他们早就坐进了“等候室”。

这两位乐观的女人是两个“倔老头儿”的精神支柱，而一旦这个支柱倒塌，对于欧维和亚瑟来说是毁灭性的打击，欧维因此不断寻死以求解脱，亚瑟则陷入深深抑郁之中，他们封闭心扉，拒绝交流，如果照此发展下去，孤零零死去恐怕是必然结局。

但在关键时刻，有人站出来改变了他们人生的航标，站立在欧维前面的是新邻居异国女子帕尔瓦娜，而改变亚瑟则是善解人意的合唱团指挥伊丽莎白，正是她们的坚持和努力，使得陷入阴暗境地的两位老人最终走出了自我封闭的空间，她们成功扮演了拯救者的角色，从这个意义上说，她们是对索尼娅和玛丽安的一种传承。

之所以这样说，是因为索尼娅和玛丽安虽然故去，但她们希望自己的爱人能够幸福地活下去，只是事与愿违，两位老人因为她们的死而不断沉沦，但帕尔瓦娜和伊丽莎白很巧妙地借用她们的力量，去改变了欧维和亚瑟的人生轨迹。

帕尔瓦娜对欧维说：“你真的打算这样自怨自艾，带着一脸不开心去见索尼娅吗？”伊丽莎白则对亚瑟说：“玛丽安知道你会唱歌吗？”在爱妻力量的感召下，再加上帕尔瓦娜和伊丽莎白锲而不舍的努力，两位老人最终走上了光明之途。

（三）

“改变，总是好的”，两部电影的主人公无疑印证了这句话的正确性。

就我看来，需要改变的何止是欧维和亚瑟，每个人都应该成为这句话的实践者。虽然对于大多数人而言，通常不会经历他们那样的大起大落，大喜大悲，尽管如此，其实也需要改变，因为一成不变的生活，最终会变成一潭死水，如果不想早早步入“等候室”，就要使得生活变得生动有趣起来。

关于“改变”，我认为应该有两个基本态度，一是关于目标。所有改变的指向都应该是为了让自己更好，换句流行的话——“改变是为了遇到更好的自己”。

如果来个拆字游戏，将“改变”两个字拆开，先有“改”后有“变”，也就是说，有“改”才有“变”，“改”是“变”的前提，“变”是“改”的结果。所谓“改”，就是必须要有舍弃，所谓“变”，则意味着要有追求。舍弃什么，追求什么，归根结底是为自己变得更好，或者说让自己过上想要的生活。

通过身边不少朋友的成功案例，由衷觉得，只要沿着这个目标走下去，总会有所收获，原因其实很简单，生活不会说谎，你付出了，总会得到一些回馈，一如电影《国王的演讲》那句经典的台词：“为人生做出改变时，开始总是最难的，过程总是最痛的，结果却是最好的！”

二是关于时间，“只有决意改变，什么时候开始都不算晚。”在这点上，欧维和亚瑟树立了榜样，已经步入人生暮年的他们，依靠改变而脱离了挣扎，获得了生命中新的曙光。

实事求是地讲，我自己同样是这种理念的受益者。

这要从四十岁说起，常说“四十不惑”，言外之意，就是说这个年龄已经步入人生的成熟期，对许多事情应该看得很淡，抑或说只要按部就班活下去即可，不应再寻求什么改变。我原本的想法也如此，更何况，在此之前，无论事业和家庭都还算不错。

但是，站到人生这个重要的节点上，我突然发现，“惑”并没有减少，似乎比过去更多，而最大的“惑”在于以后的人生该如此下去吗？四十岁之前，感觉每日都忙忙叨叨，但回首想想，感觉好像没有留下什么有价值的东西，忙碌并没有带来充实，伴随而来的反倒是一种迷茫。

如何让生命变得更有意义起来，我想到的只有两个字——“改变”。

四十一岁那年，从来不会做饭的自己，开始尝试为孩子做早餐，当时他正值中考前夕，为了能让他有一个良好的身体状况进行复习，自己每天摸黑起床，变着花样做早饭，一个黎明接着一个黎明，不经意间竟然做了 80 顿不重样的早餐，如今厨艺精进的自己，可以经常为家人做一桌菜，为爱而改变同时收获了一份新的技艺。

四十二岁那年，我开始跑步，因为当时感觉健康状况有些欠佳。身边没有跑友，只能一人孤身上路，从 1 公里开始，3 公里、5 公里、10 公里、半马、全马，春夏秋冬，咬牙坚持，从起初跑 500 米都气喘吁吁到能够全马完赛，实现了一个难以想象的跨越，如今参加了 12 次马拉松并都顺利完赛，挂在墙上的 12 枚奖牌见证了这份改变的力量。

四十三岁那年，重拾了对历史的热爱，工作之余开始写历史故事，每天一千字或两千字，一年后出版了第一部作品《历史的沸点——秦汉三国五百年》，从此一发不可收拾，三年多的时间写了一百多万字，先后出版了四本书，《历史的沸点》成了畅销的系列丛书，看着无数个清晨和深夜写就的厚厚的手稿，真心为自己的改变而感到欣喜。

拿自己举例，丝毫没有炫耀的意思，只是想表达为了过上自己想要的生活，改变是必须的，而且，无论什么时候开始都不算晚，重要的是行动和坚持。

欧维将这份改变坚持到了生命最后一刻，虽然他最终还是逝去了，但走得却格外从容，他安排好所有的后事，然后沉沉睡去，梦中他又来到了火车上，看到了一双红色的复古系带高跟鞋，然后是一个无比灿烂的笑容，那正是他初次遇到索尼娅的情景。

欧维最后以这样的状态去见爱妻，索尼娅应该很高兴，因为在“死亡和努力活着”中，欧维最终选择了后者，这正是索尼娅希望的。

欧维死了，但为了遇到更好自己而“改变”的故事每天都在上演着。

父が死んで、鎌倉の家に、腹違いの妹がやってきました——。
海街diary
6.13 (SAT)
原作 吉田秋生「海街diary」
監督・脚本 是枝裕和「そして父になる」
綾瀬はるか 長澤まさみ 夏帆 広瀬すず
加瀬亮 鈴木亮平 池田貴史 坂口健太郎 前田旺志郎 キムラ緑子 樹木希林
リリー・フランキー 風吹ジュン 堤真一 大竹しのぶ
GAGA

2015 年《海街日记》

2015年

《海街日记》：和解

题记 人的一生，除了要面对无常带来的跌宕，还有贯穿在其中的平淡和琐碎。

（一）

镰仓，一座安静的海边小城。

两年前，我来到了这里，从东京坐火车大约一个小时。车站出来，沿着一条并不宽敞的小路，走十分钟左右，穿过一条马路便来到海边。沿着海堤缓缓前行，发现这里的沙滩不是通常的白色或黄色，而是呈暗黑色。徜徉在海边，不时有海鸥从头顶飞过，发出清脆的叫声。阳光照耀在海面上，波光粼粼，海中有不少冲浪者，还有点点白帆，举目望去，著名的江之岛就在不远处的前方。

来到镰仓，主要是因为一部喜欢的日本电影，那便是是枝裕和导演的《海街日记》。这大概是我因追寻一部电影足迹而去的第二个日本城市，另外一个是北海道的小樽，那里是《情书》的拍摄地。

这两部片子都属于治愈系的类型，而且拍得很美，着重展示了两个完全不同季节的美景，《情书》里到处笼罩着北海道的皑皑雪景，而《海街日记》则聚集了众多夏天的元素，烟花、浴衣、绣球花、冰啤酒、冷荞面……

电影的开始，在镰仓一座有些老旧的屋子里，居住着相依为命的香田三姐妹：幸、佳乃和千佳。虽说是同胞姐妹，但秉性却大不相同，老大香田幸成熟严厉，操持家里的大小事务，在姐妹中扮演着母亲的角色。老二香田佳乃，美丽性感，但却自由散漫，一副新时代女性的样子，老三香田千佳完全是个萌妹，大大咧咧，傻里傻气，像永远长不大似的。

一天，她们接到了已经 15 年杳无音信的父亲的死讯，当年，父亲出轨离家再没有回来，母亲后来改嫁到北海道也离开了她们。家庭一系列重大变故，年龄最大的幸是被伤得最深的那一个人，她无法原谅父亲，原本并不打算参加葬礼，但转念想，这似乎是作为儿女的一种义务，于是三姐妹坐着火车赶来参加。

正是在父亲的葬礼上她们遇到了同父异母的小妹浅野玲，知道了小玲的母亲，也就是抢走父亲的那个女人早已过世，而继母对这位小妹并不善待，于是，大姐幸做主接纳了浅野玲，让她搬到镰仓一起住，无依无靠的浅野玲毫不犹豫地欣然同意。

这个由“四个姐妹、三场葬礼、两场烟花、一个食堂、一栋老屋”组成的海边叙事就此展开。

四个姐妹同住一个屋檐下，但各有各的故事。幸作为大姐，她的少女时代是在父母的争吵中度过的，她恨父亲的决然离去，也恨母亲的不管不顾，决心不要让自己成为父母那样，所以毅然决然挑起了照顾妹妹们的重担。但是她也只是一个普通的女子，照样需要有个肩膀能够依靠，她找到的依靠是一个没有正式离婚的儿科医生，命运在这里似乎开了个玩笑，幸原本最痛恨“第三者”，没想到她居然也成了这样的人。

作为老二的佳乃，对父母的印象不如大姐那般深刻，只记得父母吵架后，姐姐安慰妈妈的情景，所以她不像大姐幸那样心事重重，而是认为婚姻就那么一回事，只要自己开心快乐就好，因此一段恋情接着一段恋情，每次被“小鲜肉”欺骗了以后，便会大醉一场，然后又重新开始。

千佳作为老三，对父母的印象更为模糊，相对于姐姐的伤痛，她就像白纸一张，反倒是对父母很是好奇。她喜欢钓鱼，经常在家里摆弄鱼竿，小玲说父亲也爱钓鱼，千佳竟因为和父亲有同样的爱好而兴奋不已。

年龄最小的浅野玲，是四姐妹中唯一享受过父爱的，父亲为她做沙丁鱼吐司，带着她钓鱼……这是几位姐姐做梦都想得到的。但正因为如此，她心里觉得很愧疚，毕竟是自己母亲夺走了三个姐姐的父亲，从这个意义上说，正是她夺走了她们的父爱，虽然姐姐们对她都很不错，但这个心结一直无法解开。

每个人都有自己的心事，因此解开彼此心结就成了这部电影贯穿始终的主线，影片通过看似平淡的叙事，积攒起一种“滴水穿石”的力量，最后打破各自心中的坚冰，最终让四姐妹从有些“拧巴”的生活状态中走了出来。

如何做到这点的呢，是枝裕和给出的答案是——和解。

（二）

不过，就我的观感，这部电影不单单是“一个和解”，而是围绕“四个和解”来展开。

一是和父亲的和解。在她们生命成长中几乎“不在场”的父亲，留给了三姐妹惨淡的记忆。不过，她们赶来参加父亲葬礼时，有个出乎意料的发现，便是一直没有音信的父亲似乎并没有忘记这个家。父亲定居地的山形和镰仓很像，吃饭还保留着镰仓当地特色的饮食，而且抽屉里一直珍藏着三个女儿的照片。

作为一个抛弃家庭和女儿的男人，的确应该千夫所指，但背后好像有什么不为人知的隐情，不过电影里并没有交代更多。而且，在其他人看来，父亲不仅不是一个十恶不赦的坏人，反而处处与人为善，有着很好的人缘。三姐妹看到参加父亲葬礼的朋友很多，心里顿时感到诧异，犯嘀咕道：“这么多人来参加爸爸的葬礼，也许爸爸是个善良的人。”

后来随着和小妹浅野玲的相处，她们似乎在她身上看到了父亲的一些影子，最终得出的结论是——“爸爸虽然不靠谱，但应该是个很温柔的人吧，所以才留给我们一个这么好的妹妹啊！”父亲的葬礼结束后，小玲带着三位姐姐来到了父亲身前经常带她来的一个高坡，这里和镰仓很像，幸对小玲说：“玲，父亲一直是由你照顾的吧。”小玲默认，幸轻轻拥着她说：“我想父亲一定是很高兴的。”然后三个姐妹向小玲表示谢意，在一声声“谢谢你”中，她们与死去父亲实现了和解。

二是和母亲的和解。姥姥七年祭的时候，母亲从北海道回到镰仓来参加祭奠仪式。因为处置旧居的事情，幸与母亲发生争执，她似乎可以对已经逝去的父亲释怀，但对依然健在的母亲却不能原谅。旧居得以保留，母亲要回北海道了，走之前她给每个人都送了礼物，然后想独自一人去自己母亲的墓前告别。幸陪着她去了墓地，在姥姥的墓前，母亲虔诚地忏悔道：“很抱歉，没有做一个好女儿。”

祭扫完毕，母女俩走在雨后的林荫道上，时不时传来寺院的钟声，母亲感叹说：“做完梅子酒后，就感觉夏天要来了。”幸的心结虽然没有解开，但母亲提起了梅酒，她蓦然间像是找到了亲情纽带，赶忙跑回去拿梅子酒，送给母亲一瓶姥姥在世时做的陈酿，还送了四姐妹酿的新酒，未曾想到，梅子酒意外地拉进了母女之间的距离。

临别时，幸希望母亲有时间常回来看看，母亲也邀请她到北海道做客，在这样细碎的家常对话中，母女终于实现了和解，两人在那一刻似乎都体会到对方的不容易。

三是姐妹间的和解。三姐妹接纳了小玲，虽然四人在一起看上去很和谐，三个姐姐非常关照她，小玲表现得也很懂事，但她心里的那个芥蒂始终解不开。她向大姐幸道歉，表示自己母亲当年抢走她们有家室的父亲是错误的，但是她无法替代赎罪，这使得她心里总是隐隐作痛。

于是，幸带着她到了一个可以俯瞰镰仓的山坡上，突然大声喊道："父亲是个笨蛋"，小玲迟疑了一下，随后大喊："妈妈是个笨蛋"，幸紧紧抱着小妹说："你想跟我讲讲妈妈的事情也是可以的啊。"就这样，两个因为父母的错误而心存隔阂的姐妹，通过发泄和自助，与过去挥手告别，携手走进了全新的生活。

四是与自己的和解，幸的医生男友要去美国，希望她能一起去，但幸拒绝了，她无法像父母一样为了自己的幸福而一走了之，虽然不得不结束这段感情，但同时却也给她带来了难得的释怀，她从内心的纠结中走出来，不再成为自己原本最讨厌的人，获得了重新追求幸福的勇气。而在爱情中屡屡碰壁的佳乃，结识了善良的银行科长，并慢慢地为他吸引，变得逐渐成熟起来，开始思索关于人生和爱情的意义，虽然影片没有给出两人感情的结局，但想必这位充满爱心和责任感的男人会成为佳乃幸福的归宿。

影片的最后，四姐妹在参加完二宫阿姨的葬礼后，一起来到了海边，海浪涌动，涛声阵阵，她们在沙滩上走着、笑着、聊着，此时片尾音乐响起，一阵温暖美好的情绪弥漫开来，放下所有的执念和不快的四姐妹，一种崭新的生活正朝着她们招手。

（三）

和解，真的是一生的功课。

虽然对于大多数人来讲，不会像片中的几个姐妹一样，陷入父母离弃的悲惨境地，但不如意、不开心的事情却经常遇到，有时甚至是从一个纠结走向另一个纠结。这些不快有的来源于别人，有的来源于自己，但无论源头在哪里，结果是一样的，那便是搞得自己心神不宁，难以排解。

如何走出这样的困境，是枝裕和通过这部电影指明了一条道路——学会“和解”，与自己和解，与他人和解，与命运和解。

即使不看这部电影，我想许多朋友想必也懂得“和解”的重要性，不过真正在自己身上实践，便觉得不是那般容易。这不奇怪，在我看来，“和解”不是简单的一个词语，往小了说，是需要鼓足勇气后走出羁绊；往大了说，则是要拥有一种人生境界。

倘若把一件事情提升到人生境界的高度，通常意味着不容易达到。在通往和解的道路上，恰恰有一个很重要的关卡非常难过——接受不完美。

追求完美，是人生的动力源泉。不过，中国有句老话说得好："金无足赤，人无完人"，除了圣人之外，每个人或多或少都会有些毛病和缺陷，这大概算得上是一句放之四海而皆准的真理。

接受这个事实并不难，但如果真的把自己"摆进去"，就不那么容易了。以如今颇为紧张的家长与孩子关系来讲，便很说明问题。对于大部分孩子来讲，将来注定平凡甚至平庸，这原本是件很正常的事情，但对于望子成龙或望女成凤的家长们来讲，却很难接受这个事实。

现实生活中经常看到这样的情况，如果自己的孩子学习成绩一般，往往心急如焚，总觉得别人家的娃好。为了实现超越，倾其所有，煞费苦心，搞得自己和孩子都疲惫不堪，甚至亲情关系演变成了矛盾对立方，经常会被一种沮丧和失落的情绪所笼罩。

折腾了半天，通常结果还不尽如人意，到头来只能发出"恨铁不成钢"的叹息。但事实上，不少家长忽略了一个问题，铁就是铁，即使千锤百炼也难以成钢。既然如此，让孩子健康快乐地成长，成为一块品质很高的"铁"，不也很好嘛。

同孩子一样，每个家长自身也都是不完美的。要想和解，首先要接受这个现实，在我看来，应接受的主要应包括两个方面，一则自己的平凡，二则自己的缺点。

看到一个统计数字，说这个世界上 90% 以上的成年人，注定只是普通人，9% 会有小成就，只有 1% 才会有大成就，不少人竭尽全力想成为后两种人，但到头来还是在90%里打转。

这样说，并不是说没必要努力去改变命运，只是觉得努力过后，应该学会接受现实，而没必要非要将自己“逼上梁山”，在一个注定无法实现的目标前痛苦地蹒跚而行，大概率会倒在路途之中。其实，做一个平凡的人，没什么不好，能在平凡的生活中活出别样的精彩，才是圆满生活该有的样子。

对于自身的缺点更应如此，如同电影中的四姐妹，每个人都有两面性，有好的一面，自然就有不尽如人意的一面。幸虽然有强烈的责任感，能够勇挑照顾全家的重任，但却过于严厉，有时甚至有些不近人情，而佳乃看似活得潇洒，但太容易付出感情，屡屡被骗后只能自己舔伤。

但凡是一个积极向上的人，都想改掉自身的毛病，但经历了岁月的洗礼，会有一个颇为无奈的发现，有些是可以改正的，但有些则是天性使然，很难改掉或者去根，因此一些朋友会感到失望或沮丧。其实，大可不必，能够经过努力改正的，那再好不过，对于无法改掉的也没有必要耿耿于怀，坦然接受自己的不完美，没有什么不好，重要的是活得不要那么纠结和拧巴。

与他人实现和解也应如此，如果其他人身上的缺陷和毛病，自己实在无法接受，可以选择远离，反过来说，如果不想远离，就要接受他人的缺点。世上没有十全十美之人，与人交往的过程，就是求同存异的过程。多看看别人身上的闪光点，而不要把目光总盯着别人的毛病上，同时尝试着站在对方立场上来考虑问题，如此一来，自己和他人都会轻松自在，何乐而

不为呢？

必须说清楚的是，选择和解，不是一味地妥协和退让，而是生命成熟的重要标志，一如作家伍绮诗在其作品《无声告白》里所说：“一切苦难都会过去，学会和自己和他人和解，放过自己也放过别人。”诚如其言，放下所有的怨恨，闯开自己的胸怀，与别人和自己握手言和后，那种感觉只能用“舒坦”来形容，就像电影中四姐妹完成和父母以及自己的和解后，有说有笑地走在海边，那才是美好生活应有的画面。

那日，我走在四姐妹曾经散步的海滨，听着阵阵涛声，看着波浪一个接着一个涌来，在浩瀚的太平洋前，不由想起了这部电影，也想到了自己四十多年的人生，觉得是时候选择放下了。

生活不易，时光匆匆，没有必要把生命浪费在一些人或事的纠结上，坦然对待过去和将来的一切，享受当下的每一份美好和幸福，在平凡的日子找寻到有意义的生活，才是人过中年的自己应该去做的事情。

有人说，人生大概要经历“人生很美好啊，人生很不美好啊，人生即使这样也还是美好的啊”。我想，如今的年龄是时候步入第三个阶段了。

因此，要感谢是枝裕和的这部影片，也很庆幸有了这次镰仓之旅。不过，和所有的旅行一样，总会留下些许遗憾，此行最大的遗憾莫过于没有赶上烟火大会，电影中小玲和同学们身穿浴衣，在海边观看美丽的烟花腾空而起，烟火的光亮照耀着每个人的笑容，着实让人心动不已，为之向往。

漫画作家竹本佑太在《蜂蜜与四叶草》中写道：

“小时候的我
不明白为什么会有那么多人聚在一起
只为欣赏转瞬即逝的烟花
何时看到的烟花最漂亮
何时的烟花最特别
在脑海中早已忘记
正因为是与自己所珍视的那一个人一起度过
烟火大会才成为无可替代的回忆。”

为了转瞬即逝的烟火和那个所珍视的人，对于镰仓，始终说不出再见！

2016

2016 年《比海更深》

2016 年

《比海更深》：豁达

题记　所谓幸福，都必须放弃一些东西后才能得到。

（一）

盛夏的正午，气温不觉中悄然窜至三十五度以上，窗外的一片苍翠似乎也显得无精打采，音响里一遍遍播送着邓丽君的《离别的预感》——“似乎就要哭出来，因为痛苦的爱着你。哪儿都不去，就这样屏住呼吸待在你身边。如果可以的话，我愿意掏出我的心，好让你看到内心的思念。请告诉我。为什么会如此的悲伤，即使我能触摸到你，如此的相信你，比海更深，比天更蓝，我真的无法，超过如此般地爱你……”

听这首老歌，是因为前些日子重温了是枝裕和导演的《比海更深》，这部电影的名字正是来源这首歌。片中的那个台风来临之夜，也是因为这首歌，引发了母亲淑子和儿子良多的一场对话，而在这场母子夜谈中，树木希林饰演的母亲说出了不少金句，使得这部情节看似平淡的影片显得格外不同。

“人走了，再想也没用，还是得趁人在的时候好好对待才行。”

“为什么男人都不会珍惜当下呢，总是在追求失去的东西，想着无法实现的梦想，被这些东西困住，每天还怎么快乐。”

“我到这种年纪了，还没有说过爱过谁比海还深这样的话呢。但每天都还是开开心心地活着。不对，正因为没有所以才能开开心心的，平凡的生活每天也能过得开心。”

“单纯，人生很单纯的。”

淑子对儿子说出如此多语重心长且充满人生智慧的话，教诲之余隐约透着些许无奈，因为这个儿子实在有些不成器。

如果用一个词形容良多四十年来的人生，便是“高开低走”，他最初是一个小说家，所写的作品曾经获过“岛尾敏雄”奖，但后来有些“江郎才尽”。随着年岁的增长，良多离既定的人生目标越来越远，他再无好的作品问世，只能做起私家侦探来勉强度日，整个人变得萎靡不振，妻子响子也因此与他离婚，并带走了两人唯一的儿子真悟。

妻子和儿子离开后，良多更加颓废，他好赌成性，连赡养费都无法及时支付，居然偷拿父亲的遗物去典当，他当年最不想成为自己父亲那样的人，如今却一步一步朝着那个方向发展。以至于他不禁问自己：“我的人生哪一步走错了？”

最命苦的无疑是他的母亲淑子，丈夫是个不争气的男人，游手好闲，负债累累，淑子磕磕绊绊地守了他一生，好不容易从儿子身上看到些许希望，但很快这份希望便彻底破灭了。

嫁人不淑，又遇到一个不争气的儿子，作为一般女人，通常会陷入自怨自艾的境地，多半还会感叹命运的不公，但淑子却选择坦然接受这一切。

她用一种豁达的心态，迎击着生命中的种种不快和痛楚。

她对儿子虽时常调侃和戏谑，但还是一如既往予以关爱和支持，这份爱在台风之夜达到了高潮。因为台风过境，淑子竭力挽留，良多一家三口得以重聚在一起。淑子心里明白，这或许是一家人最后一次相聚。于是，她想抓住这个机会，为了良多的幸福做最后努力。

淑子拿出良多年少时的作文给真悟看，说道：“你的父亲小时候就很会写文章。要知道，文采是个很棒的东西，并不是每个人都有的。”她在用这样的方式帮自己的儿子在他的儿子面前，挣回一点点做父亲的尊严。

她一边告诉良多要学会放下和改变，一边小心翼翼地问儿媳响子：“你们两个真的已经不可能了吗？”在得到响子肯定的答案后，她把一直珍藏着的孙子的脐带转交给儿媳，流泪说：“事情怎么会变成这样呢？”

这一夜，在某种意义上，对于日渐衰老的淑子来讲，更像是一场告别。

她拿出相册，一张张翻看相片，谈论着过去；她做好丈夫生前最爱的咖喱乌冬面，来招待良多一家；她铺上崭新的被褥，想让儿子一家重温住在同一屋檐下的感觉；她对儿子、儿媳、孙子讲了她内心最想表达的话语。她做这一切，是因她比海更深地爱着在这个狭小屋子里的每一个人。

第二天清晨，台风已过，淑子站在阳台上，带着一夜未睡的笑容，向儿子一家挥手作别。

良多一家三口恢复原状，不知道他们以后的生活会怎么样，但无论如何，母亲的爱为良多的生活镀上一层温暖的底色，对于他来讲，有母亲在，生活还是有希望的。

（二）

淑子的豁达不仅表现在对待不成器的丈夫和儿子身上，更为动容的是她对死亡的态度。

“死亡”一直是导演是枝裕和拍摄的电影挥之不去的主题之一，这部影片的开始便有这样的气息，第一个镜头是淑子的丈夫去世不久，她和女儿在写“服丧明信片”，这是日本的风俗，家里举办丧事后，提前要向亲朋好友发送明信片告知，以免在新年收到贺卡。女儿劝她多交些朋友，淑子却说：“我这个年纪交朋友，只会徒增来参加葬礼的人数。”

大概只有真正活明白的人，才能说出这样的话。

在台风之夜，她与良多谈及了死亡，她对良多说：“我已是将死之人”，儿子表示这样说不吉利，她说：“这和吉利不吉利没有关系，人总有一天会死的吧，我大概会死在这里。”她还让良多说说哪一种死法更好些，是卧床数年，求死不得，还是突然离去，时常托梦？

淑子已经随时做好迎接死亡的准备，一如她的扮演者树木希林。

《比海更深》是树木希林第五次出现在是枝裕和的作品中，也是倒数第二部。事实上，在拍摄这部电影时，身体里的癌细胞已经开始扩散到她的全身。

早在十几年前，树木希林被诊断出患有乳腺癌，为此摘除了右乳房，但是这并没有遏制住病情的发展，到了 2013 年，癌细胞已经扩散到全身。

在此之前，她的左眼失明却拒绝手术，在接受记者采访时，她说：“如果为了检查而切开，我无法接受。我已经看了太多的东西，甚至是很多不应该看的东西。比如说，人的阴暗面，自己的阴暗面。自己的阴暗面是不得不面对的，但外部的阴暗面，我觉得没有必要去看了，年纪也大了。”

正当所有人都认为她可能会因为病体而告别屏幕时，她却选择了另一种生存的方式。树木希林不愿在病榻上或者放疗室熬过余生，《东京塔》《记我的母亲》《步履不停》《如父如子》《比海更深》《小偷家族》……她用一个又一个经典的母亲角色，告诉世人什么叫“生命的顽强”，不论是屏幕内外，她都展现着一个生命的巨大力量。

她从不避讳自己的病情，在 2013 年日本电影学院奖的颁奖典礼上，七十岁的树木希林公布了自己的身体状况，她自嘲道：“有人总是问树木希林患癌是真是假？我老说自己早要挂了但还拍片，真是死亡欺诈呢。”她是含笑说出“死亡欺诈”的，一个人敢用“死”来自嘲，恰恰透出了“生”的豁达。

在患病期间，她接拍了主题为“以喜欢的方式死去”的广告，树木希林模仿名画《奥菲利亚》躺在水中。奥菲利亚是哈姆雷特自溺身亡的情人，莎士比亚为此写道：“她的衣服四散展开，使她像人鱼一样漂浮在水上，好像一点也不感觉身处险境，又好像她本来就生长在水中。”树木希林对此说：“如果人死后会成为宇宙的灰烬，至少要变成一颗美丽且发亮飞舞的尘埃。”

她不喜欢死亡，但毫不畏惧死亡，她只想成为一颗美丽且发亮飞舞的尘埃。

2016 年，树木希林接受杂志采访，著名摄影师荒木经惟帮忙拍摄内页，在摄影现场，她对荒木经惟说：“荒木啊，你就当今天是为我拍摄遗照吧。”镜头前，她摆出各种造型，完全不像一个病入膏肓的老人，露出了灿烂的笑容，把一个快乐的身影留给了即将离开的世界。

在与病魔的抗争中，她逐渐学会了如何从容面对死亡，甚至拥抱死亡。

面对癌细胞的快速扩散时，她说道："癌症真是令人感恩的病症啊。因为周围的人们都会开始认真地对待你，人们想着这个人也许明年就不在了吧，所以和她在一起的时间很重要啊。这样理解的话，癌症也是很有趣的吧。"

在她去世前不久，有媒体请树木希林写一段话，她发来传真写道："读过去的书，大概都讲同一个道理，自杀者的灵魂所受的苦，并不是生前所经历的那些苦，这句话是真是假，我不清楚，但我相信这句话，因为我是个软弱的人，不想亲手断送自己的性命，活成现在这个样子，不也挺有意思的吗？"

树木希林的豁达铸就了有意义的人生，过一段通透充实的光阴，然后接受命运的安排，在我看来，这大概就是"生如夏花之绚烂，死如秋叶之静美"的含义所在吧。

与树木希林合作最多也最为默契的是枝裕和导演在她去世后说："我和希林女士的合作，虽然只是她漫长的职业生涯中的最后十年多一点而已，但我们却建立了超越导演与演员的关系，共同享有一段浓厚而快乐的时光，我对此十分感激。在今年3月的时候，我被告知希林女士的癌细胞已转移至骨头，面对我们这些工作人员的沉默，希林女士反而宽慰起我们，同时她似乎很快就开始准备起了自己的身后事。到最后一刻为止，希林女士以相当精彩的、自我的方式为人生画上了句号。"

确实如此，她以独特的方式将生命的句号画得足够圆满。

（三）

人生如戏，戏如人生。

除了死亡以外，淑子一辈子磕磕绊绊的婚姻，也像极了树木希林，她与丈夫内田裕也纠葛了将近半个世纪。

内田裕也是日本当年家喻户晓的摇滚明星，30 岁那年，树木希林与他一见钟情，坠入爱河。交往了五个月，就去登记结了婚。

没想到树木希林看走了眼，爱玩、风流的内田裕也不仅在外与多名女性有染，在家更是经常对树木希林施暴，那段日子，树木希林成了家附近警署的常客。

回忆这段不堪回首的往事时，树木希林直言不讳地说：“我想趁老公睡着没防备的时候刺他一刀。但一想到要为了他坐牢，马上就不甘心地住手了。”

因此婚后仅两年，二人便开始分居，没料到，这一分居就是 43 年。

分居几年后，内田裕也提交了离婚申请，但没想到被树木希林拒绝，她给出的理由是“好不容易碰上适合自己的人，喜欢一个人，就应该喜欢他的全部”。树木希林依旧爱着内田裕也，所以不愿意轻易放手。正如她所说：“不能与内田分开的想法太过强烈，以至于把我内心的‘妖魔鬼怪’给击退了。”

放荡不羁的内田裕也索性一直“渣”下去，因为私闯民宅、敲诈等三次被警局逮捕，树木希林依然没有抛弃他，反而当着媒体替丈夫道歉。她说：“把这种人放出去，只会给大家造成更大的麻烦。有我在，他才不会越过最后一道底线。”

一如她对生命态度一样，对这段极不幸福的婚姻，树木希林当作磨砺自己成熟的必要过程，对此她说：“丈夫对我来说是值得感谢的存在。感谢被写作‘有難い’。人为何要出生，那是为了接受各种苦难而变得成熟。”

随着两人渐渐变老，以及树木希林身患癌症，长期分居的夫妻俩碰面的频率逐渐增加。她说：“历时多年的夫妻战争完结了……我们两个人都生病了，没有力气了；我 15 年前就视网膜剥离，裕也的眼睛也出过状况。如今我又得了乳癌。尔后两个老先生老太太就要互相照顾了。”身体一天不如一天的两人，已经有些折腾不动了，关系慢慢得以缓和。

两人会一起去参加节目，时不时地相约吃个饭，还定了一个一年一度的结伴旅行之约。

树木希林的女婿是《入殓师》的主角本木雅弘，在他看来，自己岳父岳母“就像钻石的原石一般纯粹，两人之间有着他人无法明白的独特的距离感，情感的沟通方式和认同方式”。

或许正是这种独特的方式，形成了外人无法理解但又颇为传奇的存在。

树木希林在做客一档访谈节目时，主持人问树木希林：“回忆起来，谁是对您人生影响最大的人呢？”她说：“丈夫。他是对我影响最大的人，现在也是。虽然他人在很远的地方，但是一直在我脑海里挥之不去。”

主持人又问：“其实你是非常喜欢先生内田的吧？”树木希林说：“不管是什么，他的全部我都喜欢。如果有来世，我有一个重生的机会的话，无论如何，我都会时刻警惕自己，不能再与这个人相见。”她给出的理由是：“如果来世再次与他相遇，我仍会爱上他而再次度过狼狈一生。”

但在几年后，树木希林还是改了口：“如果有缘再回到人间，一定要设置一个小小的茶室，和丈夫面对面度过一个安静的人生啊。”

桀骜不驯一辈子的内田裕也最终也服了软，他说：“当然是很喜欢她，但是真的很可怕。她是史上最强的母亲，最强的女演员，最强的妻子。我虽然不会向她下跪，但是我一生都秉承最摇滚的精神，由衷向她道歉。”

知道去日不多的树木希林最担心的还是丈夫，她说：“尽管我并不觉得自己有什么过错，但这么多年来一直把他晾在那里，总有些过意不去。对方的过错暂且不提，我自己的过错却一直在心头。于是我心想，不管怎样，还是先向丈夫道个歉吧。我觉得不先谢罪自己就不能死。”为此，她约丈夫见面吃饭，很正经地告诉他：“多年以来，你一定有很多不满吧。我对你做了非常不对的事，十分抱歉！”

生命最后一刻，树木希林因大腿骨折接受紧急手术，在医院她每晚都会说“想见裕也”。而她去世后，内田裕也赶来见到树木希林时，对她说着：“你很美。我从前就认为你是美人。”

2018 年 9 月 15 日，树木希林去世，享年 75 岁。半年后，内田裕也去世，享年 79 岁。家人按照他们的遗愿，将他们合葬在一起。

树木希林说过：“我死后要和他埋在同一墓地里。骨头不能说话，自然就不会吵架了。”虐恋了一辈子的两人，想必在另一个世界应该过得安静美好。

（四）

细细想来，“生死”和“爱恨”恐怕是人生中最大的两个羁绊，在此面前，许多人都败下阵来，而树木希林却顺利过关。究其原因，我想，或许是因为她活得太通透了，后来读到了她所写的《一切随缘》，感觉确实如此。

这本书的作者虽然是她，但实际上并不是一本完整的著作，而是她所写的一些文章里诸多名句的摘编，谈及了她对生活、工作、家庭、爱情、疼痛以及死亡的态度和看法，可以说是树木希林生活哲学的精髓所在。

对于不如意的生活，她坦言道：“人生不如意是天经地义的，我不会感慨人生，也不会不切实际地奢望幸福，我总觉得‘我的人生真不错啊’，遇到不顺的时候，也只会想‘自己还不够成熟啊’，这样也就过去了。”

对于和孩子们一起生活，她的态度是：“如果是为了自己，我宁愿一个人住，那样更轻松些。但是，住在一起的话，不管是我的女儿、女婿，还是他们的孩子，都可以亲身感受到我处于弥留之际。如果我们一直不住在一起，那就很难感受到了‘人终会死’，如果能够亲身体会到这一点，那么他们也将可以认真地生活。”

对于欲望和贪心，她说：“要抛弃贪得无厌的念头，不要总想着‘不应该是这样的，应该更好些的’。客观审视自己，‘能到现在这样已经很不错了，本来是不可能的’，如果能够这样想，那就不会有多余的奢求，自己会轻松得多，当然，也就不会和别人进行攀比了。”

关于生命的衰老，她的看法是：“上了年纪以后，我们会逐渐失去力量，痛疾缠身，这么说来确实很烦人，但我觉得这也是上天对我们的恩赐和馈赠。我们会因此而感到踏实——终于可以看到人生终点了。上了年纪，大家开始活得更轻松些了。”

对于自己的长相，她自嘲道：“活到现在，我觉得自己最受益的，就是自己长得不好看。因为长得难看，所以没有人会关注我，于是我就可以自由地判断他人。”

曾经有记者问她：“如果人生再重来一次，你会选择怎样的人生呢？”树木希林回答：“我不想再出生一次，我觉得人生很充实了。”

是的，就像《比海更深》中的淑子一样，树木希林一生其实过得并不容易，经历了太多的风雨和磨难，但她却觉得此生充实而无悔，正是她宽广的胸怀和豁达的人生态度，支撑她一步步走了下来，最终赢得人生的丰沛。

斯人已去，不知为何，如今提到“树木希林”，脑海中总是会浮现《比海更深》中她在阳台上与儿子一家挥别的画面，那一抹微笑成了永恒。

我们也应该笑着与她告别吧，为她充实而无悔的人生。

続・深夜食堂
ふたたび、心と小腹を満たします。
小林 薫
河井青葉
佐藤浩市
オダギリジョー
11月5日(土)
全国公開
www.meshiya-movie.com

2016 年《深夜食堂》

2016年
《深夜食堂》：慰藉

题记　人即使在悲伤的时候，肚子也是会饿的。

（一）

你呼出的白色气息此刻乘风飘散，

一点一点消失在天空的浮云中。

向着高远的天空伸出纤手的白云，

吸纳你呼出的气息继续飘游，

仿佛是很早以前的故事了，

云朵在河面上徜徉。

一首低沉的歌声后，午夜十二点，东京新宿一条小巷里的深夜食堂准时开张了，脸上有道疤痕的老板，是这里唯一的厨师，他总是不苟言笑，做菜之余，安静倾听每一个食客的心语。贴在墙上的菜单很简单，不过老板说：“可以随意点其他的菜，能做的会尽量去做。”这是深夜食堂的经营方针。

我想，许多朋友应该和我一样，非常喜欢这样的开始。而且，无论是多达五季的电视剧还是两部同名电影，都选用了同样的开头，一听到这样的旋律，便知道深夜食堂要开张了。

坦率地讲，五季的系列剧并没有全部看完，但两部电影都观赏过，相比较而言，更喜欢 2016 年公映的第二部。同第一部一样，它依旧由三个小故事组成。

第一个故事：“人啊，再伤心的时候肚子也会饿。”午夜时分，一个个食客鱼贯而入，令人意外的是，大家都穿着丧服，是刚刚参加完葬礼后来到这里。唯有一个女子虽穿着丧服，却说自己并没有参加葬礼。

她叫青冢范子，身为出版社编辑的她，有个独特的癖好，感到工作压力大的时候。喜欢穿着丧服在街上走走，转换心情后到这里吃一份炒肉定食，第二天就会感到充满干劲儿。

再次来时，她带来一个男子，一抹幸福的气息弥漫在她脸上。这次点的依然是炒肉定食，不过由一份变成了两份，这个令她心仪的男子是范子参加一次葬礼时认识的，这份恋情让她开始对生活有了新的憧憬。

不过，现实对她而言，实在有些残酷不仁，一段时间后，

她被告知，这位使她付出全部感情的男子，居然是个香典小偷，专门在葬礼上行窃并欺骗一些女士。

万念俱灰的她，又接到了爷爷去世的消息。

她从此消失了很长一段时间，又一个深夜，她突然又来到深夜食堂，只是不再身穿丧服，而是穿着颜色很明亮的衣服。这次她又带来一个男子，是在爷爷葬礼上认识的僧人，他与范子邂逅后，心中便生了世俗的烦恼，于是还俗，两人订了婚。

依旧是两份炒肉定食，彻底抹去了范子的忧伤，尽管眼神中仍有一丝不确定性，但笑容里已经满是甜蜜。

故事到这里戛然而止，不知道这段恋情是否能终获圆满。不过，对于在生活中屡屡受挫的范子而言，新的感情生活仿佛是给黑暗人生投进了一束光，让在幽暗中摸索的她有了新的盼头。

第二个故事：又是午夜时分，进来一位穿着丧服的中年女子，他刚参加完丈夫的 17 回忌，这意味着，她的丈夫已经去世 16 年了。

她一直经营着丈夫留下来的荞面馆，唯一的儿子虽已成年，但在她心中，似乎永远长不大。她当下的愿望是儿子能早日独当一面，将荞面馆传承下去。

有一天，儿子出人意料地告诉母亲自己想要结婚，对象是一个比他大 15 岁的女子。记得母亲曾说过："年龄差什么的都无所谓，只要有爱就好了"，但也只是嘴上说说而已，面对儿子的请求，她表示坚决不同意。

在她看来，儿子尚未真正独立，还没有到应该成家的地步，更何况是年龄差距很大的“姐弟恋”。她以一己之力撑起了家业，并抚养了婆婆和孩子，这让她形成了强势母亲的个性，试图掌控儿子的生活。

但是，有些东西注定是无法掌控的。

又一个深夜，食堂里的顾客只剩下这位满是郁闷的母亲，老板将一份荞麦面放在她面前，告诉她，这是她儿子做的，原来儿子一直在外面努力学习打荞麦面，希望能独立撑起面馆，让自己的母亲早日享清闲。母亲口中虽然喃喃说道：“真难吃”，但还是含着泪又笑着将一根根面条送进口中。

一碗荞麦面，在这个午夜，让她与儿子冰释前嫌。

儿子和恋人再次鼓足勇气，准备到深夜食堂去找母亲表明决心时，路边风铃摊位上的摊主故意敲打风铃，随即响起了一阵悦耳的声响，他对这对情路坎坷的恋人说：“人活得，就该像风铃一样清脆。”

镜头恰如其分地停驻在这里，与第一个故事一样，没有交代最后的结局，但我想，一定是圆满的。因为母亲已经意识到真正的母爱，在于让孩子自由地去过自己想要的生活，而不是用爱的名义来禁锢孩子，让他永远飞不起来。

第三个故事：一位老奶奶从老家来到东京，想找寻自己失散多年的儿子。初来乍到被骗的她，被警察送到了深夜食堂。

她点了一份猪肉汤定食，多年来她一直不敢吃这道菜，因为这是当年自己儿子最喜欢吃的，而在孩子很小的时候，她抛弃了丈夫和儿子与情人私奔。老人自知将不久于人世，想着了却生平最后一件心事：想知道当年被她抛弃的儿子的近况。

在众人的帮助下，老人终于见到了自己的儿子，不过是隔着车窗远远地望着。当年那个小孩子如今已经成家立业，看上去妻子贤惠、孩子可爱，看到儿子过着幸福的生活，老人心满意足。

她知道，有些伤害无法忘记，有些错误难以原谅，她虽然很愧疚，但也很欣慰。没有自己的照顾，孩子依然长成了很棒的大人，依靠自己的双手过得很好，她缺席了孩子的前半生，如今能遥望祝福已经足够，对于自己来讲，最好的赎罪就是不要打扰儿子如今安宁的生活。

了却心愿的她，临行前感谢了帮助她的这些好心人，她向老板讲述了当年离开儿子的情形，然后点了一份猪肉汤定食，她选择用儿子幼年时最喜欢吃的食物，完成心灵的自我救赎。

（二）

三种食物，三段故事。

爱穿丧服的范子，丈夫早逝的老板娘，行将离世的老奶奶，还有片尾，老板在给老人家做猪肉味噌汤时，想起亡妻生前最爱吃的就是他做的这份食物。这一切粗看似乎都与死亡有关。但是影片并未因此显得阴暗冰冷，反倒是一直笼罩在明亮的氛围中，一份份的温情在此中间悄然流动。

老板说：“正如您所见，这里是无家可归的人的聚集地。”我想，这里的“无家可归”并非真的是没有家可回，更多指的是精神层面上的。

生活在大都市里的人们，表面上看忙忙碌碌，光鲜亮丽，但对于不少人来讲，内心满是空虚和孤独，常常因“忙与盲”而陷入各自的困境。

就像片头那首《思ひで》一出来，镜头里整个都市到处霓虹闪烁，车水马龙从车窗上流动而过，所有人都步履匆匆，不知道他们究竟要去哪里，也不知道是否有一盏明亮的灯等待着他们。

不知别人感受如何，我看到的是繁华背后现代都市人的孤独。他们需要一份慰藉，一份温暖，一份关怀，而深夜食堂就是这样一个能量的供给站，它不仅安慰每个人的味蕾，更安慰每颗落寞的心灵。

有人说：“没有在深夜里痛哭的人，不足以谈人生；没有在凌晨两点半吃过夜宵的人，不足以谈生活。”深夜总是人们最困乏、最容易感到孤独和多愁善感的时候，他们来到这个小小食堂，吃着小菜，喝一杯酒，卸下奔波一天的疲惫，脱掉伪装一日的铠甲。然后你一句我一句，聊着自己或者别人发生的事情，你来我往间，本来彼此是对方生活的看客，不觉中成了相互生活的参与者。

从这个意义上说，每一位前来吃夜宵的人，都是充满了孤独感的人，在这个狭小的空间里，大家可以肆意把酒言欢，吐露心声，不必在乎外人的眼光。每个人可以任意交换不同的身份，既是倾听者，又是诉说者，有时还会成为建议者或援助者，由此这里成为心灵无处栖息之人难得的家。

我想，这便是老板所说的“无家可归人的聚集地”的真正含义吧。

所以，吃什么已不再重要，重要的是在哪里吃，以及和谁一起吃，就如电影中一位记忆力不好的老人，每天拿个小本子，会把自己吃的什么给记下来。但在新年之夜，深夜食堂主角配角都来了的时候，他却突然间决定不再记录了，这让大家感到意外，问他原因，老人说：“晚餐吃了什么不重要，重要的是跟谁一起吃！”

这句话颇为经典，表面上看人们来这里是为了填饱肚子，但实际上并非如此，更多的是想获得一种情感需求的满足，他们伴着夜色登门，带着寂寞来到这里，听别人的心事，说自己的故事，跌倒又爬起，伤心后振作，最终带着一份释怀开启新的一天。

从这个意义上来说，有了这个小小的餐厅，可以让每个来到这里的人于薄情的世界里深情地活着。

（三）

因此，如果用两个字来概括这部改编于同名漫画的电影的主题，我想，不应该是“美食”，而应是“慰藉”。

这里说的“慰藉”，就是通过心灵上的抚慰，给人内心一种力量，让其产生一种满足感。在深夜食堂里进出的人们，无疑都需要这份力量和满足感，最终大多也都得偿所愿。

这份力量最重要的来源是小林薰饰演的老板，看似冷峻的外表下有一颗柔软的心，他是一位优秀的倾听者，总是默默地听着每个食客的述说，不过多发表自己的意见，只是鼓励每个人跟随自己的内心去生活。

令人欣慰的是，这种作用是相互的，老板在其中同样获得了一份满足。当看到范子脱掉丧服后换上色彩明亮的衣服，母亲含泪笑着吃下儿子亲手做的荞麦面，老人家终于吃了半辈子都不敢碰的猪肉汤定食，看到一个个满怀心事的食客，在这个小天地里经过食物和心灵的抚慰，选择放下和释怀后，从老板的表情可以看出，他的内心充溢着一种满足感，甚至我觉得，这是他几十年来坚持将深夜食堂开下去的动力所在。

在网上看到一个真实故事，更坚定了我这样的判断。

日本长崎佐世保市，一位叫作美佐子的 91 岁高龄的奶奶，独自经营着一家食堂，一做就是 70 年，从未间断过。营业时间是每天晚上 9 点至次日上午 9 点，人们称为深夜食堂。除了上班族，店里还有一些常客，他们都开心地称呼美佐子为“妈妈”。因为生活中遇到了烦心的事，或者无处所去而来找美佐子的人也不在少数。这里，成了一个深夜治愈心灵的场所。

和电影中老板一样，老奶奶每天倾听着食客的故事，给予他们慰藉和鼓励。美佐子说：“我鼓励着他们，我也有种被这样的人救助了的感觉，也有被他们治愈的情况。”因此，对即将迎来 92 岁生日的美佐子来说，只要有人来看她，她就会继续经营着深夜食堂。她说：“我的人生是全部给了工作的人生，但只要在店里，我就觉得非常开心，所以我不想停下来。”

想必这样的“深夜食堂”还有不少，人们最初来到这里，或许是为了果腹充饥，但后来便不再限于此。这同时也解释了一个问题，深夜食堂的食物通常很简单，花样也不太多，熟客们却总是吃不腻。说到底，不是因为食物有什么神奇的功能，是这些简单的食材煮成的食物，能让人与人之间的距离拉近，每个人在相互的倾听与交流中被慰藉、被感动。

旅日作家库索写了一本关于“居酒屋”的作品，名为《我在京都居酒屋》，在题为《居酒屋平等主义》的前序中，他写道：“每天被居酒屋治愈的熟客总是独自前来，这也是居酒屋的美学——群众中的孤独。在这样的地方，即使一个人也能放松，卸下了社会身份，不必顾虑他人眼光。按照人类生活的‘三个空间’理论，能够实现‘无职业、无性别、无身份’的平等主义。”

就如同观众当初选择看《深夜食堂》一样，我想，最初可能因为这是一部美食剧，人们开始被里面的食物所吸引，但后来不再如此，更加中意于食物背后的人们可以平等相处，以及由此引发的一个个温暖的故事。现实生活中遇到挫折时往往便想看上一集，由此这部作品实现了从“美食剧”向“治愈剧”的成功转型。

很希望身边也有这样一个深夜食堂，在疲惫时可以放松内心，找寻美好。一如库索所盼望的——“于我而言，居酒屋的冒险也许有着更深刻的意义，意味着久疏交际的我，在这个城市开始试图去相遇、理解和融入，试图去建立一种日常关系。也意味着人与人之间的关系，需要相互尊重、懂得礼仪，更加需要尊重时间，是在漫长时间中才能建立的一种‘不太熟的熟人关系’。人生中许多美好关系都是如此。”

事实上，我一直在寻找，这些年来北京的居酒屋如雨后春笋，形形色色，开了许多，自己也去过不少，但总觉形似而神不似。或许是文化不同，就如同《深夜食堂》后来分别推出了韩国版和华语版，但评价都不高，很难拍出日版的那种感觉，难以使人产生共鸣。

但无论如何，追求心灵的释怀和生命的慰藉，总是异曲同工的，所以，还是决定继续找寻下去。

天色微亮，食客散去，深夜食堂结束了一夜的营业，但它还会继续下去，一定会有更多温暖的故事在这里上演。

我们期待着！

导演 张艾嘉
主演 张艾嘉 田壮壮 郎月婷 宋宁峰 吴彦姝
客串演出 耿乐 谭维维
北京海润影业股份有限公司 松泽国际影业股份有限公司
天津猫眼文化传媒有限公司
相爱相亲
LOVE EDUCATION
2017
10/27
让心回家

2017 年《相爱相亲》

2017 年

《相爱相亲》：陪伴

题记 那天做了一个梦，我梦到一个男人的脸，我怎么都想不起来是谁，后来我想到了，是你年轻的时候。

（一）

陌上花开 不忍不开 等浪蝶归来

天涯有约 落叶有情 舍不得腐坏

不敢期待 只有等待

哪怕你青丝像陌路人花白

有生之年总记得

对着陌生的脸表达最熟悉的爱

不要问谁更无奈

不要问一个人在外 为何徘徊

聚散离合没该不该

谁也没欠谁的债

只要 还我一颗尘埃

陌上花开 开得太快 谁迫不及待

梦里花开 天天在开

天色已斑白 看不清谁缓缓归来

这首唯美且颇具意境的歌曲，是电影《相爱相亲》的主题歌，即使没有看过这部电影，似乎也能从歌中听出影片应是讲述关乎女人情感的故事，不过不是一个女人，而是三个女人。

在 2019 年一个盛夏的午后，窗外雷声隆隆大雨滂沱，我在家中安安静静地重温着这部影片，此时距离它公映已经过去两年了。

相爱相亲，名字听上去足够温馨，但却是以一场死亡作为开头。

影片的第一个镜头里充满着洁白，墙壁、窗帘、病床，在强烈光照的映衬下，白得甚至有些晃眼。躺在病床上的是女主角岳慧英的母亲，她已经进入了弥留之际，一直努力想说些什么但却最终没能说出来。

慧英觉得母亲的临终心愿应是与父亲同葬共坟，这个遗愿实现起来并非易事。因为父亲在遇到母亲以前曾在乡下老家有房婚事，父亲去世后归葬老家，一直未改嫁的父亲的原配妻子看护着坟墓，由此一场关于“迁坟”的激烈冲突不可避免上演，剧情也由此展开。

剧终人散，却发现有些闹腾的迁坟原来只是一个由头，影片真正讲述的是三个不同时代女人的感情故事以及由此折射的爱情婚姻观。在导演张艾嘉看来，三代人的观念可以简单概括为：“老一辈相信一辈子，中年人信奉一句话，年轻人贪恋一刹那。”

老一辈就是片中的“姥姥”，慧英父亲的原配妻子。她没有自己的名字，17 岁嫁入岳家，依照惯例冠上夫姓被写入族谱，称作“岳曾氏”。婚后不到半年，村里缺粮闹饥荒，丈夫为谋生计，孤身一人到城里去打工，但没想到这一走便没有回来，后来还跟别的女人重组家庭。而她一等就是几十年，最后等来的却是他的棺材。她赢得了全村人的尊重，村口为她矗立了一座贞节牌坊，但却无法得到一个男人的心。

尽管如此，她依然觉得这个男人对自己是有感情的，她手里拿着当年他给她的信，流着泪说：“你看他在城里，每个月都给我寄生活费，那次还多给了我五块钱，让我做身衣服，我做好穿着拍照片给他。”对一辈子守着孤坟的姥姥来说，爱情是旧得泛黄的家书，是家谱里的“岳曾氏”，是一生的坚守和等待。

中年人是岳慧英，她在年轻时喜欢上了当兵的尹孝平，尽管她考上了师范院校，成了一名当时的“天之骄子”，但她依然不改初衷，选择了各方面条件都不如自己的爱人，并且在丈夫服役期间，坚持每周去公婆家帮忙做家务。

但是岁月无情，几十年的琐碎磨灭了彼此的激情，即将退休的她变得焦虑多疑、情绪暴躁，经常处于失控的边缘，与女儿之间常常爆发冲突，也无视丈夫对自己的包容和体贴，反而怀疑起作为驾校教练的丈夫与学员王太太的关系。对更年期的她来说，爱情是模糊的青春记忆，是沉默平淡的陪伴，是死水一般的生活。

年轻人是慧英的女儿薇薇，她邂逅了酒吧驻唱歌手阿达，并喜欢上了他。但是阿达只有梦想，没车没房没存款，但她并不介意，想着偷出户口本与心爱的人领结婚证。她可以不要车房，不要存款，不管未来怎么样，只要两人能愉快地在一起就足够了。对于青春时代的她来讲，爱情是刹那间心电感应，是天天的耳鬓厮磨，是今宵有酒今宵醉的开心。

该片的编剧游晓颖说：“每一代女性，都会完成不一样的使命，也有不同的价值观，姥姥这一代人可能不会思考问题的对错，她就去做了；母亲这一代可能就会想‘我的等待值不值得’，所以她会告诉女儿‘不要等’，但同时她自己却始终困在这段婚姻关系里，固守在自己母亲的角色中。这就是有人说，为什么女人一旦结了婚生了孩子，就突然变得不可爱了；而对于薇薇这一代人来说，他们所秉持的就是‘我要的就一定要得到’，比如影片中阿达说‘我要去北京了’，薇薇就说‘那我不会等你’，虽然她哭了，但我们看到她真的做得出来。”

《相爱相亲》就这样用平实无华的叙事，展示着当下变革时代背景中，每一代人面临的困惑与彷徨。有老一辈对爱近乎偏执的坚守，有年轻人活在现实和梦想夹缝中的艰难，还有中年人虽平淡但相守不相弃的坚持。

（二）

或许因为自己步入中年，最能引发共鸣是慧英和她老公尹孝平的情感。

她们的生活，就像中国千千万万的中年夫妇一样，人生已过了大半，几十年的婚姻生活，使得曾经浓烈的激情变得平淡异常，但是彼此的爱并没有消逝，而是藏在了心底。尽管时常有争吵，也不会把“爱”天天挂在嘴上，但相互迁就着，相守相扶着，最终把对方变成了亲人的模样。

就我来看，这似乎是一种再正常不过的转化。

曾经看到一篇关于研究激情期的文章，说生活中那种为了爱情发疯甚至要死要活的，其实都是一种叫作“多巴胺”的神经传导物质在起作用，在人们陷入热恋时，这种物质会被大量地分泌。但遗憾的是，多巴胺对同一个个体只能维持 6 个月到 4 年的时间。

无论是否相信这个理论，但有一点却不可否认，便是两人不可能一辈子都处在激情之中。其实，这是再正常不过的事情，没有什么可担心的，激情的消退并不意味着爱的褪色，它通常会以另一种形式表现出来，一如片中的慧英夫妇。

电影中尹孝平尽管不支持妻子到处去开父母亲的结婚证明，但还是陪着她不厌其烦地去找街道办、去民政局、去乡下……教师节的时候，他也会费尽心思给身为教师的妻子挑一张合适的卡片，并写上自己的心里话：

“英：

以往日子清苦，总盼着能过得好点，如今日子变好了，感情反而淡薄了，这么多年，你心头有什么不快乐的，那真是我的错，别跟自己过不去，洗个澡好好睡一觉，咱们的路还长着呢！

——孝平”

这段文字非常朴实，一如他们之间的情感一样，不过，细细一品，会感觉到于平淡中蕴含着一种无以言状的深情。我想，那些羁绊了半辈子的中年夫妻，想必对信里的每个字都会感同身受。

从他们的身上，似乎可以得出这样的结论，中年未必不能保持爱情，反倒是，当生活的激情退却，真正的爱意才开始涌现。从这个意义上来说，淡淡的相守和陪伴，或许才是爱情应该有的模样。

由此想起人们常说的一句话——“陪伴是最长情的告白，相守是最温暖的承诺”，对这句话可以从不同角度理解，就我的认识，它说出了爱情和婚姻能够长久的根本所在。之所以如此说，是因为时间是生活最大的敌人，婚姻和感情当然不会例外。“多少同林鸟，已成分飞燕”，许多感情没有走到头，并非因为物质或其他什么，而是败给了时间。

“相爱容易相守难”，时间最能检验一份情感的成色，我们所看到能够相濡以沫且和谐快乐的婚姻，正是因为两人用相互的陪伴筑起一道堤岸，成功地抵御了岁月潮水的不断侵蚀。

从这个意义上说，陪伴既是爱的一种体现，更是一个基本要求。

诚然，成年以后的生活没有“容易”两个字，有一句话说：“当我搬起砖头时，我无法拥抱你；当我放下砖头时，我却无法养活你”。言外之意，鱼和熊掌不可兼得，生活的压力使得没有时间去表达爱，甚至严重挤压了相伴相守的空间。

仔细想想，这种将生活压力与情感守护完全对立的说法并不能站住脚。事实上，只要愿意，总还是能找到时间。更何况，陪伴并不是要时常卿卿我我，也并非朝朝暮暮都在一起，它意味着一种关爱，一种尊重，一种体谅，一种成全。

（三）

影片的三个女人感情的结局，正是印证着相守的力量。

姥姥进城后看到了丈夫的照片，她虽然踮起脚跟后努力端详，但已然认不出对方的面容。回到乡下后，收到了经过PS的她与丈夫的合影，却被雨水淋湿，她用手一抹，连仅存的假照片也不复存在。但这一抹，将她的心结彻底解开，让她放下一直以来的执念。她主动为丈夫迁坟，吹吹遗体残骸上的尘土，淡淡地说了一句“我不要你了”，结束了一生的等待。

冷静下来的薇薇和阿达收敛了恋爱的疯狂，面对现实的茫然与困境，阿达决定继续向北寻求梦想，而薇薇决定留下来，她说：“我不会等你的，真的不会等你了。”

姥姥和薇薇经历了一系列变故后，最终选择了放下。

岳惠英和自己丈夫则重新上路，电影的结尾，张艾嘉饰演的岳慧英和田壮壮饰演的丈夫尹孝平的对话，被不少观众奉为近年来最经典的夫妻对话。

尹孝平开着新车来接刚退休的慧英，车里播放着崔健所唱的《花房姑娘》，他记得当年和妻子的约定：退休了以后，要开着车，听着歌，去兜风。

不过，慧英只关心这车什么时候买的，花了多少钱。孝平说：“我记得你说过，等咱俩退休后买一辆属于自己的车，我们一起去兜风。现在车有了，歌也有了，你倒没兴致了。”慧英说：“我现在哪儿也不想去。”

孝平沉默了一会儿说：“可能是我的错吧，这么多年，让你受了太多委屈。如果你要是愿意的话，我可以放手，你可以重新过一次。我肯定要出去一次，有你在最好。你要是不在，我就自己去。”慧英哽咽道：“那天做了一个梦，我梦到一个男人的脸，我怎么都想不起来是谁，后来我想到了，是你年轻的时候。”接着她颇为激动地说：“以后不准让王太太坐这个车子。”

孝平觉得妻子“吃醋”的样子很有意思，慧英说：“我每次难过的时候你都很开心。”孝平说：“你在乎我，我当然很开心了。”

镜头里的车子渐行渐远，应该能想象得出，他们定会彼此会心微笑，一切都已释怀，今后依然将走在相守相伴的路上。

相对于姥姥的“我不要你了”和女儿的“我不会等你”背后的无奈，岳慧英所说的“不准让王太太坐”，则有一种不可言状的幸福感觉藏在其中，这无疑是两人多年来共同孕育的一种默契。任凭生活中经历什么样的风雨，终有一人陪伴左右，即使岁月的流逝模糊了眼睛，忘记了各自年轻时的模样。但总是有一种温暖支撑着彼此的信念。

在这部电影中，张艾嘉再次运用了她很擅长的老、中、青的三段式叙事结构，上一次是在《20 30 40》中，这同样是一部我很喜欢的影片。

李心洁饰演的20岁的马来西亚女孩小洁，来到台湾圆一个歌手梦。她看上去透明洁净，像是春天第一点新绿，满怀着对未来的憧憬，即使受到一些挫折，依然对明天保有执着的向往。刘若英饰演的30岁空姐想想，陷入几个男人的追逐中。她不知道谁最适合自己，同时又怕错失了而后悔，只能用感情的纠葛来填充寂寞的生活。张艾嘉饰演的40岁的花店老板，本来生活还算如意，突然发现老公家外有家而离婚，失落的她到夜场去狂欢，试着多交几个男朋友，但最终发现自己似乎已经丧失寻求幸福的资格。

两部电影结构相似，但所要表达的主题却不同。

《20 30 40》展示的是一种女性的年龄焦虑，20岁寻找爱，30岁不敢爱，40岁不能爱。而《相爱相亲》展现的人物情感关系更加丰富多元，借由家族三代女人对爱情婚姻的态度，从嫁给一个人就是一辈子，到选择相爱的人携手到老，再到爱得轰轰烈烈但能够随时转身，拼出三代人的情感图景。

如果仔细一些，会发现这部电影片名叫作《相爱相亲》，而非通常说得“相亲相爱”。故意将“亲”和“爱”前后颠倒，应该是想阐述两个字的内在关联和不同含义。从字面理解，相爱才能相亲，“爱”是“亲”的前提，就如慧英夫妇一样，如果没有当年的相爱，也不会有后来浓厚的亲情。

不过，还有更为深刻的一层含义，一如64岁的张艾嘉所说：“本来是相亲相爱，后来改成相爱相亲，我想用相爱相亲，因为爱是原有的，我们本能都有。有了爱以后，你才慢慢知道你要体谅别人，包容别人，关心别人，这是一种教育。”

正如这部电影的英文片名 *Love Education* 一样，对此张艾嘉在一次采访中阐释道：“为什么这部电影的英文名字叫作 *Love Education*——爱的教育，（电影里的）这件事结束以后其实大家都成长了，都在这一件事当中做了某种决定，那这个决定都让自己往前走了一步，而不是原地踏步。”

同样的，对张艾嘉自己来讲，一直也没有原地踏步，从“爱的代价”到“爱的教育”，二十多年来她对于爱的感触逐渐发生着一些改变：“越来越觉得，希望爱是可以更自在的、更自然的在发展。怎么去表达爱、珍惜爱？这是需要教育的，需要自己去努力维持，学习相处的。”

张艾嘉说得没错，人的一生，就是在学习爱、感受爱的过程中度过的，对于这一点，已过中年的自己感受颇深，尽管还有不少迷惘，甚至困顿，但我想只要在这场“爱的教育”中，不断地学习、体悟和实践，终会获得救赎。

很喜欢这部电影的一张海报，繁花盛开，落英缤纷，一家五口站在树下，每个人脸上都洋溢着甜蜜的微笑。正是“爱”让他们放下了彼此的执念，告别冲突和纷争而重新弥合在了一起！

感谢张艾嘉！

WINNER
VENICE
2017
WINNER
TORONTO
2017
BFI LONDON
2017
WINNER
SAN SEBASTIAN
2017
WINNER
SAN DIEGO
2017
FRANCES McDORMAND
WOODY HARRELSON
POLICE
SAM ROCKWELL
THREE
BILLBOARDS
OUTSIDE
Ebbing,
MISSOURI
IN THEATERS THIS NOVEMBER

2017 年《三块广告牌》

2017年
《三块广告牌》：仇恨

题记　愤怒只会招致更大的愤怒！

（一）

2019 年 7 月 18 日，章莹颖案陪审团作出最终裁决，判处被告克里斯滕森无假释可能的终身监禁，一场牵动无数人心弦的审判终于落下帷幕。

就在 769 天前，克里斯滕森假扮成卧底警官，说服章莹颖上车，并将其绑架回公寓，对其进行强暴，然后残忍地杀害了她，最后弃尸他处，直到现在遗骸丢弃的地点还不明确。

这个本科毕业于中山大学，硕士毕业于北京大学，后被邀请到美国做访问学者，原本计划于几个月后结婚的女孩，正当人生的精彩徐徐展开时，一切被彻底扼杀在一个残暴的凶手手中，美好的生命永远定格在了 26 岁。

案件宣判后，两年来受尽煎熬的章莹颖的父亲发表了如下声明：

“陪审团已经做出决定，庭审也已经结束，莹颖却仍然没有回家。我们的目标从来就是，也将一直是带莹颖回家。除非做到了这一点，我们将不会得到平静，也不会放心。我们感谢本案的陪审团，以及在本案中致力于伸张正义的人们。他们严肃认真地对待职责，遵守法律，因为他们理解法律在本案中的意义。

我们理解一位或几位陪审员不能做出对被告判处死刑的决定。尽管我们不同意这样的结果，我们可以接受罪犯将在监狱里度过余生，这将在一定意义上弥补我们的创伤。我们希望他在监狱里面的每一天都感受到我们失去莹颖所感受到的痛苦。

我们再次感谢检察官、警官和其他执法人员为莹颖讨回公道所付出的努力。我们感谢法庭人员在庭审中对我们的照顾。我们感谢伊利诺伊大学和伊州中部的中国社区，也感谢所有在美国、中国和世界各地支持我们度过难关的人们。我们被所有人带来的善意和友谊感动着。

现在，庭审已经结束，陪审团也做出了决定。我们要求被告无条件地告知我们莹颖的下落。如果你的灵魂中还残留有任何人性，请帮助结束我们的煎熬。请让我们带莹颖回家。”

对于章莹颖的父母，虽然罪犯最终没有被判处死刑，但将这个恶魔一辈子关在监狱里直到死去，多少还算弥补了些许内心的创伤，他们最后的期盼只有一件事——带莹颖回家！

这段文字读上去感觉很理性，不过，也能够体味到在非常克制的字里行间渗透着浓浓的悲伤、愤懑和无奈。

人们常说“感同身受”，但是章莹颖父母失去爱女后那份深入骨髓的绝望，除了当事人以外，其他人是很难体会到的，就如同她的母亲所言：“我该怎么继续活下去，我真的不知道该怎么继续活下去。”

这让我想到了另外一个母亲——电影《三块广告牌》的女主角米尔德雷德。

（二）

这部电影同样讲述一个心碎的故事，故事发生在 1980 年代末期密苏里州的一个小镇上，与丈夫婚姻走到尽头的米尔德雷德再遭打击，她的女儿外出时惨遭奸杀，案子一直没有被侦破，米尔德雷德因此对当地警局非常不满，她找到广告公司，租下高速公路旁边原本废弃的三块巨幅广告牌，上面用扎眼的红底黑字写着：

“女儿被强奸致死”

“凶手至今逍遥法外”

“威洛比警长，怎么回事？”

她将矛头直指小镇警察局局长威洛比，控诉警方破案不积极而导致一直抓不住真凶，米尔德雷德这种“激将法”的方式，给威洛比警长带来前所未有的困扰与压力，在镇上引起了轩然大波，并在很大程度上改变了片中几个主要人物的命运。

米尔德雷德的做法并没有引发人们的同情，因为她指控的威洛比警长是镇上公认的好人，在警局，他是个好警官、好上司，在家里，他是个好父亲、好老公。相反，威洛比自身的命运引发了更多的同情，因为他已经身患绝症，生命进入了倒计时。

米尔德雷德却不管这些，在她心中只有一件事——破案抓人。尽管威洛比和她解释说警方已经很尽力，但抓到的所有犯罪嫌疑人的DNA都无法匹配，并说自己得了胰腺癌，马上就要死了。但米尔德雷德依旧不依不饶，一副不达目的决不收兵的样子。在她看来，和女儿的惨死相比，其他任何人的遭遇都不值得一提，即使去日不多的威洛比也是如此。

米尔德雷德的执拗和不近人情是有原因的，她和曾经做过警察的前夫之所以离婚，是因为前夫经常对她家暴，离婚后前夫竟然与一个不到二十岁的女友同居，而她却孤苦伶仃，活脱脱一个受害者的形象。

不过，可怜之人必有可悲之处，她看上去像是一位伟大的母亲，为了女儿不惜怒怼警察局。实际上她并非一个好妈妈，女儿的出走恰恰是因她所致的。

女儿晚上外出向米尔德里德借车。由于气恼女儿偷偷吸大麻，米尔德里德拒绝了借车请求，母女俩为此发生争吵，愤怒的情绪节节攀升。最后，米尔德里德连坐车的钱也不给女儿，不理智地要求女儿在深夜里独自步行。女儿愤然出门，不惜诅咒自己：“我希望我在路上被人强奸！”气愤到失去理智的米尔德里德追着咒骂道：“是吗？我也希望你在路上被强奸！”

虽然女儿是一个不服管教的问题少女，但作为母亲说出这样的话还是让人瞠目结舌，没想到一语中的。为此她感到很自责，觉得没有尽到一位母亲的责任，间接促成了女儿的死亡。

因此，她痛恨警察，有警察局未能及时破获案件的原因，也有频繁家暴她的前夫曾经是警察的影响，这些愤懑情绪的累积，导致她用“三块广告牌”点燃了矛盾的导火索。

威洛比警长最后选择了自杀，他不愿意让妻女看到他被病痛折磨的样子，死之前，他带着妻女在郊外度过了愉快的一

天，还出人意料地给处处和自己作对的米尔德雷德支付第二个月的广告牌费用，然后给妻子、米尔德雷德和脾气火爆、崇尚暴力的下属狄克森分别写了一封绝笔信。

他给妻子的信中说他自杀的原因是不愿意让家人及自己经受接下来的疾病的残酷折磨。

他给米尔德雷德的信中首先对没有抓住奸杀她女儿的凶手而道歉，然后告知为她付了广告牌的租金。

他给迪克森的信中写道："放下怨气，你知道要成为一名警察，需要的是爱，因为内心平和才能深刻思考，你甚至不需要一把枪，当然也不需要怨恨，怨恨解决不了任何问题。"

威洛比的死将影片推向了高潮，米尔德雷德更加成为众矢之的，不仅处处遭受白眼和刁难，三块广告牌也被人付之一炬。

有些走投无路的米尔德雷德在一个深夜将燃烧瓶扔向了警察局，不巧的是，因殴打广告公司员工被解职的狄克森正在警局里读着威洛比的遗信，被烧伤的他逃命时带走的唯一东西是米尔德雷德女儿案件的卷宗。

这把火成了整个影片的转折。

寒冬渐渐消逝，开始涌动着一阵阵暖意，最先悔悟的是狄克森，他的病房里遇到了被他打残的广告公司年轻人，他痛哭道歉，没想到这位年轻人对他说："别哭，眼泪会让伤口更疼"，然后，一瘸一拐为他递上了有吸管的橙汁。

接着一股股暖流进入了米尔德雷德的内心，她火烧警察局后，卖车的侏儒挺身而出，为她做伪证保护了她。病愈后的狄克森为了取得犯罪嫌疑人的 DNA，故意去激怒对方被暴揍。看到了这些，她心里的坚冰渐渐融化，直到听到前夫那位不到二十岁女友所说一句话——“愤怒只会招致更大的愤怒”，这句话似乎触动了她，使得她内心不断喷发的火山渐渐平息下来。

一个晴朗的清晨，她和狄克森踏上了复仇之路。能否成功，电影并没有给出答案。不过在车里，米尔德雷德告诉狄克森警局是她烧的，狄克森淡淡地说：“除了你还会是谁呢？”两人相视一笑，车窗外满是浓浓的绿色和阳光的影子。

（三）

这部影片获得了 2018 年奥斯卡奖诸多提名，并最终斩获了最佳女主角奖，在我看来，它最大的成功之处在于拒绝“贴标签”。

米尔德雷德看上去一身正气，但却不是一个好母亲。而且被前夫家暴的她，本身也充满着暴力倾向。她咒骂女儿愿她在路上被人强奸；牙医只是替警长说了几句话，她就用电钻把牙医的拇指钻伤；他的朋友被警察打伤，她就用汽油瓶火烧警局……

警员狄克森暴力蛮横，种族歧视，殴打黑人，还对广告公司的职员大打出手。与其说他是个警察，不如说更像个流氓，但就是这样一个人，在大火中舍命保住了奸杀案的卷宗，为以后的破案保留了可能。

因此，很难简单地评价谁是好人或坏人，没有绝对的正义，也没有绝对的邪恶，只体味到每个人身上似乎都有一种独属于自身的“凄凉”。

可是谁又愿意凄凉呢？又有谁不渴望亲切的关爱？就像片头出现的那首歌曲——“The Last Rose of Summer”中唱到的那样：“当真挚的心已枯萎，所爱的人已逝去，谁还愿留在这荒冷的世上独自凄凉？”

没有人愿意独自凄凉，所以影片最终选择了和解，通过后来米尔德雷德与警方关系的缓和，彰显人性向善的转变，说到底，暴力并不能解决所有问题，人与人之间是可以和平相处、友好沟通的，如果能多一分理解和包容，就不会有那么多的纠纷与矛盾。

从这点上说，这是一部“冬尽春来”的影片。由愤怒引发的故事，最终归结为爱与善意。就像威洛比警长遗言里所说的：“只有通过爱才能达到内心的平静，通过内心的平静才能拥有思想，它们才能解决问题。”

这样的话好像没有错，仇恨终究不能解决仇恨。相反，在很多时候，由仇恨所产生的狭隘和暴戾，除了毁灭自身外，好像没有什么积极的东西可言，如影片中那句点睛之语：“仇恨只会招致更大的仇恨。”米尔德雷德一度对仇恨的宣泄，不仅对于化解仇恨毫无益处，相反还带来了新的伤害。

道理是这个道理，但是从电影回到现实，转念一想，如果我们是章莹颖的母亲，说这样的话，似乎有些过于轻松了，如果遭遇了这样透彻的伤痛，有几个人能够“云淡风轻”呢？又有几个人能将仇恨抛弃，选择拥抱“宽恕”呢？

仇恨和宽恕，似乎是人类永恒的话题。

无论是圣人还是宗教，都教导我们要远离仇恨，选择宽恕，基督教所言：“人人都是有罪的，人要不断地学会忏悔。耶稣为了拯救人类，被钉在十字架上，用仁爱的力量去宽恕一切有罪的人。”佛家也有慧语：“仇恨永远不能化解仇恨，只有慈悲才能够彻底化解仇恨。”

反种族隔离斗争领袖纳尔逊·曼德拉是这种宽恕文化的实践者，经历了20余年牢狱之灾的他，在出狱后说：“当我走出囚室迈向通往自由的监狱的大门时，我已经清楚，自己若不能把痛苦与怨恨留在身后，那么其实我仍在狱中。”他呼吁：“把武器扔进海里”，而不是“把白人扔进海里”。由此，他成为一位仇恨的终结者。

苏联著名作家叶夫图申科在《提前撰写的自传》中，讲到过这样一则关于“宽恕”的故事：1944年的冬天，饱受战争创伤的莫斯科异常寒冷，两万德国战俘排成纵队，从莫斯科大街上依次穿过。马路两边挤满了围观的人群。大批苏军士兵和治安警察划出了一道警戒线，用以防止德军战俘遭到围观群众愤怒的袭击。

这时，一位上了年纪的妇女走出了围观的人群。请求警察允许她走进警戒线去看看。她来到了俘虏身边，将一块黝黑面包塞给了一个拄着双拐艰难挪动的年轻俘虏的衣袋里。年轻俘虏泪流满面，扔掉了双拐，跪倒在地上，重重地磕了几个响头。其他战俘受到感染，也接二连三地跪了下来。于是气氛一下子改变了，妇女们纷纷涌向俘虏，把面包、香烟等东西塞给了这些曾经是敌人的战俘。

叶夫图申科在故事的结尾写了这样一句话：“这位善良的妇女，刹那之间便用宽容化解了众人心中的仇恨，并把爱与和平播种进了所有人的心田。”

遗憾的是，我们注定成为不了耶稣、释迦牟尼、曼德拉，甚至也无法成为那个善良的老妇人，绝大多数人做不到“以德报怨”，因为一直有种执念在心头，那便是——“曾经对你作恶的人，可能并不会因为你的宽恕而停止作恶。有时候，你的宽恕在对方眼中，可能只是自以为是的善良。”换句话说，宽恕真的能换来罪恶的终结吗？更往深处想，“圣母般”的宽恕是否又是另一种纵恶呢？

事实上，影片中米尔德雷德最终也没有放下对凶手的仇恨，她放下的仅仅是对警局的所谓的“仇恨”，先前她把对凶犯的仇恨转移到了警察身上，但仅仅是一个转移。所以最终她还是与狄克森一起踏上了复仇之路，决心要将奸杀女儿的凶手置于死地。

但是报复会将她从深渊中解救出来吗？有没有可能陷入另一个深渊？说不清又道不明，看上去似乎是一种悖论。归根结底，因为生活太过复杂，不是喝一杯心灵鸡汤就能解决的。

出路在哪里呢？我想到的答案是——时间。

“时间是治愈一切的良药。”这句话听上去很老套，但确实很有效。大多数情况下，宽恕治愈不了伤痛，最终能治愈痛苦，带我们走出仇恨的可能只有时间。

影片最后的一首歌中唱道：“如果，我能永远拥有你的爱，就让生活驶入光明的地方。”是的，生活的道路很长，无论遭遇什么样的伤痛，总不能让仇恨一辈子都如影随形，毕竟太阳明天照常升起，人生还要一步步走下去，经历了重重黑暗，随着时光流逝，终究还是要驶入光明的境地。

chris
evans
mckenna
grace
lindsay
duncan
jenny
slate
+ octavia
spencer
gifted
from the director of
'(500) Days of Summer'
coming soon

2017 年《天才少女》

2017 年

《天才少女》：尊重

题记　能够让对方接受到你的情感，就是一件很重要的事情。

（一）

2019 年 2 月 15 日，这一天似乎注定要发生什么。凌晨 3 时左右，便从睡梦中醒来，辗转反侧，无法安睡，索性到书房提笔创作。6 时过后，外面的天色已有些蒙蒙亮，突然有了些许睡意，便回到卧房想着补一个“回笼觉”，刚刚入睡，便听到儿子冲进来大声地叫着：“我收到纽约大学的 offer 了！”当时不知是在梦里还是现实中，努力睁开眼，看着他喜悦的神情，才知道一切都是真实的。

这个结果无疑是理想的，因为纽约大学是他的目标校，能够申请成功算得上得偿所愿，为他的中学生涯画上了一个圆满的句号。

兴奋劲儿并没有持续太长时间，倒是随着出国时间的临近，一种难以言状的离愁别绪开始蔓延上心头，直到在机场目送他的背影消失在出境海关，恍然间似乎体味到龙应台那句话的真意——“我慢慢地、慢慢地了解到，所谓父母子女一场，只不过意味着，你和他的缘分就是今生今世不断地目送他的背影渐行渐远。你站在小路的这一端，看着他逐渐消失在小路转弯的地方，而且，他用背影默默地告诉你：不必追。”

初次有这样的感觉，大约是在他初二时，儿子参加了一个到英国游学的夏令营，那是他第一次没有父母陪伴出国。我们送他到机场，千叮咛万嘱咐，告别时照例拥抱，然后他便拖着大大的行李箱，头也不回地走了。我们站在那里，安静地看着他的背影远去，逐渐消失在人群之中。

不知怎么的，从那时起便隐约的感觉，我们的落寞，终于要与一个背影有关了。

生命就是这样往复循环，依稀还记得二十多年前的夏天，父母到火车站送我到北京读大学的情景，火车开动时，我看到他们站在那里，默默地看着列车远去，一如我在机场看着自己的孩子消失在人群中一样。

我们的父母目送我们远离，然后我们目送自己的孩子远去，一代人和另一代人注定都要经历这样的别离，然后回到各自生活的原点。

落寞之余，略感欣慰，他终于健康地长大了，并且成功迈出了人生中非常重要的一步，我们作为父母来讲，身上所肩负的教育责任可以有个阶段性的总结。

说起“教育”，在我看来，这恐怕是最让人费心和头疼，同时也是最为重要的事情，似乎没有之一。

原因在于我们孕育一个生命，就肩负一种天然的使命，要让他（她）在这个世界上获得幸福。能否实现这个目标，教育的作用至关重要。特别是当他们还是未成年的孩子时，人生尚不能由自己左右，许多选项没有能力去分辨和选择，就需要教育来引导，这对每个家长而言都是一个重大考验，好的教育可以让孩子受益终身，错误的教育则可能使他们的人生过早的黯淡。

那么，什么是好的教育呢？长期以来，对于这个问题，仁者见仁智者见智，有人觉得应该顺从孩子的天性，让他们快快乐乐地长大，有的则认为虎妈虎爸没什么不好，严格的管教更有助于孩子成才，关于哪种方式属于终极正确，好像很难讲清楚，毕竟都有成功的案例，也都有失败的教训。

对于我来讲，和许多家长一样，时常在两种方式中彷徨，很长时间里都是“摸着石头过河”，只是孩子上了高中后，似乎才感觉摸索到些许门道，隐约的觉得教育的真谛在于——爱与尊重。

直到看过《天才少女》后，更加坚定了这样的想法。

（二）

这部影片开始于一个阳光异常灿烂的早晨。

在这一天，七岁的小女孩玛丽开始了自己的学生生涯，她似乎并不情愿，当所有孩子争先恐后举手回答老师关于“2+2=？”问题时，她流露出一种不耐烦的神情，老师捕捉到了她的情绪，让她站起来回答问题，这些题目对她而言实在太小儿科了，她轻描淡写说出答案后，接着一口气算出 57 乘以 135 等于多少，顺口还开了个平方，这下彻底把老师惊呆了。

没错，这个因在换牙期而缺三颗门牙的小女孩，在数学方面有很高的天赋。

这应该与遗传有关，她的外祖母伊芙琳是剑桥大学数学系的高材生，她的母亲黛安是位数学家，年纪轻轻就获得很高的学术成就，然而黛安却在生命中最美的年华选择了自杀。

黛安的死与母亲伊芙琳有关，伊芙琳想让极有天赋的女儿成为一流的数学家，解开悬而未决的方程式，实现自己的梦想。因此，她从小将黛安禁锢在家中研究数学，没有伙伴，没有娱乐，没有体育活动，没去过夏令营，没当过童子军。

黛安没有童年，没有快乐，没有自己的生活。零社交的她除了算术，几乎没有任何社会经验，长大后结识了一个渣男，怀孕并生下玛丽后，觉得生无可恋，最后选择了自杀。

临终前黛安没有将自己的女儿交给母亲，而是托付给弟弟弗兰克，她希望女儿不要走自己的老路，可以像普通的孩子一样自由快乐地成长。

然而，得知外孙女拥有超人的数学天赋的消息，伊芙琳出现了。她想把玛丽从弗兰克身边带走，为此不惜与自己的儿子对簿公堂，争夺对玛丽的监护权。

对此，玛丽的态度很明确，她说：“He wanted me before I am Smart.”七岁的她心智意外成熟，心里很清楚舅舅对自己的爱是无私的，不管她是否拥有天赋，他都会爱她，这份爱朴实纯洁，不苛求获得什么回报。而外祖母看中的只是她的天分，而不是她本身。

关键时刻，弗兰克产生些许动摇，毕竟他没钱，没有房子，没有钢琴，没有能让玛丽成才的条件，于是他同意将玛丽寄养在一个富裕家庭里。但后来发现这个家庭被伊芙琳控制，玛丽像当年的黛安一样被天天关在家里学习数学。

他不顾一切将玛丽抢救出来，他们拥抱着、欢泣着，承诺永不分开。

影片的结局充满着好莱坞式的圆满，玛丽最终上了不错的学校，能够发挥她的天赋，更重要的是，下课后可以和其他孩子一样开心地玩耍。

美好的结局是为了吸引观众，而现实往往并不尽如人意。但即便如此，这部影片自有它的可贵之处，那便是通过两种教育观的冲突，回答了先前的那个问题——什么是好的教育？

伊芙琳教育方式是“控制型”的，她想让孩子成为实现自己梦想的工具，用一种近乎窒息的方式将自己女儿慢慢杀死。在我看来，这实际上是一种“恨”的教育，逼得黛安走上不归路，也让她把这份仇恨永远记录在自己母亲身上，所以她不让伊芙琳知道自己已经解开了方程，也不愿把玛丽托付给伊芙琳。

不过，批判伊芙琳很容易，然而，什么是正确的方式呢？我觉得影片给出的答案，就是先前提到的四个字——爱与尊重。

从心理学的角度讲，人的成长过程实际上是一个心理成长过程，而不是一个智力成长过程，智力成长是附着在心理成长之上的。因此尊重孩子的自然发展，为他们的发展带给适宜的精神与物质环境，是每个父母的责任，由此才能塑造积极健康的心理。如纪伯伦所说：“你的孩子其实不是你的孩子，孩子是他们自己，尊重孩子，才是父母最温暖的养育。”

从教育学的角度讲，教育是一个综合体系，除学业外，更应看中健康的身体、健全的人格以及人的全面发展，这才是孩子将来能够获得幸福的根基，教育本身就是要从小打好这个基础，让孩子感受爱与尊重，学会爱与尊重，传递爱与尊重，从这个意义上说，爱是最美的教育，尊重则是最大的信任。美国教育家爱默生说：“教育的秘诀是尊重学生。”这虽然是对老师来讲的，但我觉得，对孩子的父母们同样适用。

从一些现实的案例中，可以发现，在孩子的教育中，无论父母的文化素质如何，只要能够给予孩子充沛的爱以及无所保留的尊重，孩子同样可以有所成就。

曾经在网络上看到这样一个故事，有个美国普通家庭培养出两个藤校博士，他们的父母是新一代移民，父亲是普通公司职员，母亲甚至不懂英语，自去美国之后就没有上过班。但两个儿子都出类拔萃。

这其中秘密是什么呢？他们的儿子说："我的父母更多的是引导我们去学习，而不是强迫。他们自己做得很好，母亲虽然不工作，但她做每一件事都很认真仔细。父亲对工作一丝不苟，又很顾家庭，一下班就会立即回家陪伴他们。还有非常重要的一个细节，就是父母关系非常融洽，而且都会毫不吝啬地用行动和语言对孩子表达爱。"

正面教材不少，但反面教材更多，两年前央视播出一部深度探讨家庭情感教育的纪录片《镜子》，里面讲述了三个辍学孩子被其家长送到武汉一个特殊的心理以及行为训练机构学习的过程，里面的案例便是失败家庭教育的集中聚焦。

其中有个孩子名叫家明，他的父母本身都是高学历，在自己的岗位上也小有成绩。他们一贯的想法就是，拼命让孩子读书，将来可以出人头地。所以他们对孩子的要求是：读书是你唯一的出路，一切与学习无关的事情都得放下，否则会影响你的前途。

家明所有和读书无关的请求，父母都会冷冰冰地拒绝，理由是：浪费时间，影响学习。这严重地伤了家明的自尊心，进入青春期的他选择了反叛，父母越拼命地想让他干什么，他就越不想干什么，最后连高中都没去读，窝在家里，拼命地给自己制造困难，甚至是自残。

除了对孩子缺乏基本的尊重外，他的父母也不会表达对孩子的爱。家明的父亲被问及平时是如何表达对孩子的爱时，这个男人有些尴尬地说：“我们不怎么表达的。”更为可怕的是，他们天天用高压手段控制孩子，误以为这些都是为孩子好，都是家长的“爱”。

这部纪录片的名字叫作“镜子”，意思很明确，孩子就是家庭的一面“镜子”。“问题孩子”的背后往往有一个错误的教育模式存在。这种模式要么用力过猛，要么撒手不管。而家庭又是社会的一面镜子，因此，这不是哪个家庭单一的错，而是全社会所遭遇的一个挑战。

《正面管教》的作者简尼尔森说：“很多家长误入歧途，试图赢了孩子，希望一劳永逸地让孩子服从自己的一切安排，这是可悲的。”她有一个重要的观点，即要“赢得”孩子而不是“赢了”孩子。她说“所谓赢了孩子一般是指大人采用控制、惩罚的手段战胜了孩子。而赢得孩子则是指大人维护孩子的尊严、以尊重孩子的态度对待孩子，相信孩子有能力与大人合作并贡献他们的力量”。

说得更直白些，“赢了”靠的是控制和压迫，总有要遭遇反抗的那一天。而“赢得”是源自父母对孩子的爱和尊重，让孩子自发为前途努力奋斗的同时，还能够拥有更健康的人格。

（三）

“爱与尊重”，这个感悟异常重要。只是从字面很容易理解，但真正做到并非易事。这些年来，我一直在找寻的路上，有时会迷茫，会碰壁，也会沮丧，但所幸并没有放弃。

无论在什么时候，通常会提醒自己：于时光面前，每个人都是一颗再渺小不过的尘埃，最终将走向虚无。但即便如此，我们仍然努力地活着，很大程度上是因为一个“爱”字，一代人把“爱”传给下一代人，世世代代，生生不息。换句话说，如果没有“爱”，我们便失去了抚育下一代的意义，甚至失去了生存的意义，因此，向孩子传递“爱”，是我们这一生最重要的使命和责任。

“尊重”孩子的意义在于，我们不可能与孩子永远比肩而行，虽然我们可以为他们创造一些外在的条件，但说到底，他们的路只能由他们自己走。我们能做是尊重他们的个性，给他们一些自己的空间，让他们明白命运需要自己掌控，从而获得独行的勇气和资本。

尽管我对自己教育方式和成效并不十分满意，孩子身上还有这样或那样的毛病，但有一点还是感到些许欣慰，那便是他与生俱来的善良和正直的品质，并没有因为成长而褪色，在此基础之上，更增添了独自闯天涯的自信和能力。

在孩子十二岁那年，学校要求每位家长都给孩子写一封信，在动笔之前，脑海中便浮现出“爱与尊重”这四个字，因此，这份信的字里行间也都贯穿着这样的理念。

“儿子：

今天是你十二岁的生日。或许你不会感到有什么异样，该念的书还要念，该上的学还需上。不过，你可知道，在家乡这可是一个很重要的日子，用当地话说叫作‘圆生’，一般都会请亲戚朋友们庆祝一番，这些年来越发热闹，隆重程度不亚于新婚庆典。因为这个年龄是一个分水岭。过了今天，你就不再是一个调皮可爱的孩童，而将成为一个阳光灿烂的少年。

爸爸至今记得自己过十二岁生日的场景，从学校回到家，有许多爸爸的叔叔阿姨都送来了生日礼物，其中印象最深的是一个小小的地球仪，爸爸从地球仪上看到一个大大的红星，那便是北京。七年后，爸爸考上大学来到这个红星所在的位置，在这个陌生的都市里扎根、奋斗，直到迎来你的诞生。

十一年前的今天，你在骑河楼妇产医院的一声啼哭，划破了夜的寂静。爸爸一直没有忘记当时在手术室外焦急等待的情景，更无法忘记第一次看你的样子，小小的你或许因为哭累了，静静地躺在妈妈的身边，嘴角似乎还露着一丝微笑。

你出生不久，天就破晓了，那天天气晴朗得使人心醉。由于当时出生证上需要填一个名字，爸爸便为你起了‘晨光’这个名字，后来你爷爷觉得这个名字有些俗气，考虑要换一个，但爸爸坚持了自己的意见。儿子，你应知道，名字虽然只是一个代号，但也带着爸爸对你的寄许，那便是希望你的人生少些夜的迷茫，一直能沐浴在晨光之中，永远保持生命应有的激情和活力。

小时候你的体质并不很好，经常半夜发烧，爸爸妈妈就像应急队员一样，随时准备送你去儿研所就诊，很多时候从医院出来都几近天明，虽然感到很累，但看到你不再难受，我们的心里总是暖洋洋的，所有的疲惫顿时烟消云散。到了七岁，你成了一名小学生，在开学典礼上，看着你穿着整洁的校服，脸上满是新鲜好奇的样子，父母心中有说不出的欣慰，因为从那时起，你的人生步入了一个崭新的阶段。

进入学生生涯后，虽然因为学习习惯或其他一些事情，爸爸妈妈没少和你生气。但平静下来后，爸爸发现你其实是一个很懂事很可爱的孩子。记得前些日子，爸爸晚上咳嗽得厉害，你悄悄地端了一杯水，放在爸爸的床头，嘱咐爸爸多喝些水，病就会好。事实上，这样的场景还有很多，爸爸妈妈一旦不舒服，你那发自内心的关切和焦急，爸爸看在眼中，记在心上。

在学校里，我们家的状况比起你的同学并不算太好，但你总喜欢把好的东西与同学们分享，表现出一个男孩子应有的大度和洒脱。在别的同学下课玩耍时，你总喜欢帮助老师去做课件 PPT。在爸爸妈妈同学或同事欢聚时，你总是主动和比你小的孩子一起玩，完美地充当一个大哥哥的角色，许多孩子都喜欢聚在你周边。从这些场景里，爸爸看到你身上的善良、可爱、真诚，这也是爸爸妈妈觉得这些年来对你教育成功的一面，因为有爱根植于你的心间，并将永远守护你的心灵。

现在站在少年这个新的起点，在这个特殊的日子里，爸爸想对你说的话有很多，想来想去，还是想送你十个字，希望你能以此为目标，努力追寻自己的梦想，成就自己美好的人生。这十个字是‘健康、善良、正直、勇敢、勤奋’。

说起健康，爸爸以为这是人生的基础。记得小时候送你回老家，结果你突然病倒了，不知是药物过敏还是高烧所致，出现了心衰，情况很是危急，爸爸妈妈从北京赶到老家，看到你极其虚弱的样子，心都快要碎了。所以，儿子，你一定要健健康康的，不要让那一幕重现，对你而言，健康不仅仅属于自己，应是一种责任，是你对父母最好的感恩。为此，你应养成良好的生活习惯，祛除一切摧残健康的恶习，在文明精神的同时，也要强壮自己的体魄。

说起善良，爸爸觉得你现在就具备这样素质，但你的人生路还很长，会经历很多事情，一些事情或许会给你带来前所未有的困惑，让你对‘善良’的品质产生怀疑，倘若那时，我想你宁愿舍弃一些东西，也要留住这两个字。善良就是要面对这个世界，面对他人保留一份爱心，不要去伤害别人，不要让自己的生命留下太多的愧疚，同时要力所能及地帮助那些不如你的人，展现出一个男人应有的宽容和情怀。

说起正直，爸爸觉得最重要的就是要能够明辨是非。在你今后的岁月中，会遇到许多复杂的局面，你必须要有自己独立的思考。在思想上永远不能为别人所要挟，在独立判断的基础上，正确选择自己的道路。你可知道，有些时候你或许因为坚持正直而吃些亏，但你更应知道，这是安身立命之本，就像阴霾永远阻挡不了阳光一样，邪恶和阴暗永远不是正直的对手。

说起勇敢，或许你还体味不深，这不是简单的‘路见不平一声吼’的血性，更应该是内心的坚强。你当知道，世界上没有完美的事情，理想和现实总会有所差别，或大或小，在不如意面前，除了勇敢别无选择，要以坚强的内心来应对生活的不圆满。当然，勇敢也并不意味着执拗，要学会‘逢水架桥，逢山开路’，努力之后平静接受结果，别让生活中短暂的挫折或不如意长久影响你的人生。

说起勤奋，这似乎是平日里和你说得最多的。虽然你良好的学习习惯还需巩固，但我也理解，在你这个年龄，当年爸爸只要完成作业后就可以和朋友们欢度无忧时光，但你在每个周末还要奔走于外语、奥数、琴课之间，爸爸理解你有时的不耐烦，但你应知，没有今天的勤奋，就没有明天的收获。父母可以帮你一时，但不可能帮你一辈子，在竞争愈发激烈的将来，你能依靠的只有你自己的勤奋和努力。

想说的话还有很多，因为在你身上，父母寄予了很多期望，这份期望并不是‘出人头地’或‘光宗耀祖’，而是希望你能成为拥有高尚品德的人，爸爸觉得，如果你能在生活中真正实践这十个字，要比你取得的名利更为重要，因为你的生命因此会充满光泽，这份光泽可以照亮自己，也可照亮别人。

永远爱你！

老爸

2012 年 6 月 13 日”

时光匆匆，转眼间儿子已经成年，许多事情都发生了改变，但我对他的十个字的嘱托却一直未变。

机场一别，回到家中，感觉冷清了许多，心里多少有些怅然，夜色中坐在书桌前，忍不住给还在跨洋航班上的他发了一条微信：“儿子，爸爸爱你！”第二天收到了来自大洋彼岸的回复：“我也爱你！”

那一刻，似乎觉得找到了通往正确教育方式的道路，迷雾散尽，我看到了“爱与尊重”四个字在那里熠熠生辉……

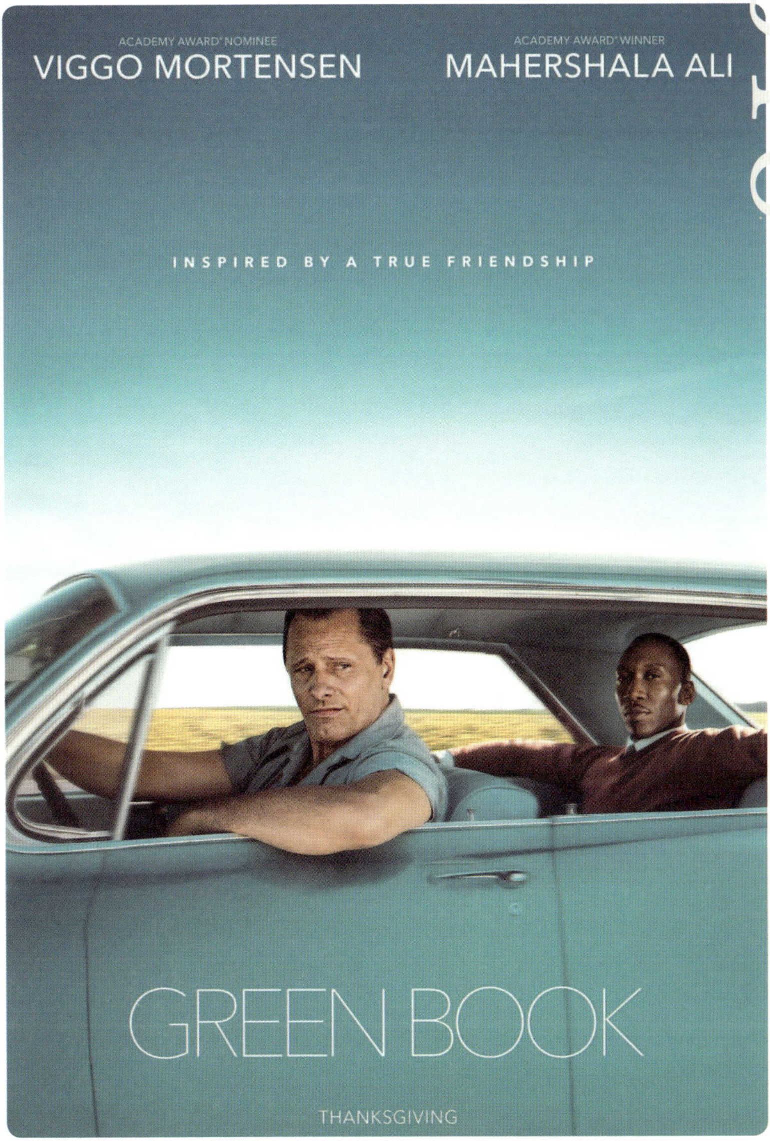
ACADEMY AWARD® NOMINEE
VIGGO MORTENSEN
ACADEMY AWARD® WINNER
MAHERSHALA ALI
INSPIRED BY A TRUE FRIENDSHIP
GREEN BOOK
THANKSGIVING

2018 年《绿皮书》

2018年

《绿皮书》：孤独

题记 世界上有太多孤独的人害怕踏出第一步。

（一）

1962年的平安夜，对于唐谢利博士和他的司机托尼来讲无疑是难忘的，他们在大雪纷飞中好不容易从南方赶回纽约的家中。唐谢利回到了自己那座极具奢华但空洞寂寥的豪宅，而托尼则被家人们围绕，其乐融融地准备享用圣诞大餐。

本来以为这部电影就要这样结束了，因为孤独和喧嚣本就是两位主角身上最鲜明的特质，经过一段难忘的旅程后，每个人都回到了最初的原点，让喧嚣继续喧嚣，让孤独回归孤独，使得整部影片实现了一个闭环。

但导演显然想给观众一个温暖的结局。就在托尼全家举杯欢庆圣诞来临时，门铃响了，唐谢利拿着一瓶酒站在门口，两人会心一笑，紧紧相拥，随后加入了这个大家族的欢庆之中。

这部影片叫作《绿皮书》，荣获了 2019 年奥斯卡最佳影片奖，对于这部完成度很高的剧情片，想必每位观众看后都会有自己的感受。

有人看到的是“友情”，电影中的两个男主角完全是逆向的对立，唐谢利是个黑人，但却是一个音乐天才。他从小练习钢琴，稍大一些赴彼得格勒音乐学院学习，成为那里的第一个黑人学生，他的演奏技艺得到公认，多次受邀去白宫演出。他住在华丽的“城堡”里，注重仪表，举止优雅，谈吐有范儿，算是上层精英人士。

托尼虽是个白人，但只是一个混迹下层社会的老炮儿，本职工作是夜店打手，失业后更是无所事事，为了 50 美金的赌注居然能连吃 26 根热狗。他大大咧咧，举止粗鲁，爱占小便宜，一个如假包换的中年油腻男。

托尼对黑人很不感冒，如果不是为了生计，想必他打死也不会为唐谢利当司机。这两个在生活中八竿子打不着的人，就这样因为雇佣关系而产生了命运的交集。

相互瞧不上对方的两个人，在唐谢利南方巡演之旅的开始阶段就冲突不断，不过随着剧情的展开，两人逐渐发现了对方身上的闪光点，彼此的隔阂慢慢褪去。托尼教会了唐谢利用手吃炸鸡，而唐谢利则帮助托尼给妻子写了几封温情脉脉且极富

文采的家信，就这样两人慢慢走进了对方的世界，原本看起来无法融化的坚冰最终彻底消融。

两人间友情的演化有些像另外一部经典影片《触不可及》，不同的是两位主角反转了身份。《触不可及》中白人主角优雅高贵，黑人主角则粗俗贫困，这是涉及种族话题影片最常见的一种设定，而《绿皮书》却别出心裁，形成了更加有趣的一种对立。

也有人从这部电影中看到的，应该是“歧视”。

这部电影改编于真实的故事，片中所谓的“绿皮书”是由纽约黑人邮递员维克多·雨果·格林编撰出版的黑人出行指南，详细介绍了当时愿意接待黑人旅客的餐馆、酒店、酒吧和度假目的地，这本书1936年出版后非常畅销，成了每位黑人旅行者手头必备的出行指南。

影片所反映的60年代，虽然反对种族隔离的民权运动开始风起云涌，但在美国特别是南方地区，种族歧视依然相当严重，唐谢利在南方的遭遇充分体现这一点。

在梅肯，他在西装店不能试穿衣服，为了免受侮辱而只好离开；

在罗利，他受邀为白人进行家庭演奏，但却不能使用家里的卫生间；

在路易维尔，他在酒吧喝酒时被三个白人男子挟持，在托尼保护下好不容易才脱身；

在落日镇，他因晚上出行而被警察刁难，并被送进警察局；

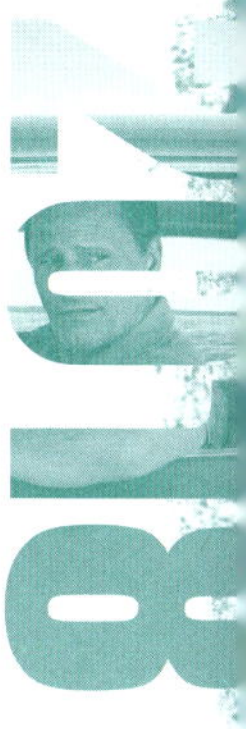

在伯明翰，他被高级餐厅请去演奏，却被拒绝在餐厅用餐。

唐谢利凭借自己高超的钢琴演奏技艺赢得了白人们的追捧，但依然只能选择“绿皮书”里指定的旅馆和餐厅，作为雇主的他，住得甚至不如自己司机托尼，这一切都因为他是个黑人，肤色似乎成了他身上洗不掉的原罪。

对此唐谢利早有思想准备，本来他可以留在北方享受安逸生活，但却执意选择进行南方巡演。因为他知道“天才并不够，唯有勇气，才能改变人心”。他想用这样的方式，试着去赢得尊重，最终让黑人与白人能平等相处，但这种尝试的效果显然并不如意。

（二）

于我而言，从这部影片中看到的却是“孤独”。

坐在“王座”上像国王一样的唐谢利博士，实际上是一个严重的孤独症患者。托尼最早发现这个秘密是在刚出行期间的一个夜里，他看到唐谢利一个人在阳台上喝着威士忌，身影显得异常孤寂。

每天一瓶威士忌是唐谢利的标配，内心的孤独需要通过一杯杯烈酒来排解。

这样的情绪，在一个大雨滂沱的夜晚发展到了最高潮，失控的唐谢利对托尼狂啸道：“那些白人富翁拿钱让我为他们演奏，是想让自己显得有文化，但是一旦我从舞台上走下来，对他们来说我只是一个普通的黑鬼，这就是他们真实的文化。而我一个人忍受一切，因为我不被自己的同胞所接受，我和他们也没有共同之处！所以我既不够白，也不够黑，也不够男人，那你告诉我，我是谁？”

我想，每位观众听完唐谢利这段拷问自己灵魂深处的对白，应该可以体味到他内心那份浓厚的孤独感。

作为一个黑人，他过着白人精英一样的生活，但是无论他举止多么优雅，才华多么出众，待人多么礼貌，却永远不可能融入白人社会，肤色像一道铁闸，将他死死地隔离到了外面。而身为黑人的他，又与自己的同胞格格不入，他太过出众，太过富有，在黑人眼里根本就不属于他们群体中的一员。

有个镜头令我印象深刻，他们在南部乡间小路上抛锚，唐谢利和田里劳动的黑人相互对视，此处无声却更胜有声，显示了他与自己同胞之间巨大的鸿沟。他又是一个同性恋，这使得他无法拥有像托尼那样幸福的家庭生活。托尼走得再远，总有一个温暖的家在等着他，而唐谢利则不然，他在这个世界始终找不到归属。

更为令人悲哀的是，没有人能够感受到他的孤独。在其他人眼里，他有才又有钱，甚至与政府的高层都有密切的交往，在落日镇，正是他动用了司法部部长的关系才使自己和托尼脱险。他把光鲜亮丽的一面留给了别人，内心的倾轧和痛苦只能由自己独自承担。

因此，唐谢利把自己禁锢在华丽“城堡”中，为自己设定了太多的条条框框，用一种看上去精致体面的生活麻醉自己，从而掩饰心中的孤独，不愿意也不准备去尝试改变。

在缺乏认同和理解的人生航程中，孤独的漩涡越来越大，最终险些吞没了唐谢利。他在台上激情四射，深夜里只能用酒精麻醉自己，他没有真正的朋友，唯一的兄弟很长时间没有联系。太宰治在《人间失格》里写道：“我知道有人爱我的，但我好像缺乏爱人的能力。”同样的，唐谢利也渐渐失去了爱人的能力。

上天总算眷顾他，阴差阳错间走进他生活的托尼，无意中担负起带领他走出封闭的使命，托尼无意中说出的那句“世界上太多孤独的人都害怕迈出第一步”，成了唐谢利自我救赎的解药。

在毅然拒绝为羞辱他的白人演出后，他和托尼来到了一个黑人酒吧，上台即兴表演钢琴，长期以来压抑的情绪终于得到了彻底的释放，迈出了远离孤独的第一步，而圣诞夜他鼓足勇气来到托尼家，在走出孤独的路上又前进一步。

电影到这里戛然而止，不知道唐谢利今后会如何，但我想，他既然有勇气迈出了这样的步伐，必会迎来了一种全新的生活状态。

（三）

孤独的救赎，无疑是电影中一条非常重要的主线，同时我觉得也是导演的高明之处，在复杂的种族议题下选择讲述具体的人性，而人性往往最能打动人。

孤独，是我们经常遇到的一种状态，用学术语言说，它是一个人生存空间和生活状态的自我封闭。

它与孤单是不同的。孤单更多是表象的，大多因为无人陪伴，而孤独是深藏内心的，往往是因无人能懂。一个人处在人群中，有很多人围绕着，在这种情况下不再孤单，但很可能还是孤独的。

因此，我们通常可以看得出谁很孤单，但很难搞清楚哪一个人是孤独的，就如同唐谢利一样，如果不像托尼一样走进他的内心，你很难相信他是一个严重的孤独症患者。

张楚在歌中唱道：“孤独的人是可耻的”，就我的理解，这更多的是一种戏谑，孤独只是一种心理状态，没有什么可耻不可耻可言。相反，我倒更信奉另外一句话——“人生而孤独”。虽然不知道是谁最早说出这句话，但一直以来都觉得很有道理，如其言，孤独是我们与生俱来的生命因子，它暗藏于每个人内心之中，时不时会跳出来捣乱一下。

孤独的诱因很多，奥地利心理学家阿尔弗雷德·阿德勒说：“寻不到的安慰、戒不掉的依赖、停不住的寂寞、摆不脱的焦虑、定不了的未来……”，这些都会给人带来孤独感。

因此在生活中感到些许孤独，是再正常不过的事情，而且说起来不是什么坏事情，因为它是生命的体验之一，更为重要的是，这样的体验有助于自我的成长，我们在与孤独的相处中，往往能够更加冷静地思索来时的路是怎么走过的，以及今后的路该如何走。

但是，过犹不及，如果长时间陷入孤独而不可自拔，让迷雾笼罩了生活而找不到出口，则需要万分警惕，如果不走出这样的泥沼，落寞和抑郁的尘埃越积越厚，最终会丧失对美好的期许和对生活的希望。

不过，摆脱孤独的侵扰并不容易。孤独说到底是一个人内心深处的排他感，是在某一个特定时间里对外界一切事物的疏离，一千人有一千种孤独，功成名就有成功后的孤独，生活落魄有失意的孤独，但我认为，其中最让人感到恐惧的是如唐谢利一样的——归属感的缺失。

所谓归属感，是指一个人或一种人希望被另外一人或群体接纳，并渴望能得到真心实意被肯定与被重视，以此满足情感需求。之所以说它恐惧，是因为如果没有情感的归属和身份的认同，一个人存在的意义就在很大程度上被否定了。

不幸的是，我们所处的时代，这份归属感相较于过去更难得到满足。

当下是高度物质化的社会，似乎什么都可以用财富来衡量，在赤裸裸的利益面前，其他的只能退居次席。同时移动互联网的飞速发展，虽方便了彼此的联系，但在一定程度上却疏远了人们的距离，一桌人吃饭时各自拿着手机刷屏的景象成了“新常态”。如蒋勋先生所说：“快速而进步的通信科技，仍然无法照顾到我们内心里那个巨大而荒凉的孤独感。”

在我看来，何止是无法照顾，简直是无限地加剧了这份孤独感。

更为让人焦虑的是，社会形态越来越复杂，价值观、利益观的冲突和撕裂，前所未有地影响着每个人，不难发现，不仅隔代之间的言语契合度日渐衰减，总是话不投机半句多，即使同事和朋友之间，能够交心的越来越少，遇到想要倾诉的事情，看着密密麻麻的手机通信录，通常不知道讲给谁听。

和唐谢利一样，如今许多人内心的不快和痛楚没有出口，只能藏在自己心中，孤独感由此与日俱增，慢慢地选择将自我彻底封闭起来。只是人们大多不再像唐谢利用酒精来排解，更多选择在网络的虚拟世界里寻找寄托。不过，酒精也好，网络也罢，只是排解方式的不同，孤独感归根到底还是一样的。

这显然不是理想的生活。

人的一生，不一定总是要活在喧嚣之中，但总不应该被孤独自始至终笼罩。追求情感的认同，不仅是人的本能，更是我们活在这个世界上的意义所在。想想看，人在自己的哭声中孤身来到这个世界，又在别人的哭声中只身离开，如果中间的这段过程还活在自我封闭之中，这样的人生真心不值得一过。

硅谷“钢铁侠”马斯克在接受一次采访时谈到了这个问题，他说：“人类天生就是一种非常社会性的动物，也许被定义成孤独的东西，本身并不一定孤独。我的意思是，如果你真的是独自一人，并且除了书之外没有其他的沟通，我觉得这会让人抓狂的。在监狱里，单独监禁会被视为一项严厉的惩罚这是有原因的。你希望有朋友、家庭和某些人——理想情况下，你会希望有被你所爱的人和爱你的人。”

如他所言，“单独监禁”着实可怕，如果想要拥有所爱之人和爱自己的人，就必须走出这个囚笼。每个人的境遇不同，解脱的路径也各异。在我看来，大约有两个最为重要，一是放下，二是找寻。

“放下”就是主动放下身段，从自我设定的条条框框走出来，用大白话说，就是不要总是刻意“端”着。如果接些地气，孤独感通常会削减很多，一如托尼在大快朵颐烤鸡时说的那句台词：“我父亲曾经说过，无论你做什么，都要做到极致，工作就工作，笑就笑，吃饭的时候要像最后一顿。”

唐谢利开始对炸鸡百般抗拒，即使勉强接住托尼递来的炸鸡，也是因为不想让其弄脏自己的毯子。他吃鸡的手势矫揉造作，面对炸鸡无从下口，最后学着托尼惺惺作态地把骨头扔出车窗，不过，从此迈出了“放下”的第一步。影片最后阶段，唐谢利来到黑人酒吧，在破旧的钢琴上纵情演奏，他难得一见地笑了，彻底实现了与自己的和解。

“找寻”是及于他人。阿尔弗雷德·阿德勒在《走出孤独》中回答如何走出孤独时说：“答案在与他人的关系里。能在与别人的关系中获得成长的人，才能真正超越自卑，成为一个与他人有着良好联结的人。只有能和别人心意相通的人，才能真正不受别人眼光的影响，塑造出健康而独立的人格。只有拥有健康而独立的人格，才能真正建立起安全感、信任感和存在感，即便独来独往，也不会与社会脱节，不会孤单寂寞。”

说到底就是要在与别人的关系中找寻到自己，而这份找寻无疑是主动的，而不是消极的。

不管放下还是找寻，最重要的是有迈出第一步的勇气。

加西亚·马尔克斯在《百年孤独》中写道：“生命从来不曾离开过孤独而独立存在。无论是我们出生、我们成长、我们相爱，还是我们成功失败，直到最后的最后，孤独犹如影子一样存在于生命一隅。但，如果你想摆脱孤独，不妨勇敢地向前迈一步。”

我甚至想，只要迈出了这一步，即使最后不一定得偿所愿，就已经走在远离孤独的路上，一如唐谢利一样。

走出来是世界，走不出来是监狱，何去何从呢，还是请勇敢地迈出第一步吧！

后记

我又一次“跨界”了！

上次是在2018年的初春时节，我出版了第一部作品《历史的沸点——秦汉三国五百年》。作为没有任何历史学背景，又非从事历史研究相关工作的自己，那是我的首次“跨界之旅”。不少朋友对此感到很好奇，我给出的答案只有两个字——热爱。因为热爱历史，所以写出了《历史的沸点》，同样由于对电影的热爱，我完成了这样一部作品。

与经典电影《天堂电影院》的剧情一样，我和电影结缘也是在孩提时。相对于今天，那是文化生活极为匮乏的时代，电影提供了难得的养分。我至今清楚记得，父亲的单位有个简陋的礼堂，偶尔会放映一些影片，虽然题材较为单一，有些还只是黑白片，但每当电影放映日，大家就像过节一样开心。

后来，随着时代的变迁，我们能看到越来越多各种类型的影片，最直观的感受就像著名导演杨德昌在电影《一一》中借少年之口说道的：“电影发明后，人类的生命至少延长了三倍。”在影片中，我们真切地看到了不同的世界和人生。

不过，那时我更多聚焦于电影本身，故事情节、拍摄技巧、演员演技等，很少去领悟影片所蕴含的深意。所以，大部分电影看过也就看过了，印象却并不深刻。大概过了三十五岁以后，我开始思索电影和人生的关系，渐渐体悟到“戏如人生，人生如戏”的真意。常常想，每个人的一生何尝不是一部电影，尽管没有那么波澜壮阔、百转千回，但也会有爱恨情仇，有别离重逢，有忧伤欣喜，也会有主角和配角。

虽然最终能在荧幕上呈现的只是少数人的命运，但在我看来，这并没有关系。因为我们时常会惊异地发现，在电影中或多或少都会看到自己的影子，抑或虽然影片没有投射到自己，但却给我们带来不少关于生命的感悟和启示。

我将这份体悟用笔记录下来，于是，就有了这一本《你好吗 我很好——电影中的 30 种人生》。

从这个意义上讲，我不认为它仅仅是一本影评的合集，更愿意将它视为光影世界和现实生活交融的产物。所以，在每篇文章里，读者可以读到娓娓道来的电影故事，更重要的是故事背后关于人生的思索和感悟。

这本书选择了三十个主题，不得不说，这是我的一家之言，或者说是我看完每部影片后最直观的感受。当然，我清楚地意识到，我的感受并不全面，因为有些影片主题是多样性的，还有些影片似乎并未明确表达什么主题。

不过，无论编导的用意如何，作为观众总会被电影中的某些情感所打动，从而引发内心的共鸣。本书中这三十种人生正是这些共鸣的聚合，既有对爱情、婚姻、教育、亲情的态度，也有对孤独、善良、逃避、生死这些人生课题的理解。

这些感怀来源于电影本身，也与我自身经历密切相关。所以，我在文中写到了自己的孩提岁月，学生时光，以及成家立业后的生活，记述了四十多年生命旅程中一些难以忘怀的记忆，正是这些过往的美好，使得我与电影中流露的情感发生了共鸣。

苏格拉底说：“未经审视的人生不值得一过。”审视人生的方式有很多种，对我而言观影就是一种很好的途径。在光影中看到人性的善与恶，看到不同的命运选择，我就更加清楚自己应该走向何方，去过怎样的生活。

在这部随笔出版之际，感谢我的父母、爱人和儿子，他们永远是我最坚定的支持者；感谢各位亲人朋友，他们的鼓励和鞭策，使得我有勇气不断地跨界；特别感谢我高中时代的五位女同学，也是《阳光姐妹淘》一文中写到的五位，在我首部作品出版后，她们精心策划，忙前忙后，在家乡举办了我生平第一次现场签售活动，使我由衷感受到写作的力量和成就感，也让我更加相信真正的友情会历久弥新。

电影总会散场，而人生一直在继续，为了遇见更好的自己，让我们再次启程吧。

是为记。

未完待续……